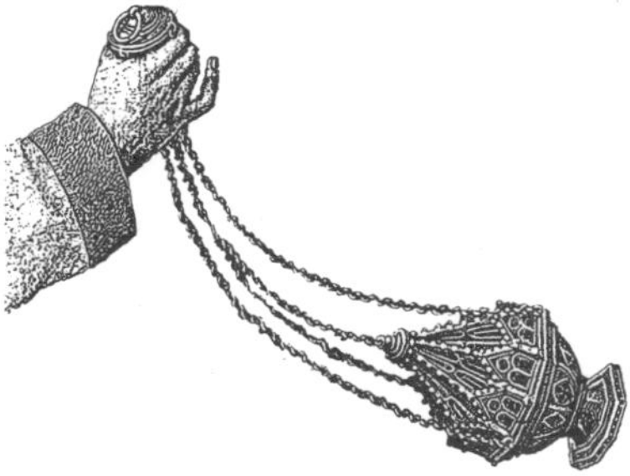

UWE KLAUSNER

Die Fährte der Wölfe

UWE KLAUSNER

Die Fährte der Wölfe

Historischer Roman

GMEINER SPANNUNG

Bisherige Veröffentlichungen im Gmeiner-Verlag:
Die Stunde der Gladiatoren (2013), Engel der Rache (2012),
Die Bräute des Satans (2010), Pilger des Zorns (2009),
Die Kiliansverschwörung (2008), Die Pforten der Hölle (2007)

Walküre-Alarm (2014), Stasi-Konzern (2014),
Eichmann-Syndikat (2012), Kennedy-Syndrom (2011),
Bernstein-Connection (2011), Odessa-Komplott (2010),
Walhalla-Code (2009)

Besuchen Sie uns im Internet:
www.gmeiner-verlag.de

Im Ehnried 5, 88605 Meßkirch
Telefon 07575/2095-0
info@gmeiner-verlag.de

1. Auflage 2015

Lektorat: Claudia Senghaas, Kirchardt
Herstellung: Mirjam Hecht
Umschlaggestaltung: U.O.R.G. Lutz Eberle, Stuttgart
unter Verwendung eines Bildes von: Rogier van der Weyden, »The Exhumation of Saint Hubert« ca. 1430 (© http://commons.wikimedia.org/wiki/File:Rogier_van_der_Weyden_and_workshop_-_Exhumation_of_St_Hubert_NG_783.jpg)
Druck: GGP Media GmbH, Pößneck
Printed in Germany
ISBN 978-3-8392-1649-1

DIE GAMBURG IM SPÄTMITTELALTER

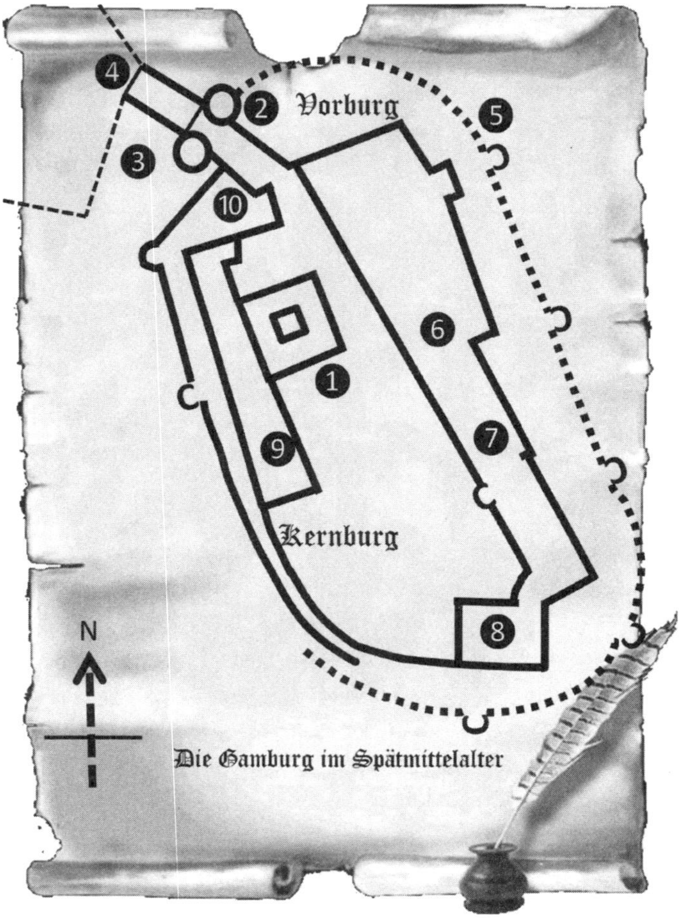

LEGENDE

1 = Bergfried aus der Stauferzeit (10 x 10 Meter, drei Meter Mauerstärke)

2 = Äußeres Tor, flankiert von zwei Rundtürmen

3 = Halsgraben

4 = Ehemalige Zugbrücke

5 = Äußere Ringmauer

6 = Palas-Saal

7 = Wohngebäude (Palas, Mittlerer und Hinterer Bau)

8 = Turm

9 = Stallungen bzw. *Försterhaus*

10 = Zwinger

FIKTION

Hauptfiguren

(in der Reihenfolge des Erscheinens)

Martin von Stettenberg, Bruder von Arnold von Stettenberg (*1386)

Hilpert von Maulbronn, 43, Bibliothekarius und Kriminalist

Johannes IV. Siegemann, Abt von Bronnbach

Bruder Quirinus, Pförtner

Bruder Hilarius, Infirmarius und Sekretarius des Abtes

Hrodgar, Müller

Bartel, Torwächter in Gamburg

Mechthild, eine Heilerin

Berengar von Gamburg, 36, Vogt des Grafen von Wertheim und Freund Hilperts

Melchior von Schweinitz, Amtmann Konrads III. von Dhaun, Erzbischof von Mainz (ca. 1380–1434)

Eleonore, seine Frau

Arnold von Stettenberg, Berengars Vetter 2. Grades (*1388)

Gutta, seine Frau

Agnes, ihre Kammerfrau

Heiner, Torwächter

Frieder, sein Gefährte

Peter von Stettenberg, Arnolds Vetter (*1394)

Gisbert, Küster

Ruprecht von Stettenberg, Zehntgraf zu Bischofsheim, Arnolds Bruder

Vater Pirmin, Burgkaplan

Leberecht von Marmelstein, Domkapitular

Chlothilde, Gisberts Frau

Lisbeth, Stallmagd

Kathalin, Arnolds ehemalige Amme

ORT UND ZEITPUNKT DER HANDLUNG

Gamburg in Tauberfranken,
fünf Tage nach Mariä Empfängnis

(Montag, 13.12.1423)

WIRKLICHKEIT

Die Gamburg im Mittelalter

1139
Älteste bekannte Erwähnung Gamburgs in einer Urkunde des Bischofs von Würzburg

1157
Tauschgeschäft Beringers von Gamburg mit dem Erzbischof von Mainz: Übergabe der *villula Brunnenbach* (Schafhof oberhalb des Klosters Bronnbach) als Gegenleistung für die Belehnung mit der Burg

1180er-Jahre
Errichtung des romanischen Palas-Baus

1219
Erstmalige Erwähnung eines Dorfes unterhalb der Burg

1248
Erstmalige Erwähnung der Dorfmühle

1349
Übergabe der Gamburg an die Herren von Stettenberg

circa 1520
Bau einer Pfarrkirche

TAGESEINTEILUNG IM DEZEMBER*

Anmerkung: Die Zeitangaben im Roman beziehen sich auf die Stundenlänge von 40 Minuten im Monat Dezember.

Beginn der	Uhrzeit
1. Stunde	08:00 h
2. Stunde	08:40 h
3. Stunde	09:20 h
4. Stunde	10:00 h
5. Stunde	10:40 h
6. Stunde	11:20 h
7. Stunde	12:00 h

* Sonnenaufgang in Würzburg am 13.12.2013: 8:08 h (Sonnenuntergang: 16:21 h)

8. Stunde	12:40 h
9. Stunde	13:20 h
10. Stunde	14:00 h
11. Stunde	14:40 h
12. Stunde	15.20 h
Ende der 12. Stunde:	16.00 h

(Quelle: H. Grotefend, *Zeitrechnung des Deutschen Mittelalters und der Neuzeit*)

GEBETSPLAN DER ZISTERZIENSER IM DEZEMBER

Aufstehen	01:20 h
Vigilien (Nachtoffizium)	01:30 h–02:50 h
Laudes (im Morgengrauen)	07:15 h
Prim (bei Sonnenaufgang)	08:00 h
Messe	08:20 h–09:10 h
Kapitel	09:35 h
Handarbeit	09:55 h–11:10 h
Terz	09:20 h
Sext (Mittag)	11:20 h

Non	13:20 h
Mittagessen	13:35 h
Vesper	14:50 h – 15:30 h
Komplet	15:55 h
Schlafengehen	16:05 h

Mit Ausnahme von Abt Johannes IV. Siegemann sowie Arnold, Gutta, Peter und Ruprecht von Stettenberg, über deren Leben nur wenig bekannt ist, sind sämtliche Figuren des Romans und seine Handlung frei erfunden.

ANNO DOMINI 1405

Homo homini lupus.

(dt.: Der Mensch ist des Menschen Wolf.)

Plautus (ca. 250–ca. 184 v. Chr.)

PROLOG

Gamburg im Taubertal, am Tag vor Sankt Martin

(Dienstag, 10.11.1405)

I

Krappentor, kurz vor Sonnenaufgang | 07:15 h

Es war Zeit, mit dem Leben abzuschließen.

Wann seine Galgenfrist ablaufen würde, wusste er nicht. Aber er wusste, dass ihm eine höllische Tortur bevorstand. Er war dazu verdammt, wie ein Straßenköter zu verrecken, und es gab nichts, was er tun konnte, um sein Schicksal abzuwenden.

Das Urteil lautete auf Tod.

Ein Tod, wie er grausamer nicht sein könnte.

Er war noch ein Knabe gewesen, als ihm vor Augen geführt wurde, wie wenig das Leben eines Menschen zählte. Damals, vor sieben Jahren, war er mit dem Vater auf die Jagd gegangen, aber es war keine Jagd wie jede andere geworden. Der Vater, wie im Übrigen auch sein Bruder, hatten ihm eine Lektion erteilen wollen und da waren ihnen die Wilddiebe, die auf frischer Tat ertappt worden waren, wie gerufen gekommen.

Er, der als verzärtelt und furchtsam galt, hatte zunächst nicht glauben können, was er sah. Arnold, knapp zwei Jahre jünger als er, hatte sich gar nicht erst die Mühe gemacht, die Jagdfrevler zur Rede zu stellen, sondern hatte ihnen gezeigt, was es hieß, ein ganzer Kerl zu sein. Es hieß, Angst und Schrecken zu verbreiten, selbst dann, wenn die Wilderer ein paar zerlumpte Halbwüchsige aus dem Nachbardorf waren. Nur wer nicht zögerte, von seinem angestammten Recht Gebrauch zu machen, dem wurde Respekt gezollt. Nur wer mit dem Schwert umzugehen verstand, würde es zu etwas bringen. Nur wer sich einen Dreck um das Leben von ein paar Leibeigenen scherte, war aus dem Holz geschnitzt, das es brauchte, damit man nicht unter die Räder geriet. So oder so ähnlich hatten die Lehren gelautet, die sein Vater den Söhnen eingebläut hatte. Worte, die bei Arnold auf fruchtbaren Boden gefallen waren. Gerade einmal zehn Jahre alt, hatte er die Meute von der Leine gelassen, allen voran Zerberus, den gefürchtetsten Bluthund weit und breit. Er hatte nicht hinsehen wollen, aber der Vater, nicht minder gefürchtet als die nach Blut lechzenden Bestien, hatte ihn dazu gezwungen. Und so geschah es, dass er Zeuge eines Spektakels wurde, wie er es noch nie erlebt hatte – und während der folgenden sieben Jahre auch nicht mehr erleben sollte.

Zerberus und die Bluthunde, insgesamt acht an der Zahl, preschten los, gerade so, als sei der Teufel hinter ihnen her. Jedem, auch ihm selbst, war klar, dass die Halbwüchsigen nicht die geringste Chance hatten, aber darauf kam es in diesem Moment nicht an. Die Jagd auf Menschen, so schien es, war etwas völlig anderes, allemal lohnender, als Hasen, Rotwild oder Füchse zu erlegen.

Es war ein Wettlauf, bei dem der Sieger von vornherein feststand, ein Wettlauf mit dem Tod, der das Urteil über die drei Burschen längst gesprochen hatte. Merkwürdigerweise gaben diese jedoch nicht auf, rannten, was das Zeug hielt. Staub wirbelte empor und die abgeernteten Felder hallten wider vom Gebell der Meute. Kaum von der Leine gelassen, nahmen sie auch schon die Verfolgung auf und man musste kein Prophet sein, um zu erahnen, wie die Hetzjagd enden würde.

»Guck hin, du Memme, sonst setzt es eine Tracht Prügel!« Die Pranke seines Vaters im Nacken, blieb ihm nichts anderes übrig, als zu gehorchen. Die Hoffnung, die Wildfrevler würden das Uferdickicht erreichen, erwies sich als illusorisch, und spätestens in dem Augenblick, als der Jüngste der drei ins Straucheln geriet, war das Schicksal der Burschen nicht mehr abzuwenden.

Von dem Moment an, als der flachsblonde Knabe der Länge nach hinfiel, hatte sich ihm alles so tief ins Gedächtnis eingeprägt, dass er sich selbst jetzt, sieben Jahre später, noch an jedes Detail erinnern konnte. Die Zeit, so schien es, war stehen geblieben, und plötzlich waren da nur noch er, Martin von Stettenberg, und der namenlose Junge aus dem benachbarten Niklashausen gewesen, der verzweifelt um sein Leben rannte. Alles, das Hohngelächter der Jagdgesellschaft, die spöttischen Zurufe, das Schnauben der Pferde, in das sich das erregte Keuchen seines Vaters mischte – all das nahm er in dem Moment, als Zerberus auf den gestrauchelten Knaben zupreschte, nicht mehr wahr. Jetzt, da es ans Sterben ging, da der Tod die Klauen nach seiner Beute ausstreckte, waren da nur noch er, der Junge und der Würgereiz, gegen den er verzweifelt anzukämpfen versuchte.

Mit dem, was dann geschah, hatten jedoch weder er noch sein Vater oder sein Bruder gerechnet. Wer gedacht hatte, Zerberus würde sich auf sein Opfer stürzen, wurde eines Besseren belehrt. Nur noch wenige Klafter davon entfernt, hielt die pechschwarze Bestie plötzlich inne, wedelte mit dem Schwanz und ließ die blutunterlaufenen Augen auf dem Knaben ruhen. Dieser wusste zunächst nicht, wie ihm geschah, rührte sich nicht und harrte der Dinge, die da kamen. Wider Erwarten geschah jedoch nichts, oder, akkurat ausgedrückt, nicht das, was der Vater und die anderen erwartet hatten.

Wie sich herausstellte, lag dies jedoch nicht daran, dass Zerberus den Gehorsam verweigerte. Nicht umsonst galt er als das gefürchtetste Monstrum weit und breit und wer konnte, mied seine Nähe, so gut es ging. Ein Wort seines Herrn, Peters von Stettenberg, und der Bluthund war zu jeder noch so gefährlichen Attacke fähig, ein Faktum, das er bereits mehrfach unter Beweis gestellt hatte.

»Jetzt komm schon, du Scheißköter – oder willst du, dass ich dir Beine mache?« Arnolds Zuruf verhallte ungehört und nicht nur er, um den sich der Griff seines Vaters zu lockern begann, wunderte sich über das Spektakel, welches sich seinen Blicken bot.

Verwunderung oder gar Hoffnung waren jedoch fehl am Platz. Weder hatte der Hund vor, sein Opfer zu verschonen, noch, wie alsbald klar wurde, den Knaben entwischen zu lassen. Nein, seine Absicht war eine andere und es währte nicht lange, bis sie offenkundig wurde.

Das Maul halb offen, machte die Bestie einen Schritt nach vorn. Wer gedacht hatte, dies sei das Ende, sah sich jedoch getäuscht. Zerberus ging nicht etwa auf den Halbwüchsigen zu, sondern schlug einen Haken und begann den auf die Hände gestützten Hüteknecht zu umkreisen. Aus der Ferne waren markerschütternde Schreie zu hören, doch niemand, den Vater mit eingeschlossen, kümmerte sich darum. Aller Augen, so schien es, waren auf das nach Blut lechzende Scheusal gerichtet und sei es nur, um den entscheidenden Moment nicht zu verpassen.

»So was erlebt man nicht alle Tage, was, großer Bruder?« Wahrhaftig, da musste er Arnold recht geben. So etwas hatte er noch nie erlebt. Und würde es so schnell auch nicht mehr erleben.

Seit damals, jenem verhängnisvollen Tag im Mai, hatte sein Leben eine schicksalhafte Wendung erfahren. Bis dahin war er seinem Vater mit Respekt und dem jüngeren Bruder mit einer Mischung aus Wohlwollen und Reserviertheit begegnet. Mit dem Tod des Hirtenjungen, der vor aller Augen zerfleischt wurde, war es damit jedoch vorbei gewesen. Aus und vorbei. Martin von Stettenberg hatte gelernt, zu hassen, mit aller Inbrunst, zu der ein Zwölfjähriger fähig war. Und er hatte gelernt, was es hieß, seinen Peinigern auf Gedeih und Verderb ausgeliefert zu sein.

Der Tod aber war ein Mysterium für ihn geblieben. Auch jetzt, da die Reihe an ihm war, dem Unvermeidlichen ins Auge zu blicken. An der Tatsache, dass der seinige qualvoll sein würde, führte kein Weg vorbei, aber war die Tortur, welche vor ihm lag, erst überwunden, würde es niemals mehr Schikanen, Drangsal oder Hohn und Spott geben. Niemand würde ihm mehr sagen, dass er seiner Familie Schande gemacht und den Ruf derer zu Stettenberg besudelt habe. Wer weiß, vielleicht würde es sogar besser als das Leben werden, welches er bislang geführt hatte, frei von Hader, Zank oder der Verachtung, mit der ihm sein Vater und Arnold begegnet waren. Alles, was es brauchte, war ein wenig Mut, und dann, womöglich bereits in einer Viertelstunde, war alles vorbei.

Aus und vorbei.

»Erlebt man nicht alle Tage, was, großer Bruder?« Arnold, nicht nur zwei Jahre jünger, sondern auch ein Mann, von dem ihn eine Mauer und auch sonst Welten trennten. Ein Mann, dem Skrupel stets fremd gewesen und Menschen wie er zutiefst verhasst geblieben waren. Sein

Bruder zwar, aber, wie dies des Öfteren der Fall zu sein pflegte, auch ein Mensch, der allem, was mit Büchern, dem Studium der Wissenschaften oder antikem Schrifttum zu tun hatte, mit unverhohlener Verachtung begegnete. Der jeden Auftrag, mit dem er betraut wurde, erledigte.

Der nicht zögern würde, ihn zu töten.

»Nicht meine Schuld, Bruderherz, sondern deine.«

Ein Vorwurf, auf den er nur allzu gerne geantwortet hätte. Mit einem Knebel im Mund, Fesseln an Händen und Füßen und Gelenken, die bei jeder noch so kleinen Bewegung schmerzten, war dies jedoch nicht möglich. Sinnlos war es allemal, stand das Urteil, das über ihn gesprochen worden war, doch bereits fest.

Tod durch Einmauern. Auf dass von ihm, der er Schande über das Haus derer von Stettenberg gebracht hatte, nichts mehr übrig bleiben würde. Auf dass die Erinnerung an Martin, das schwarze Schaf der Familie, für immer getilgt und aus dem Gedächtnis seiner Mitmenschen gelöscht sein möge.

Auge in Auge mit seinem Bruder, der ihn durch die zwei Fuß im Quadrat große Öffnung in der Mauer angrinste, nahm Martin von Stettenberg all seinen Mut zusammen. Die Nische, in die man ihn gezwängt hatte, roch nach Feuchtigkeit, Moder und kaltem Schweiß. *Seinem* Schweiß. Nur noch ein paar Handgriffe, reichlich Mörtel und ein Quaderblock, der vermutlich längst bereitlag, und sein Lebensfaden war durchtrennt. Für immer. Anderen, zu denen vermutlich auch sein Bruder zählte, würde man ein christliches Begräbnis im nahen Zisterzienserkloster zuteilwerden lassen. Er aber war dazu verdammt, im Krappenturm der Gamburg zu vermodern, und niemand, auch die Frau nicht, derentwegen er all das auf sich nahm, würde imstande sein, seiner am Grab zu gedenken.

Noch aber war sein Martyrium nicht vorüber. Arnold wäre nicht der gewesen, für den er ihn hielt, wenn er nicht noch eine Überraschung parat gehabt hätte.

Martin von Stettenberg, genannt *Der Pfaffenknecht*, sollte recht behalten. »Damit du Bescheid weißt, großer Bruder«, ließ sich Arnold vernehmen, das klobige Kinn, von einer platten Nase samt höckeriger Stirn überwölbt, wie ein Raubtier nach vorn gereckt, »wenn ich mit dir fertig bin, werde ich mir deine Konkubine vorknöpfen. Wenn Vater nicht gewesen wäre, hätte ich es schon längst getan, aber du weißt ja, wie der alte Herr so ist. Für Frauen hat er eben schon immer eine Schwäche gehabt. Vor allem, wenn sie drall und ansehnlich sind. Aber was soll's – lassen wir dem Alten seinen Spaß. Besser, die Dirne wird in der Familie weitergereicht, als wenn sie einer der Bauernlümmel aus dem Tal besteigt. Wie gesagt: Auf seine alten Tage sei ihm das Vergnügen gegönnt. Wäre nicht der erste Balg, den jemand aus unserer Brut in die Welt gesetzt hat, was, großer Bruder?«

Müde der Provokationen, mit denen ihn Arnold überhäufte, hörte Martin nur noch mit einem Ohr zu. Zeitlebens war er von ihm verhöhnt, gepiesackt und mit Wissen und Billigung seines Vaters schikaniert worden. Es war ihm nichts weiter übrig geblieben, als die Drangsal über sich ergehen zu lassen, genauso wie ihm nichts übrig bleiben würde, als dem Tod, dessen Atem ihm ins Gesicht wehte, ins Auge zu sehen. Verglichen mit dem, was ihm auf Erden zuteilgeworden war, kam ihm die Aussicht wie eine Verheißung vor, und wäre Maria nicht gewesen, an der er mit jeder Faser seines Wesens hing, wäre der Abschied aus dem Jammertal, das sich Leben nannte, erheblich leichter zu bewerkstelligen gewesen.

»Gute Reise, alter Hurenbock – und pass auf dich auf!« Fehlte nur noch der letzte Handgriff, der ihn von der Welt der Schatten trennte. Doch wie um seiner zu spotten, ließ das Ende, welches er herbeisehnte, immer noch auf sich warten. Kaum war das Gesicht seines Bruders verschwunden, tauchte ein weiteres Gesicht in der schmalen Maueröffnung auf, leuchtete ihm mit der Kerze ins Gesicht und sprach: »Ich bin gekommen, um dir beizustehen, mein Sohn. Auf dass du, der du gesündigt hast, dereinst in Frieden ruhen mögest!«

Kurz darauf, am Ende eines quälend langen Vaterunsers, brach die Dunkelheit über Martin von Stettenberg herein. Anders als erhofft, ließ der Tod, dem er entgegenfieberte, jedoch bis nach Mitternacht auf sich warten.

So lange, dass ihm Zeit blieb, seine Familie bis ins letzte Glied zu verfluchen.

ACHTZEHN JAHRE SPÄTER

Media vita in morte sumus.

(Mitten im Leben sind wir vom Tod umgeben.)

ERSTES KAPITEL

Gamburg im Taubertal, fünf Tage nach Mariä Empfängnis

(Montag, 13.12.1423)

2

Burgtor,
zweieinhalb Stunden vor Sonnenaufgang | 05:37 h

MAN MUSS DAS Eisen schmieden, solange es heiß ist. An dieses Sprichwort hatte er sich stets gehalten. Mochte das Wetter auch noch so widerwärtig, der Wind schneidend kalt und der Zeitpunkt für ein Schäferstündchen noch so ungewöhnlich sein. Wenn es um Weibsbilder ging, kannte er nichts.

Aber auch rein gar nichts.

Die Wangen gerötet vom Gelage, das ihn bis in die Morgenstunden in Atem gehalten hatte, zwängte sich Arnold von Stettenberg durch die Notpforte, welche in das Burgtor eingelassen war, blickte sich um und trat in die klirrend kalte Nacht hinaus. In der Eile hatte er vergessen, ein Windlicht mitzunehmen, aber das focht ihn jetzt, da die Tür hinter ihm ins Schloss fiel, nicht an. Im Umkreis von zehn Meilen war er mit jedem Quadratzoll Boden vertraut, und da er nichts mehr fürchtete, als vor sich selbst als Hasenfuß dazustehen, schob er die Zweifel am Sinn seines Tuns beiseite. Einer wie er, der handfeste Auseinandersetzungen nicht scheute, kam zur Not auch ohne Laterne zurecht. Das war er sich und dem Ruf, der ihm vorauseilte, schuldig.

Es war dieser Ruf, der ihn in dem Irrglauben bestärkte, gegen Unbill jeglicher Art gefeit zu sein, wenngleich ihm sein Verstand riet, auf der Stelle umzukehren. Wie stets, wenn es um holde Maiden ging, zog dieser jedoch den

Kürzeren, und so setzte er den Weg zum verabredeten Treffpunkt fort.

Unweit der Burg, von der nur noch die Silhouette des Bergfrieds zu erkennen war, verhielt der Junker seinen Schritt. Ein Windstoß, der ihm das Barett vom Kopf riss, fegte aus Nordost über den Bergsporn hinweg, doch war nicht er es, der ihn jäh innehalten ließ.

Bald näher, bald weiter entfernt durchdrang ein Heulen die mondhelle Nacht, so gellend, dass es einem durch Mark und Bein ging. Arnold von Stettenberg, der gefürchtetste Bauernschinder weit und breit, erstarrte. Noch war Zeit umzukehren, Zeit genug, sich hinter die wehrhaften Mauern seiner Burg zu flüchten. Für einen Mann wie ihn, der sich rühmte, es mit jedem noch so kampferprobten Haudegen aufzunehmen, kam dies jedoch nicht infrage. Rückzug wäre gleichbedeutend mit Kapitulation gewesen, und so setzte sich der 35-jährige und wider sonstige Gewohnheiten unbewaffnete Raufbold aufs Neue in Bewegung, durchquerte die Weinberge und strebte eiligen Schrittes dem Kammerforst zu.

Weit kam der bei Standesgenossen und Landvolk gleichermaßen in Misskredit stehende Herr der Gamburg jedoch nicht. Nach etwa einer Achtelmeile war ihm die Lust auf Minnefreuden vergangen, umso mehr, als er feststellte, dass die Tür der Jagdhütte, an die er klopfte, verschlossen war. Der Junker fluchte lauthals vor sich hin. Sage bloß keiner, dass auf die Weiber Verlass sei!, fuhr es ihm am Ende einer wahren Flut von Verwünschungen durch den Sinn, nachdem er sein Präsent, eine Kette billigster Machart, zornentbrannt ins Waldesdickicht geschleudert hatte.

Wenn überhaupt, war das Gegenteil der Fall.

Aber nicht mit ihm, schwor sich der Junker, nachdem er geraume Zeit vor der Hütte hin und her gestapft war. Nicht mit Arnold von Stettenberg. Die Metze, die ihm das eingebrockt hatte, würde seinen Zorn zu spüren bekommen, würde schon sehen, was es hieß, ihn zum Narren zu halten. Er war gewohnt, dass man sich seinem Willen fügte, und wer klug war, legte sich nicht mit ihm an.

In Gedanken bei der Weibsperson, bei der er sich für die erlittene Unbill schadlos halten würde, schreckte der Junker aus seinen Grübeleien auf. Erneut drang das unheilvolle Heulen an sein Ohr, viel näher und ungleich deutlicher als zuvor. Es verfehlte seine Wirkung nicht. Anders als vor einer halben Stunde kehrte er nämlich auf der Stelle um, wobei er sich einredete, dass nicht nur er so reagiert hätte.

Der wahre Grund für die Eile, welche der untersetzte Junker an den Tag legte, war ein gänzlich anderer. Arnold von Stettenberg hatte Angst, doch wäre er der Letzte gewesen, dies zuzugeben. Woher diese Angst kam, war ihm ein Rätsel, bildete er sich doch ein, ihm sei vor nichts und niemandem bange. Ob Rauferei, Händel mit den Nachbarn oder Streit in einer Schenke: Fersengeld zu geben, war für ihn nie eine Option gewesen.

Bis heute.

Heute, fünf Tage nach Mariä Empfängnis, war alles anders. Heute hatte es Streit bei Tisch gegeben, heute war er versetzt worden, und zu allem Unglück war heute auch noch der erste Schnee gefallen, wodurch er sich seine rindsledernen Schnabelschuhe ruiniert hatte. Vor allem hatte er am heutigen Tag eine bisher nie gekannte Gefühlsregung verspürt: Furcht.

Lähmende, durch nichts zu beschwichtigende Furcht.

Es war diese Regung, die ihn veranlasste, den Rest des Weges im Laufschritt zu absolvieren. Das Heulen im Ohr, das mit jedem Schritt, den er zurücklegte, näher kam, stolperte der bezechte Hüne durch die Nacht. Doch die Burg, welche er bereits unweit wähnte, wollte und wollte nicht auftauchen. Wohin er sich auch wandte, was er auch tat, wie sehr er sich seiner Torheit wegen auch verfluchte – es war vergebens. Ein Dämon hatte sich an seine Fersen geheftet, ein Höllenwesen, gegen das es keine Gegenwehr gab.

Nur einen Steinwurf vom Burgtor entfernt, welches just in diesem Moment auftauchte, blieb Arnold von Stettenberg stehen. Dann griff er in seine Tasche, um den Schlüssel für die Notpforte hervorzukramen.

Dass es bei diesem Vorsatz blieb, hatte nichts mit fehlender Gewandtheit zu tun. Es lag daran, dass der Junker spürte, wie er beobachtet wurde.

Von wem, konnte er sich denken.

Aber nur beinahe.

Solange er zurückdenken konnte – mehr als drei Dezennien, um genau zu sein – hatte er eine Bestie wie die, welche hinter ihm aus der Finsternis auftauchte, noch nicht gesehen. Wölfe hatte er bereits mehrere erlegt, und wenn der Winter streng war, konnte man beobachten, wie sie den Rand des Kammerforstes durchstreiften. So nah wie heute waren die grauen Biester jedoch noch nie gekommen, und er fragte sich, welche Laune des Schicksals dafür verantwortlich war.

Den Mund halb offen, aus dem ein schmaler Speichelfaden rann, mühte sich der Junker darum, keine Furcht zu zeigen. Vergebens. Der Anblick, welcher sich ihm bot, hätte selbst hartgesottenere Naturen in die Flucht geschlagen, auch solche, die mit Axt, Streitkolben oder Schwert bewehrt gewesen wären. Dass dem nicht so war, wurde dem Junker einmal mehr bewusst, und er überlegte fieberhaft, wie er sich seiner Haut erwehren sollte.

Eine Frage, welche sich zu erübrigen schien. Schien es sich bei näherem Hinsehen jedoch weniger um einen Wolf, sondern um ein dem Höllenschlund entstiegenes Scheusal zu handeln. Wölfe waren von Natur aus scheu, und für den Fall, dass es der Hunger war, der sie in die Nähe menschlicher Behausungen trieb, traten sie in Rudeln auf. Ganz anders das Ungetüm, welches so Furcht einflößend wirkte, dass ihm der Gedanke kam, Opfer einer Sinnestäuschung zu sein. Mit Wölfen, wie er sie kannte, hatte dieses Höllenwesen nur das Knurren gemein, und selbst dieses war so grauenerregend, dass ihm das Blut in den Adern gefror.

Da war es wieder, das nie gekannte Gefühl, welches zartbesaitete Zeitgenossen als Furcht bezeichneten. Nur noch wenige Schritte von der Bestie entfernt, wie man sie sonst nur auf Darstellungen des Jüngsten Gerichts erblickte, schlug die Angst des Junkers in Panik um. Widerstand, so schien es, war zwecklos, ein Fluchtversuch so gut wie unmöglich. Wie die Dinge lagen, würde er es nicht einmal bis zum Burgtor schaffen, und was geschah, wenn er Reißaus nähme, versuchte er sich erst gar nicht vorzustellen.

Blieb also nur, sich ins Unvermeidliche zu fügen und seine Haut, so gut es ging, zu Markte zu tragen. Darauf gefasst, binnen Kurzem in Stücke gerissen zu werden, blieb der Junker wie festgewurzelt stehen, die Hand, mit der so mancher Widersacher niedergestreckt worden war, schützend vor dem Gesicht. Am heutigen Tag jedoch würde sie ihm nichts nützen, nicht lange, bis sie mit seinem Blut besudelt wäre.

Noch war es jedoch nicht so weit. Noch rührte sich das Höllenwesen, dessen Pranken tiefe Spuren im Schnee hinterlassen hatten, nicht vom Fleck. Starr vor Angst, konnte der Junker seine Notdurft nicht mehr halten, und wie er die Bestie so anstarrte, wurde ihm bewusst, wie lächerlich er wirkte. Jetzt mach schon!, fuhr es ihm durch den Sinn, während das Monstrum, welches ihm wie ein Sendbote Luzifers erschien, unschlüssig auf der Stelle verharrte. Mach ein Ende, Drecksvieh, bringen wir's hinter uns!

Sein Wunsch, so flehentlich er auch war, ging jedoch nicht in Erfüllung. *Noch* nicht. Anscheinend konnte die Bestie Gedanken lesen, sie schien es mit dem, wonach ihr Instinkt verlangte, nicht eilig zu haben.

Was folgte, schien die Mutmaßung des Junkers zu bestätigen. Das Ungetüm fiel nicht etwa über Arnold her, sondern gab sich damit zufrieden, ihn zu belauern. Dann, eine halbe Ewigkeit später, stellte es sich auf die Hinterbeine, legte den Kopf in den Nacken und gab ein weithin hörbares Heulen von sich. Außer dem Wind, der durch die Äste der nahen Eiche fuhr, war dies das einzige Geräusch weit und breit, und den Junker beschlich das Gefühl, dass die Zeit stehengeblieben war.

Dass der Schein trog, wurde ihm klar, als sich der Wolf, der sämtliche Artgenossen in den Schatten stellte, langsam in Bewegung setzte. Schon glaubte der Hüne, seine letzte Stunde habe geschlagen, aber anders als erwartet wich ihm die Bestie aus, schlug einen Haken und begann, ihn im weiten Bogen zu umkreisen. Unfähig, klar zu denken, ließ der Junker das schreckliche Wesen nicht aus den Augen, und obwohl er sich dagegen sträubte, tauchte ein Bild vor seinem inneren Auge auf. Ausgerechnet jetzt, im Angesicht des Scheusals, das ein diabolisches Spiel mit ihm trieb. Ein

Bild, an das er jetzt, da sein Leben auf Messers Schneide stand, ganz bestimmt nicht erinnert werden wollte.

Halb wahnsinnig vor Furcht, mühte er sich, die Traumgesichte zu vertreiben. Doch er mühte sich vergebens. Auf einmal war es wieder Sommer, und er, Arnold, ein Knabe von zehn Jahren. Vor ihm, zum Greifen nah, lag der zerfetzte Körper eines Jungen aus dem Nachbardorf, genau der Junge, welcher vom Bluthund seines Vaters in Stücke gerissen worden war. Es war ein schmächtiger Körper, der da lag, übersät mit Bisswunden, aus denen Ströme von Blut flossen. Ein Lächeln auf den Lippen, sprang Arnold von Stettenberg aus dem Sattel, begleitet vom Hohngelächter des Vaters, das auf seinen Bruder Martin gemünzt war. Wieder einmal hatte jener gekniffen, was ihm, dem Jüngeren, nur recht sein konnte. Verschaffte es ihm doch die Gelegenheit, den verhassten Weichling zu demütigen – öffentlich, vor aller Augen.

Ein Gefühl unbändigen Triumphs im Leib, sah sich der jüngste Spross derer von Stettenberg um. Sah die Gesichter, die sich ihm zuwandten. Die jeden seiner Schritte, jede Bewegung, jede noch so beiläufig erscheinende Geste verfolgten. Die zusahen, wie er näher trat, ausspie, lächelte, den leblosen Körper an der Schulter packte, um ihn umzudrehen – und mit schreckgeweiteten Augen zurückprallte.

Es war dieses Gesicht, das der Junker in diesem Moment sah. Das Gesicht eines Heranwachsenden, dessen Züge so entstellt waren, dass er sie kaum wiedererkannte. Und es war jene Stimme, die er plötzlich hörte, tief, durchdringend und so markerschütternd, dass die Wände des Talgrundes davon widerhallten. »Wo ist dein Bruder Abel?«, sprach sie, und obwohl er sich die Ohren zuhielt, bohrte sie sich wie ein Stilett in seinen Gehörgang hinein.

»Ich weiß nicht!«, antwortete er, »soll ich meines Bruders Hüter sein?«

Die Stimme indes ließ sich nicht besänftigen. »Was hast du getan?«, polterte sie, um ein Vielfaches lauter als zuvor. »Die Stimme des Blutes deines Bruders schreit zu mir von der Erde!«

Der Angesprochene ließ den Kopf hängen und schwieg. Doch wenn er geglaubt hatte, die Tortur sei beendet, irrte er. Kaum war die Stimme verhallt, begann sie aufs Neue, ergoss sich ein wahrer Hagel von Flüchen über ihn. Verwünschung folgte auf Verwünschung, Fluchwort auf Fluchwort, Schmähung auf Schmähung. Und dann, nur wenige Armlängen von ihm entfernt, war plötzlich ein anderer Laut zu hören, kaum vernehmbar zunächst, doch so bedrohlich, dass er ihn endgültig um den Verstand brachte.

Erst jetzt, da das Knurren, welches der einsame Jäger von sich gab, weithin hörbar durch die verschneiten Weinberge hallte, fasste sich Arnold von Stettenberg ein Herz, wirbelte herum und rannte, wie von Furien gehetzt, auf das Burgtor zu.

Das Ziel, auf das er zustürmte, schon zum Greifen nah, wurde der Gejagte zu Boden gerissen, und der Schrei, den er dabei ausstieß, war so grässlich, dass er wie ein Menetekel durch die sturmdurchtoste Winternacht hallte.

ZWEITES KAPITEL

Müßiggang ist die Quelle schlechter Begierden.

[Bernhard von Clairvaux (ca. 1090–1153), französischer Zisterzienserabt und Theologe]

3

Kloster Bronnbach im Taubertal, unmittelbar nach der Morgenmesse | 09:15 h

»Bei allem Respekt, Vater Abt«, beschied Bruder Hilpert seinen Gesprächspartner, der neben ihm vor dem Kamin in der Wärmestube stand, »es wird Zeit, dass ich nach Maulbronn zurückkehre. Das bin ich Vater Albrecht, Eurem Amtsbruder, schuldig. Mir wurde aufgetragen, spätestens am vierten Advent zu Hause zu sein. Und da Gehorsam oberste Pflicht ist, bin ich gehalten, mich in Demut zu üben.«

Abt Johannes IV. Siegemann, nur um wenige Wochen älter als der 43-jährige Bibliothekarius, der ihm einen Anstandsbesuch abgestattet hatte, konnte sich eines Schmunzelns nicht erwehren. »Wollt Ihr denn, Bruder?«, fragte er, wobei er sich aus Hochachtung gegenüber dem berühmten Inquisitor der Höflichkeitsform bediente. »Wie man hört, habt Ihr während der vergangenen sieben Jahre mehr Zeit außerhalb der Klostermauern als in der Bibliothek Eures Heimatklosters zugebracht.«

Der hagere, fast vollständig ergraute und mit dem Habit des Zisterzienserordens bekleidete Ordensbruder nickte. »Ich fürchte, da kann ich Euch nicht widersprechen, Vater Abt«, räumte er unumwunden ein, nicht ohne dem um einen Kopf kleineren und um einiges korpulenteren Klostervorsteher einen verstohlenen Blick zuzuwerfen. »Allein schon aus diesem Grund gibt es kein

Säumen mehr für mich. Der Wunsch meines Abtes ist mir allzeit Befehl.«

Der Abt, ein profunder Menschenkenner, der über die Grillen seiner Mitbrüder geflissentlich hinwegsah, ließ jedoch nicht locker. »Das beantwortet nicht meine Frage!«, stichelte er, die Hände ausgestreckt, um sie über der prasselnden Glut zu wärmen. »Bedenkt man, in welch schwindelerregende Höhen Eure Reputation als Spürnase mittlerweile gestiegen ist, stellt sich mir die Frage, ob Ihr dem Wunsch Eures Abtes aus freien Stücken folgt.«

»Primus humilitatis gradus est oboedientia sine mora!«, gab Bruder Hilpert zur Antwort, wobei ihm die Verlegenheit, welche ihn ergriff, deutlich anzumerken war. »Um ehrlich zu sein, Vater: Natürlich ist es eine Passion von mir, die Welt von Bösewichten jeglicher Art und Herkunft zu befreien. Dass ich dabei zu Ruhm und Ansehen gelangt bin, war gewiss nicht mein Ziel.«

»Sondern?«

»Wie gesagt: All mein Trachten war – und ist – darauf gerichtet, das Böse vom Angesicht des Erdenrunds zu tilgen und dem Guten, soweit es in meiner Kraft steht, zum Sieg zu verhelfen. Mehr wollte und will ich nicht erreichen.«

»Findet Ihr nicht, es ist Aufgabe des Herrn, hierfür Sorge zu tragen?«

»Gewiss doch!«, beeilte sich Bruder Hilpert zu antworten, in der Absicht, die leidige Diskussion zu beenden. »Bin ich doch stets – wie im Übrigen wir alle – nur ein einfacher Arbeiter in seinem Weinberg gewesen. Bemüht, ihm in jeder nur erdenklichen Weise zu dienen.«

Abt Johannes lachte in sich hinein. »Stellt Ihr Euer Licht nicht ein wenig unter den Scheffel, Bruder?«, frotzelte er und ließ den Blick durch das Kalefaktorium schweifen, welches sich nach und nach zu leeren begann. In Kürze würde die allmorgendliche Vollversammlung beginnen, weswegen sich die Angehörigen des Konvents auf den Weg in den Kapitelsaal machten. Das Unbehagen, für den Rest des Tages mit unbeheizten Räumen vorlieb nehmen zu müssen, konnten nur die wenigsten verbergen, war die Zeitspanne, während der sie sich aufwärmen durften, doch denkbar knapp bemessen. »Herkunft aus adeligem Haus, Trivium an der Sorbonne in Paris, Studium der Theologie und Rechtskunde in Rom, Inquisitor und Visitator, zuletzt Bibliothekarius – ich wüsste nicht, was es da zu verschweigen gäbe.«

»Hochmut kommt vor dem Fall, oder sehe ich das etwa falsch, Vater?«

»Nein, das seht Ihr völlig richtig. Aber ich denke, Ihr müsst akzeptieren, dass Ihr kein Bruder wie jeder andere seid.«

»Gerade weil ich das nicht sein will, Vater, möchte ich so schnell wie irgend möglich nach Hause.« Bruder Hilperts ohnehin viel zu blasses Gesicht wurde noch bleicher als sonst, und während er sprach, legte sich ein Schatten über sein hohlwangiges Gesicht. »Was mich betrifft, habe ich in so viele Abgründe blicken müssen, dass ich es nicht abwarten kann, daheim in meinen vier Wänden zu sein.«

»Und was ist mit Eurem Freund, Vogt Berengar? Ohne Euch wird ihm mit Sicherheit langweilig werden.«

»Ihr vergesst, Vater, dass er mittlerweile Familie hat.« Die Gesichtszüge des Bibliothekarius entspannten sich. »Das hält ihn ordentlich auf Trab, allen voran seine Tochter.«

»Wie alt ist sie denn?«

»Isabella? Fünf.« Bruder Hilpert konnte sich eines Schmunzelns nicht erwehren. »Und ein richtiger kleiner Wirbelwind.«

»Der arme Vogt.« Der Abt kicherte amüsiert. »Richtet ihm aus, ich bin jederzeit bereit, ihm Asyl zu gewähren.«

»Zu gütig, Vater«, zahlte Bruder Hilpert mit gleicher Münze heim, dem eine Vorliebe für launige Bemerkungen nachgesagt wurde, »aber ich denke, das wird nicht nötig sein. Wie ich bei meinem Besuch feststellen konnte, kann das alte Raubein seiner Kleinen keinen Wunsch abschlagen. Und das gilt auch für seine Frau.«

»Berengar von Gamburg als treu sorgender Familienvater – wer hätte das gedacht.«

»Kein Mensch, Vater, meine Wenigkeit mit eingeschlossen.« Bruder Hilpert lächelte stillvergnügt vor sich hin. »Unter uns, Vater: Er war überhaupt nicht begeistert, als der Graf ihn beauftragte, an seiner statt am Festbankett auf der Gamburg teilzunehmen. Aber was soll man machen! Pflicht ist nun einmal Pflicht, selbst dann, wenn es sich um den Geburtstag eines entfernten – und obendrein ungeliebten – Verwandten handelt.«

»Kann ich verstehen.«

Bruder Hilpert, der seine Überraschung nicht verhehlen konnte, blitzte den Abt aus dem Augenwinkel an. »Darf man fragen, wie das gemeint ist?«

Johannes IV. Siegemann nickte. »Man darf. Um der Wahrheit die Ehre zu geben, Bruder: Auch bei mir ist Arnold von Stettenberg nicht unbedingt wohlgelitten.« Um zu zeigen, wie ernst ihm war, legte der Abt eine Kunstpause ein. Dann dämpfte er die Stimme und sagte: »Höflich ausgedrückt.«

»Ich nehme an, Ihr habt Eure Gründe?«

»Und ob ich die habe, Herr Inquisitor«, pflichtete der Abt dem Bibliothekarius bei, der so tat, als habe er den lauernden Unterton nicht bemerkt. »Formulieren wir es einmal so: Zwischen Bischofsheim und Wertheim ist mir niemand bekannt, der ein Wort des Lobes für den Junker übrig hätte.«

»Gut zu wissen, dass Ihr die Antipathie meines Freundes teilt.«

»Antipathie?« Mit der Gelassenheit, welche der Abt bisher ausgestrahlt hatte, war es auf einen Schlag vorbei. »Ihr beliebt zu scherzen, Bruder!«

»Keineswegs.«

»Falls ja, wäre es auch nicht angebracht gewesen.« Der Klostervorsteher rang nach Worten. »Alles, was recht ist, Bruder Hilpert, wäre ich nicht Abt, würden mir noch ganz andere Bezeichnungen über die Lippen kommen. Wisst Ihr, wie ihn die Leute nennen?«

Bruder Hilpert deutete ein Kopfschütteln an.

»Bauernschinder!« Einmal in Fahrt, war Johannes IV. Siegemann nicht zu bremsen. »Und soll ich Euch etwas sagen, Bruder? Ich finde, die Leute haben recht. Seit ich Abt dieses Klosters bin, vergeht kein Jahr, in dem es nicht gleich mehrfach Zank und Hader gegeben hat. Doch was auch geschieht, sein Lehnsherr, der Erzbischof von Mainz, will nichts davon hören.«

»Und …«

»Die anderen Herren von Stand, meint Ihr? Nun, was das betrifft, herrscht weitgehend Einmütigkeit. Will heißen: Niemand will etwas mit ihm zu tun haben.«

»Und das bei einem Mann, der aus einer der vornehmsten Familien im Taubergrund stammt?«

»Auf die Gefahr, mir den Mund zu verbrennen, Bruder: Mir scheint, die Gamburg samt ihren Bewohnern hat ihre beste Zeit längst hinter sich. Im glorreichen zwölften Säkulum, zu Zeiten eines Friedrich Barbarossa, mögen sie meinetwegen eine gewisse Rolle gespielt haben. Und natürlich darf man nicht vergessen, dass der hiesige Konvent einem Namensvetter Eures Freundes die großzügige Schenkung zu verdanken hat, durch die der Bau dieses Klosters überhaupt erst möglich wurde.«

»Dennoch: Ich denke, man sollte Leute wie diesen Arnold nicht unterschätzen.«

»Recte, Bruder! Schon gar nicht, wenn man wie wir mit den Wölfen heulen muss.« Der Abt seufzte aus tiefster Seele. »Hier die Grafen von Wertheim, die sich den Schutz, welchen sie uns gewähren, teuer entlohnen lassen, dort der Erzbischof von Mainz, der seine Fühler nach dem Taubergrund ausstreckt und mit dem Bischof von Würzburg, der uns lieber heute als morgen unter Kuratel stellen würde, in unlauterem Wettbewerb steht – und dann auch noch Arnold von Stettenberg, der keine Gelegenheit auslässt, Zank, Hader und allerlei Händel zu stiften. Wenn das kein Grund zur Besorgnis ist, weiß ich auch nicht mehr.«

»Der Bischof von Würzburg – ein raffgieriger Patron? Ich muss doch sehr bitten, Vater!«

Abt Johannes musste wider Willen schmunzeln. »Bei aller Liebe für Euren Hang zur Ironie, Bruder: Was unsere Lage betrifft, kann einem das Lachen schon vergehen.«

»Bedeutet: Was die Umtriebe eines Arnold von Stettenberg betrifft, neigt Ihr dazu, ein Auge zuzudrücken.«

»Ihr habt es erfasst, Bruder. Falls möglich, ziehe ich es vor, Ärger aus dem Weg zu gehen.«

»Der Grund, weshalb Ihr Eurem Prior aufgetragen habt, die Glückwünsche des Konvents zu überbringen?«

Kalt erwischt, hatte der Abt Mühe, die Sprache wiederzufinden. »Wisst Ihr, was ich so an Euch schätze, Bruder?«, begann er geraume Zeit später und wandte sich seinem frierenden Nebenmann zu. »Ihr seid stets für eine Überraschung gut.«

Bruder Hilpert deutete eine Verneigung an.

»Darf man fragen, um wen es sich bei Eurem Ohrenbläser handelt?«

»Gegenfrage: Was spricht dagegen, stets über alles auf dem Laufenden zu sein?«

»Einmal Inquisitor, immer Inquisitor – verstehe.« Ohne die Verblüffung, welche ihn beschlich, allzu deutlich werden zu lassen, setzte der Abt die für ihn typische joviale Miene auf. »Ich muss schon sagen, Bruder: An Euch ist wirklich ein Abt verloren gegangen.«

»Zu viel der Ehre, Vater – kein Bedarf.«

»Und wie wäre es mit dem Amt des Bibliothekarius? Einen wie Euch könnten wir hier gut gebrauchen.«

»Eine interessante Idee, Vater, aber ich fürchte, ich muss auch diese Offerte ablehnen.«

»Auf gut Deutsch: Euer Entschluss steht fest.«

Bruder Hilpert nickte. »Verzeiht, wenn ich es so drastisch formuliere, Vater: Selbst wenn der Heilige Bernhard mich darum bäte, meinen Entschluss zu überdenken, würden mich keine zehn Pferde davon ab…«

Der Bibliothekarius kam nicht dazu, den Satz zu vollenden.

»Verzeiht, dass ich einfach so hereinplatze, Vater, aber … aber es gibt wichtige Neuigkeiten.«

»Und welche?«, forschte der Abt, über das Auftauchen

des Sakristans, der in die Wärmestube stürmte, nicht unbedingt erfreut. »Ich hoffe, du hast gute Gründe für dein Benehmen.«

»Die habe ich, Vater Johannes, da könnt Ihr sicher sein.« Ohne Bruder Hilpert zu beachten, steuerte das Energiebündel namens Quirinus auf den Klostervorsteher zu, trat an seine Seite und redete im Flüsterton auf ihn ein. »Na, was sagt Ihr jetzt?«

»Jetzt bin ich sprachlos«, versetzte der Abt, den Blick bald auf Bruder Hilpert, bald auf die hell auflodernde Glut des offenen Kamins gerichtet. Dann bedeutete er dem Sakristan, sich zu entfernen, und zog seinen Nebenmann, in dem eine dumpfe Ahnung aufstieg, am Ärmel seiner Kutte zu sich heran. »Tja, lieber Bruder«, ließ Johannes IV. Siegemann verlauten, dem anzusehen war, dass er keine frohe Kunde brachte, »wie es momentan aussieht, wird aus Eurer Heimreise nach Maulbronn nichts werden.«

»Und warum nicht?«, fragte Bruder Hilpert, dessen Befürchtung, ein neuer Fall warte auf ihn, allmählich zur Gewissheit wurde. »Ihr wollt doch nicht etwa andeuten, irgendjemandem sei Böses widerfahren?«

»Nicht irgendjemandem, Bruder«, gab Abt Johannes zurück, wandte sich zur Tür und gab seinem Gast zu verstehen, er möge sich ihm anschließen. »Die Rede ist …«

»Doch nicht etwa von Arnold von Stettenberg?«

»Doch, Bruder«, bestätigte der Abt, bevor er im Beisein seines Gastes das Kalefaktorium verließ und in den unmittelbar daran angrenzenden Kreuzgang trat. »Um es vorwegzunehmen: Mich dünkt, Ihr seid um Eure Aufgabe nicht zu beneiden!«

4

Klausurpforte, eine Viertelstunde später | 09:25 h

»EIN WOLF, SAGT ER?«, hakte Bruder Hilpert nach und musterte den Stallburschen, der von Berengar entsandt worden war, um die Nachricht von der Attacke auf Arnold von Stettenberg zu überbringen. »Direkt vor dem Burgtor? Ist sich der Herr Vogt auch ganz sicher?«

Der blond gelockte Knabe nickte. »Er lässt Euch ausrichten, Ihr sollt Euren Hin… verzeiht, Bruder, ich hab mich versprochen! Der Herr Vogt lässt ausrichten, Ihr sollt Euch auf schnellstem Weg auf die Gamburg begeben. Er braucht Hilfe, hat er gesagt.«

»Ja, wenn das so ist, will ich mein Hinterteil mal nach Gamburg bewegen!«, witzelte Bruder Hilpert, während der Stallbursche vor Scham beinahe im Erdboden versank. Und fügte, an die Adresse des Abtes gewandt, hinzu: »So ist mein Freund Berengar nun mal, Vater. Hart im Tonfall, butterweich im Kern.«

»Heißt das, Ihr glaubt, dass die Attacke auf den Junker kein Zufall gewesen ist?«

»Zufall oder nicht – ich fürchte, aus meiner Heimreise wird heute nichts mehr werden«, gab Bruder Hilpert zurück, in Gedanken bei der heimischen Bibliothek, wo es ihn mehr denn je hingezogen hatte. Bücher waren eine Leidenschaft von ihm, eine der wenigen, welchen er zeitlebens gefrönt hatte. Dort, umgeben von Hunderten von Folianten, Schriftrollen und Werken antiker Dichter und Philosophen, war der einzige Ort, an dem er sich vollkommen heimisch fühlte, und nur dort zog es ihn immer wieder hin. »Aber Vorbeischauen kostet ja nichts. Und außerdem ist Berengar mein Freund. Es wäre schändlich, ihn im Stich zu lassen, findet Ihr nicht?«

Abt Johannes brach in Gelächter aus. »Alles, was recht ist, Bruder, aber wenn Ihr jemanden sucht, dem Ihr einen Bären aufbinden könnt, seid Ihr bei mir an der falschen Adresse. Außerdem habe ich Augen im Kopf. Und die sagen mir, dass es Euch reizt, einmal mehr dem Bösen das Handwerk zu legen.«

Einmal mehr durchschaut, scharrte der Bibliothekarius mit den Füßen. »Meine Hochachtung, Vater«, druckste er herum, »Euch kann man wirklich nichts vormachen.«

»Euch ja wohl auch nicht«, erwiderte der Abt und ließ die Hand auf die Schulter seines prominenten Gastes fallen. »Sonst wäre es wohl kaum möglich gewesen, in so kurzer Zeit zum Schrecken aller Missetäter zu werden.« Der Klostervorsteher atmete laut und vernehmlich aus. »Aber lassen wir das.« Danach wandte er sich an seinen Sekretarius, welcher ihm beim Verlassen des Kalefaktoriums gefolgt und von da an nicht mehr von der Seite gewichen war. »Bruder Hilarius, auf ein Wort!«

»Ja, Vater?«, ließ sich der schlanke junge Mönch mit der auffallend hohen Stirn vernehmen. »Was ist Euer Begehr?«

»Tu mir den Gefallen und schließe dich Bruder Hilpert an. Bei einer derart heiklen Mission kann man Hilfe gut gebrauchen. Noch dazu, wenn es gilt, einen Schwerverletzten zu versorgen.«

»Nichts für ungut, Vater«, begann der Bibliothekarius, nicht ohne dem Angesprochenen einen prüfenden Seitenblick zuzuwerfen, »aber ich weiß nicht, wozu das …«

»Ja, Bruder?«

Im Begriff, vehement zu protestieren, besann sich Bruder Hilpert eines Besseren. »Nichts, Vater«, beteuerte er, und sei es auch nur, um nicht unhöflich zu erscheinen. »Habt Dank für Eure Unterstützung.«

»Das hört man gerne, Bruder«, antwortete der Abt, der so tat, als bemerke er Bruder Hilperts Unbehagen nicht. »Darf ich vorstellen: Bruder Hilarius, Infirmarius und meine rechte Hand. Ein Mann mit vielen Talenten, unter anderem, was die Illustration von Büchern angeht.«

»Ein Illustrator? Wie interessant!«, antwortete Bruder Hilpert und ergriff die Hand, welche ihm der Ordensbruder darbot. Bruder Hilarius, der das Kompliment mit einem Lächeln quittierte, schien seinem Namen alle Ehre zu machen. Er sah zwar aus wie ein Gelehrter, ein Eindruck, welcher durch die hohe Stirn, seine auffallende Blässe und ein Paar tief liegende Augen, welchen nichts zu entgehen schien, hervorgerufen wurde. Dessen ungeachtet waren es gerade Letztere, welche den stärksten Eindruck beim Betrachter hinterließen. Leicht hervorstehend, azurblau und von einem kaum wahrnehmbaren Schleier überzogen, ging eine geradezu magische Wirkung von ihnen aus, ein Umstand, der Bruder Hilpert nicht verborgen blieb. Das galt, wenn auch im geringeren Ausmaß, für das gesamte Erscheinungsbild des Mönchs, von dem man den Eindruck bekam, es handle sich um einen jener Zeitgenossen, deren Laune durch nichts getrübt werden konnte. Dementsprechend freundlich, ja geradezu zuvorkommend, trat Bruder Hilarius auf, und es überraschte kaum, dass sein Mund von zahlreichen Lachfalten gesäumt wurde. »Würde mich freuen, bei Gelegenheit mit dir zu fachsimpeln, Bruder.«

»Es wird mir eine Ehre sein«, sagte der Infirmarius, und er sagte es so, dass Zweifel an der Aufrichtigkeit seiner Worte erst gar nicht aufkamen.

»Wann hat man schon Gelegenheit, sich mit einem der gelehrtesten Köpfe unseres Ordens auszutauschen«, betonte Hilarius noch einmal das Vergnügen, den berühmten Bibliothekarius kennengelernt zu haben.

»Scio me nihil scire, kann ich da nur sagen!«, gab Bruder Hilpert peinlich berührt zurück, zur Freude des Abtes, der die Verlegenheit des illustren Gastes mit Schadenfreude quittierte. »Wie heißt es doch in der Heiligen Schrift: Ich bin nur ein einfacher …«

»… Arbeiter im Weinberg des Herrn, gewiss doch, Bruder!«, vollendete der Vorsteher des Konvents und versäumte es nicht, einen Wink mit dem Zaunpfahl hinzuzufügen: »Und da dem so ist, seid Ihr bestimmt froh, einen fachkundigen Gefährten bei Euch zu wissen. Vergessen wir nicht, dass der Vetter Eures Freundes lebensgefährlich verletzt wurde. Allein schon deshalb, denke ich, wird Euch Bruder Hilarius von großem Nutzen sein. Aller guten Dinge sind bekanntlich drei, oder?«

»Auf die Gefahr, mich zu wiederholen«, begehrte der Bibliothekarius auf, »aber ich denke, wir werden uns schon zu helfen wissen.«

»Kein ›Aber‹, Bruder!«, warf Abt Johannes kategorisch ein, »wenn Euch etwas zustößt, würde ich es mir nie verzeihen.«

»Und was, denkt Ihr, könnte mir und dem Stallburschen auf dem Weg zur Gamburg zustoßen?«

»Mehr, als Ihr vielleicht denkt«, gab der Abt kurz angebunden zurück, vom einen auf den anderen Moment bitterernst. »Zwei Tote binnen kürzester Zeit sind genug.«

»Kann es sein, dass Ihr mir etwas verheimlicht habt, Vater?«

»Ich wüsste nicht, was es diesbezüglich zu verheimlichen gäbe!«, entgegnete Johannes IV. Siegemann barsch, wobei die Reihe an ihm war, verlegen zu sein. »Bruder Adalbert, unser Pförtner, ist vor knapp drei Wochen verstorben. 70-jährig, wie ich der Korrektheit halber hinzufügen muss.«

»Und der andere Tote?«

»Mit dem ist es so eine Sache, Bruder.«

»Ich höre.«

»Wir sind nicht bei der Heiligen Inquisition, Bruder!«, murrte der Abt, dem die Art, wie sein Gast nachbohrte, an den Nerven zu zerren schien. »Und Ihr, wenn die Bemerkung erlaubt ist, seid kein Inquisitor mehr.«

»Deo gratias!«, gab Bruder Hilpert mit ostentativer Gelassenheit zurück. »Wenn Ihr erlaubt, würde ich trotzdem gern seinen Namen erfahren.«

»Er hieß Oswyn.«

»Und wie war sein Nach…?«

»Wie sein Nachname war, weiß ich nicht. Ich weiß nur, dass er Kastellan auf der Gamburg war.«

»Und Ihr wisst um die Umstände seines Todes, hab ich recht?«

»So ist es.«

Bruder Hilpert setzte ein hintergründiges Lächeln auf. »Lasst mich raten, Vater«, fuhr er gänzlich unbeeindruckt fort, ungeachtet der Blicke, welche sich auf ihn richteten. »Kann es sein, dass der Burghauptmann eines unnatürlichen Todes starb?«

»Richtig geraten, Bruder«, versetzte der Abt, verschränkte die Arme und machte Anstalten, in die Klausur zurückzukehren. An der Pforte angekommen, drehte er sich abrupt um. »Falls Ihr es genau wissen wollt, mein Sohn«, sprach er mit gedämpfter Stimme, den Blick abwechselnd auf Bruder Hilpert und den mit unbewegter Miene verharrenden Infirmarius gerichtet, »vor genau vier Tagen ist der Kastellan der Gamburg ermordet aufgefunden worden.«

»Und wo?«

»In der Tauber – an Händen und Füßen gefesselt.« Der Abt stieß einen kaum hörbaren Stoßseufzer aus. »Ich fürchte, das war noch nicht alles. Wer weiß, vielleicht ist an der Sache ja auch nichts dran, aber …«

»Aber was? Ich bin ganz Ohr, Vater, nur keine Scheu.«

»Sei so freundlich und lass uns allein, mein Sohn. Ich möchte mit Bruder Hilpert unter vier Augen reden.« Als sich der Infirmarius außer Hörweite befand, dämpfte Abt Johannes den Ton, ergriff Bruder Hilpert am Ärmel und zog ihn bis auf wenige Zoll zu sich heran. »Kein Mensch weiß davon«, flüsterte er und sah sich sicherheitshalber um. »Außer mir und einem Laienbruder.«

»Ihr sprecht in Rätseln, Vater.«

»Es geht das Gerücht, das Grab von Arnolds Vater sei auf das Widerwärtigste geschändet worden.«

»Geschändet?«

»Ihr habt richtig gehört, Bruder.« Der Klostervorsteher legte eine kurze Pause ein. Dann sagte er: »Wie dem auch sei – Ihr könnt Euch sicher denken, weshalb ich so tue, als wisse ich von nichts.«

»Um Schwierigkeiten aus dem Weg zu gehen?«

»Nicht nur.« Der Abt schluckte, immer noch unter Schock. »Gestern früh kam einer unserer Laienbrüder zu mir und begehrte, mich zu sprechen. Unter vier Augen.«

»In besagter Angelegenheit?«

Bruder Hilperts Gesprächspartner bejahte. »Um es kurz zu machen: Bruder Laurenz, so sein Name, stammt aus Gamburg. Dort lebt auch sein Bruder, der die Aufsicht über den Schweinepferch auf dem Dorfanger führt.«

»Ihr wollt doch nicht etwa andeuten, dass …«

»Ich sehe, Ihr könnt mir folgen, Bruder.« Kalkweiß im Gesicht, betupfte der Abt seine Stirn. »Wer tut so etwas?«, presste er mit nur mühsam unterdrücktem Abscheu hervor, kaum fähig, seiner Erregung Herr zu werden. »Wer ist so verrucht, frage ich Euch, dass er nicht davor zurückschreckt, die Gebeine eines Toten auszugraben und sie den Schweinen auf dem Dorfanger zum Fraß vorzuwerfen? Wer tut so etwas, Bruder – und warum?«

»Jemand, der einen unbändigen Hass gegen die Sippe derer von Stettenberg hegt«, erwiderte Bruder Hilpert und fuhr sich mit dem Zeigefinger über den Mund. »Auf den Punkt gebracht: Um Euch und den Bruder Eures Schutzbefohlenen nicht in Schwierigkeiten zu bringen, habt Ihr Euch entschieden, Stillschweigen zu bewahren.«

Abt Johannes nickte stumm.

»Verstehe.« Einstweilen im Bilde, beugte Bruder Hilpert das Knie, um den Siegelring des Abts zu küssen. Dann erhob er sich, bedeutete Bruder Hilarius, er möge sich ihm anschließen, und sagte: »Mir scheint, die Attacke auf den Junker kam nicht von ungefähr.« Dann fügte er, an den Infirmarius gewandt, hinzu: »Komm, Bruder Hilarius – verlieren wir keine Zeit!«

5

Niklashausen an der Tauber,
Beginn der vierten Stunde | 10:00 h

DIE VERGELTUNG, AUF DIE ER mehr denn je gehofft hatte, war sein gewesen. Das verschaffte ihm ein Gefühl der Befriedigung, ja, des Triumphs. War Arnold von Stettenberg doch ein Mann, der nicht nur sein Leben, sondern auch das seiner Familie zunichtegemacht hatte. Auf einen Schlag, an einem einzigen Morgen vor 18 Jahren. Allein schon deshalb war er froh, dass das Urteil über den meistgehassten Standesherrn weit und breit gesprochen war. Froh und darüber hinaus erleichtert, dass den Junker das Schicksal ereilt hatte, das er verdiente. Die Empörung darüber würde sich in Grenzen halten, von der Möglichkeit, dass Nachforschungen angestellt würden, ganz zu schweigen. Und selbst wenn – auf die Idee, dass hinter all dem ein Komplott steckte, würde nicht einmal der hellste Kopf im Umkreis von zehn Tagesreisen kommen. Dafür waren er und sein mit allen Wassern gewaschener Helfershelfer, von dem selbst der Leibhaftige noch etwas lernen konnte, viel zu umsichtig und mit einer Akribie vorgegangen, die nichts, aber auch rein gar nichts dem Zufall überließ.

Unnötig zu erwähnen, dass die Fallstricke, in denen sich der Junker verheddert hatte, von niemandem bemerkt worden waren. Zugegeben, allzu oft spielte der Zufall eine tückische Rolle, und was alles schiefgehen konnte, wenn man seinem Todfeind nach dem Leben trachtete, war ihm, der fast zwei Dezennien auf die Gelegenheit zur Rache hatte warten müssen, nur allzu deutlich bewusst. Verdacht hatte indes niemand geschöpft, und vielleicht war das auch der Grund, weshalb er mit jedem Schritt, den er zurücklegte, an Gelöstheit hinzugewann. Vorbei waren die Tage, an denen er um ein Haar dem Wahnsinn verfallen wäre, vorbei auch die Stunden, in denen er mit dem Gedanken gespielt hatte, Hand an sich zu legen. Und noch etwas war vorüber: die Nächte, in denen er von Albträumen heimgesucht worden war, in denen ihn die Bilder aus den Tagen seiner Kindheit und Jugend nicht mehr losgelassen hatten. Der Vater, der an einem Mühlrad festgezurrt und so lange malträtiert worden war, bis er sein Leben ausgehaucht hatte. Der Anblick seiner Schwester, die erhängt aufgefunden und das Spektakel, bei dem sein Spielkamerad zu Tode gehetzt und von einem Bluthund zerfleischt worden war: All das, hoffte er, würde hinter dem Nebelschleier des Vergessens verborgen bleiben.

Für immer.

Wahrlich, dachte er bei sich, während er dem Gamburger Brückentor zustrebte, um an das gegenüberliegende Ufer der Tauber zu gelangen, dies ist der schönste Tag in meinem Leben. Schöner als alles, was ihm in seinem von Kargheit, Not und Entbehrungen geprägten Leben zuteilgeworden war. Ein Leben, in dem ihm nichts, was anderen in den Schoß fiel, geschenkt worden war.

»Grüß Gott, der Herr – wohin so geschwind, wenn man fragen darf?«

Der Wandersmann, bei dem der Torwächter ohnehin nicht in hohem Ansehen stand, tat so, als habe er die Frage nicht gehört, tippte an die Krempe seines Filzhutes und beeilte sich, das mit vier Toren, Wall, Schanzgraben und einem Hagzaun bewehrte Heimatdorf hinter sich zu lassen. Nach einem Gespräch mit Bartel, der während der Schlacht bei Bergtheim die linke Hand eingebüßt hatte, stand ihm ebenso wenig der Sinn wie nach dem Fusel, den der Kriegsinvalide mit ausgestreckter Hand offerierte. Heute, am ersten wirklich schönen Tag seit Wochen, hatte er anderes im Sinn. Heute wollte er den Triumph, den ihm das Schicksal beschert hatte, genießen.

Hinzu kam, dass er sich sputen musste, konnte er es doch kaum abwarten, die frohe Kunde zu überbringen. »He, Klumpfuß – redest wohl nicht mit jedem, was?«, geiferte Bartel hinter ihm her, aber weder davon noch durch eine obszöne Geste ließ sich der bullige Bartträger beeindrucken. Die Tatsache, dass er mit 17 Jahren in eine Wolfsangel geraten war, konnte man nun einmal nicht ungeschehen machen, und ihm blieb nichts anderes übrig, als mit dem zerquetschten linken Knöchel zu leben.

Das allerdings erwies sich zuweilen als recht schwierig, da er aus Gründen, die auf der Hand lagen, von den Dorfbewohnern gemieden wurde. Krüppel wie er zählten eben nicht viel, und wenn man im Knabenalter Vollwaise geworden war, musste man sich auf die Hinterbeine stellen, um zu überleben. Nun gut, das mit dem Überleben war ihm dank seiner Zähigkeit gelungen, aber da es nicht wenige Dorfbewohner gab, die es mit dem Junker hielten, war er gezwungen gewesen, um sein Erbe zu kämpfen. Das wiederum hatte bedeutet, dass er vor Gericht ziehen musste, auch und vor allem, um Eigentümer des väterlichen Anwesens zu bleiben. Kaum verwunderlich, dass er sich dadurch viele Feinde gemacht hatte, allen voran solche, die ihr Haupt unter das Joch des Adelspacks beugten. Ausgemacht hatte ihm dies nicht viel, weniger noch, als wenn ihn Kinder, die ihn zur Weißglut treiben wollten, als Hinkebein bezeichneten. Er hatte gelernt, Kränkungen zu ignorieren, selbst dann, wenn sie aus dem Mund eines versoffenen Soldknechtes kamen.

Doch war dies weder der Ort noch der Zeitpunkt, um sich Gedanken über erlittene Schmähungen zu machen. An einem Tag wie heute war es das Beste, den Blick nach vorn zu richten und die Schönheit, welche ihn umgab, auf sich wirken zu lassen. Selten zuvor war der Himmel so blau, die Sonne so strahlend hell und die Fluten der Tauber, an deren Ufer er entlanghinkte, so klar und rein wie ein aus dem Erdboden emporsprudelnder Gebirgsbach gewesen. Es bereitete ihm Freude, das Knirschen des Schnees zu vernehmen, während er seines Weges zog, und einen Augenblick lang kam es ihm so vor, als schmerze das Bein nicht mehr, welches seinen Schritt hemmte. Alle Menschen, vor allem seine Peiniger, schienen wie durch Zauberhand vom Erdboden verbannt, und mit jedem Schritt, den er zurücklegte, verschwand eine weitere Sorgenfalte und machte einer frohgemuten Miene Platz.

Nicht lange, und der Wandersmann begann leise vor sich hinzusummen, doch schien er es jetzt, da er sich dem Nachbardorf näherte, nicht zu bemerken. Klammheimliche, durch nichts und niemanden zu trübende Freude keimte in ihm auf, ein Hochgefühl, welches er so noch nie im Leben verspürt hatte.

Wahrlich, heute war ein guter Tag, und wäre sein Bein nicht gewesen, das er geflissentlich ignorierte, hätte er die verbleibende Wegstrecke im Laufschritt zurückgelegt.

Das Schicksal, so schien es, meinte es gut mit ihm.

Die einen nannten sie Zankteufel, die anderen Kräuterweib. Wieder andere, welche ihr mit Argwohn begegneten, bezeichneten sie als Giftmischerin. Ihr selbst war es einerlei, mit welchen Ausdrücken sie hinter ihrem Rücken bedacht wurde. Nach 67 Jahren, die sie bis auf wenige Tage in ihrem Heimatdorf verbracht hatte, wusste sie genau, dass nichts zählebiger als der Ruf war, der einem von Kindesbeinen anhaftete. Bereits ihre Mutter, Tochter des Dorfschulzen, hatte sich mit Heilkräutern, allerlei Tinkturen, Salben und schmerzstillenden Mixturen einen Ruf als Helferin in der Not erworben, und so war auch sie, der Hexenbalg, in die Fußstapfen der landauf, landab bekannten Wunderheilerin getreten. Im Dorf, wo jeder jeden kannte, hatte dies natürlich zu allerlei Gerüchten, übler Nachrede und reichlich Tratsch und Klatsch geführt, und als ihr Leib jenseits der Dreißig noch fruchtbar geworden war, hatten die Verleumdungen, welche die Runde machten, kein Ende nehmen wollen. Vom Kindsvater, einem Gaukler, hatte sie seit dem flüchtigen Beisammensein nie wieder etwas gehört, und so, kaum verwunderlich, war sie von Stund an gemieden, verspottet und nach Kräften durch den Schweinekoben gezogen worden. Gebraucht hatten sie die Dorfbewohner aber trotzdem, und sei es nur, damit sie von ihren Gebrechen kuriert wurden. Nur selten war sie um einen Rat oder das entsprechende Mittel gegen Geschwüre, Gicht oder andere Gebrechen verlegen gewesen, und das, wenn schon nicht ihr Ruf, hatte sie vor der Denunziation beim gräflichen Justitiarius bewahrt.

Nicht verschont worden war sie dagegen von einem Schicksalsschlag, der sie vor einem Vierteljahrhundert, genauer gesagt im Sommer des Jahres '98, ereilt hatte. Gerade einmal 42, hatte sie sich beinahe über Nacht in eine Greisin verwandelt, sich in ihre Kate zurückgezogen und den Ruf erworben, nicht mehr ganz richtig im Kopf zu sein. Vollends aus der Luft gegriffen war die Behauptung nicht, hatte sie sich doch geweigert, den Tod des über alles geliebten Sohnes zu akzeptieren. Das war sogar so weit gegangen, dass sie sich eingeschlossen, die Tür verbarrikadiert und jeden Versuch, den Leichnam für die Bestattung herzurichten, vereitelt hatte. Tagelang war sie in ihrer Kate gehockt, nur eine Armlänge von ihrem toten Kind entfernt, das von den Bluthunden des Burgherrn in Stücke gerissen worden war. Amalrich war erst acht gewesen, zu jung, um für das, was ihm zur Last gelegt wurde, verantwortlich gemacht zu werden. Gekümmert hatte dies den Herrn von Stettenberg allerdings kaum, ganz zu schweigen von seinem Spross, der, wie gemunkelt wurde, den Knaben auf dem Gewissen hatte. Wäre der Dorfpfarrer nicht gewesen, der sie beschwor, Vernunft anzunehmen, wäre die Sache gewiss böse ausgegangen, und es war das Verdienst von Vater Julian, dass sie am Ende eingelenkt und das, was von Amalrich übrig geblieben war, auf dem Kirchhof hinter der Wallfahrtskapelle zur Ruhe gebettet hatte.

Es war dieser Kirchhof, den Mechthild soeben betrat, wie stets, wenn dies geschah, völlig in sich gekehrt. Außer ihr war heute noch niemand hier gewesen, weshalb die Schneedecke, unter der die Gräber lagen, gänzlich unberührt war. Hie und da ragten noch verwelkte Herbstblumen daraus hervor, und das Kreuz, welche die Ruhestätte ihres Sohnes markierte, war von einer hauchdünnen Schicht Pulverschnee bedeckt. Doch dafür, wie auch für das Eichhörnchen, welches im Geäst der nahen Buche Zuflucht suchte, hatte die alte Heilerin keinen Blick. Ihre

Aufmerksamkeit galt allein dem schmucklosen Holzkreuz, auf dem der Name ihres Sohnes eingraviert war, des einzigen Menschen, der ihr je etwas bedeutet hatte.

Aus ihrem Vorhaben, stille Andacht zu halten, sollte jedoch nichts werden. Kaum hatte sie ihr Ziel erreicht, wurde Mechthild auch schon durch ein Quietschen aus den Gedanken gerissen. Kurz darauf fiel die schmiedeeiserne Friedhofspforte ins Schloss.

Um zu erkennen, wer sich ihr von hinten näherte, brauchte sich die 67-Jährige nicht umzudrehen. Der schleppende Schritt, begleitet vom Knirschen eines Wanderstabes, der sich tief in die festgefrorene Schneedecke bohrte, genügte vollauf. Und so blieb die Alte, welche ihr Trauergewand seit einem Vierteljahrhundert nicht mehr abgelegt hatte, ohne mit der Wimper zu zucken, stehen. »Es ist lange her«, sprach sie, nachdem der Fremde innegehalten und nicht gewagt hatte, das Wort an die mit einem dunklen Kopftuch bekleidete Gestalt zu richten. »Sehr lange.«

Nicht sicher, was genau die Frau damit meinte, hüllte sich der Unbekannte in Schweigen.

»Seit du zum letzten Mal hier gewesen bist, meine ich«, fügte Mechthild erklärend hinzu. Ihre Stimme klang heiser, und es schien, als falle ihr das Sprechen schwer. »Nun gut – was bringt dich hierher, Hrodgar?«

»Ich bin gekommen, um dir etwas mitzuteilen«, gab der Bärtige zur Antwort, als Schutz gegen die Kälte in einen Umhang aus Schafswolle gehüllt. Dann rückte er den Filzhut zurecht, unter dem die pechschwarzen und bis auf die Schultern herabreichenden Strähnen zusammengezwängt waren. »Etwas, das dich mit Freude erfüllen wird.«

Die Antwort bestand aus einem gallenbitteren Lachen. »Ich muss gestehen, du machst mich neugierig, lieber

Neffe«, spöttelte die Alte und hielt es offenbar nicht für nötig, einen Blick von ihrem Nebenmann zu erhaschen. »Worüber, wenn du erlaubst, sollte sich jemand in meinem Alter freuen?«

»Darüber, dass der Gerechtigkeit Genüge getan wurde«, versetzte der um eine Haupteslänge größere, vierschrötige und mit Bärenkräften ausgestattete Muskelberg, nachdem er sich den Schnee aus dem zerzausten Vollbart gewischt hatte. Und ergänzte: »Falls du verstehst, was ich damit sagen will.«

Die Alte verstand. Und erschrak so sehr, dass sie den Kopf ruckartig zur Seite wandte. »Heißt das, dass du …«, begann sie, während ihre graublauen Augen über das Gesicht ihres Schwestersohnes wanderten. »Willst du damit sagen, er ist tot?«

Das Kraftpaket aus dem benachbarten Gamburg nickte. »Müsste mit dem Teufel zugehen, wenn es nicht so wäre!«, bekräftigte er mit unverhohlener Häme. »Amalrich ist gerächt. Du kannst zufrieden sein, Muhme.«

»Zufrieden? Ich?«, rief Mechthild aus, wobei nicht klar war, ob die Frage an ihren Neffen oder an die eigene Adresse gerichtet war. »Heißt das, du hast ihm aufgelauert, Hrodgar?«

Im Geist wieder bei den Geschehnissen, die er als Zehnjähriger von seinem Versteck aus verfolgt hatte, schüttelte der Angesprochene den Kopf. »Nicht ich«, antwortete er, wobei sich spürbare Zufriedenheit in seine Schadenfreude mengte. »Nicht ich, sondern jemand, dessen Hass den meinigen noch übertrifft.« Bemüht, seiner Stimme mehr Festigkeit zu verleihen, atmete Hrodgar durch. »Aber ich war im Bilde – und schäme mich meiner nicht.«

»Und wie …?«

»Wie er der gerechten Strafe zugeführt wurde, willst du wissen?«, vollendete Hrodgar und verstärkte den Griff um seinen Stab. »Ganz einfach: auf eine Weise, wie es ein Mann seines Schlages verdient.«

Die Alte schwieg, weit davon entfernt, über die vermeintlich frohe Kunde erleichtert zu sein.

Ihr Neffe registrierte es mit Verwunderung. »Ich dachte, du freust dich!«, brummte er und bemühte sich erst gar nicht, seine Enttäuschung zu verbergen. »Amalrichs Tod ist gesühnt – ist das etwa nichts?«

»Du bist nicht Gott, Hrodgar, vergiss das nicht«, antwortete Mechthild, den Blick auf die dunklen Lettern auf dem Grabkreuz fixiert. »Steht doch geschrieben, du sollst nicht töten.«

»Aber ...«

»Ich weiß, wie viel dir Amalrich bedeutet hat«, sprudelte es jetzt, da ihr die Tragweite der Nachricht klar wurde, aus der leidgeprüften Frau heraus, »und wie sehr du darunter gelitten hast, mit ansehen zu müssen, wie er starb.«

»Auge um Auge, Zahn um Zahn.«

»Egal, wie sehr du dem Tod des Junkers entgegengefiebert oder wie sehr du dich versündigt hast, Hrodgar: Du hast Schuld auf dich geladen, große Schuld.« Bevor sie fortfuhr, holte die Heilerin tief Luft. »Was immer du getan hast, Hrodgar: Es bringt mir meinen Amalrich nicht zurück.«

»Die Rache ist mein, spricht der Herr – und ich will ...«

»Vergelten? Und wozu?« Es hätte nicht viel gefehlt, und die Alte wäre in Tränen ausgebrochen, so groß war die Erbitterung, die sie beim Gedanken an die vergangenen Zeiten ergriff. »Was, bitte schön, sollte ich deiner Meinung nach davon haben? Wenn ein Stettenberger zu Fall kommt, springt ein anderer in die Bresche. So ist das nun einmal. Und so wird es bis in alle Ewigkeit bleiben. Bildest du dir etwa ein, du könntest denen eins auswischen, Hrodgar? Einmal angenommen, der Junker ist wirklich tot – was, denkst du, wird dann geschehen? Glaubst du im Ernst, die hohen Herren auf der Gamburg werden die Sache auf sich beruhen lassen? Tot oder nicht – die werden Himmel und Hölle in Bewegung setzen, um dem Täter auf die Spur zu kommen. Glaub mir, Hrodgar: Damit hast du dir keinen guten Dienst erwiesen. Du weißt doch, was in der Bibel steht, oder? ›Denn sie säen Wind und werden Sturm ernten.‹ Lass dir das eine Warnung sein, Neffe, und tue Buße, solange du es noch kannst. Mehr habe ich dir nicht zu sagen, Hrodgar.« Atemlos vor Erregung, schöpfte die Alte erst einmal Luft. »Du sagst ja gar nichts, Hrodgar. Hrodgar?«

Nichts Gutes ahnend, drehte sich Mechthild um.

Nur, um zu erkennen, dass außer der Spur, die er im Schnee hinterlassen hatte, keine Anzeichen mehr von der Gegenwart ihres Neffen kündeten.

6

Burgtor, Ende der 5. Stunde | 10:30 h

Der Vorbote des Todes war nicht allein. Kaum kauerte er auf dem Rebstock, erhob sich ein Lärm, der Bruder Hilpert aufhorchen und den Blick zum frostklaren Firmament richten ließ. Auch Berengar, der die Umgegend nach Spuren durchkämmt und den Kater vom Vorabend nach Kräften ignoriert hatte, ließ die Arbeit ruhen. Es war ein bizarres Schauspiel, das sich ihm und seinem Freund bot, ein Spektakel, wie er es noch nie erlebt hatte.

Berengar, Vogt des Grafen von Wertheim, fehlten die Worte. Ein Rabe nach dem anderen flatterte vom stahlblauen Winterhimmel herab und ließ sich laut zeternd auf den Rebstöcken nieder, die den Weg zum Burgtor säumten. Die Luft, schneidend kalt wie sonst nur im Januar, begann förmlich zu vibrieren, und es schien, als wolle das Gekrächze kein Ende nehmen. Ein Schwarm folgte auf den nächsten, einer dichter, vielköpfiger und laustarker als der vorige. Nicht lange, und wahre Heerscharen von Rabenvögeln ließen sich auf und neben dem Burgweg nieder, unweit der Stelle, wo sich die festgefrorene Blutlache befand.

Von dort, nur wenige Schritte von der Zugbrücke entfernt, sah Berengar von Gamburg dem beklemmenden Treiben zu. Als Ordnungshüter, von Jugend an in Diensten des Grafen von Wertheim, war der 36-jährige und nahezu sechs Fuß große Recke mit dem schwarz gelockten Haupt durch Vorfälle wie diese zwar nicht zu erschüttern. Dennoch kam er nicht umhin, die Arbeit, der er sich gewidmet hatte, ruhen zu lassen. Der Hüne im schwarz-blau gestreiften Wams, über dem er einen Umhang aus Marderfell trug, zählte gewiss nicht zu denjenigen, die dem Aberglauben huldigten, das hieß aber nicht, dass ihn das Spalier aus schwarz gefiederten Unglücksboten kaltgelassen hätte.

Am Ende war es eine Aaskrähe, die dafür sorgte, dass der bei Berengar ohnehin recht dünne Geduldsfaden riss. Kecker als ihre Artgenossen, welche stumm und regungslos am Wegrand hockten, hatte sich der ungewöhnlich große und tückisch dreinblickende Vogel der Blutlache bis auf Armlänge genähert, im Schnee herumgestochert und den Versuch gemacht, nach einem blutdurchtränkten Hautfetzen zu schnappen. Für Berengar, dessen Temperament des Öfteren mit ihm durchzugehen pflegte, war dies des Schlechten denn auch zu viel. »Scheiß-Viecher, vermaledeite!«, rief der breitschultrige Heißsporn aus, trat nach der Krähe und hätte sogar das Schwert gezückt, wenn ihm Bruder Hilpert, der die Neigung seines Freundes zu Zornesausbrüchen kannte, nicht in den Arm gefallen wäre. »Packt euch, sonst könnt ihr was erleben!«

Bei der Krähe und ihren Artgenossen, die wie versteinert im Schnee hockten, zeigte der Wutausbruch jedoch kaum Wirkung. Als habe sie ihn vorausgeahnt, stieß die schwarz gefiederte Kreatur einen Schrei aus, erhob sich in die Luft und zog wie zum Hohn Berengars ihre Kreise. »Komm, gehen wir wieder an die Arbeit!«, warf Bruder Hilpert ein, bevor sein Freund, der über einen schier unerschöpflichen Vorrat an Flüchen verfügte, seinem Unmut durch eine Serie von Kraftausdrücken Luft machen konnte. »Je früher wir damit fertig sind, desto besser.«

»Dir ist doch nicht etwa kalt, Bücherwurm?«, frotzelte der Vogt, ein Zeichen, dass sich sein Gemüt abzukühlen begann. »Wie wär's mit einem Becher Glühwein? Ein Schluck und die Welt ist wieder in Ordnung!«

»Genau das, fürchte ich, ist sie nicht.« Ohne Blick für die Raben, welche einen Kreis gebildet hatten, stemmte Bruder Hilpert die feingliedrigen Hände in die Hüften, stieß einen Schwall Atemluft aus und ließ den Blick zu der Stelle wandern, wo sich der Burgweg gabelte. Bog man nach rechts, gelangte man auf direktem Weg ins Dorf, wohingegen der Pfad zu seiner Linken zum Kammerforst führte. Wie allgemein bekannt, hatte er den Namen der Finanzkammer des Erzbischofs von Mainz zu verdanken, in dessen Händen sich nicht nur der Wald, sondern auch die Burg befand, welche von Berengars Verwandten zu Lehen genommen worden war. »Was ist eigentlich mit der Spur?«, murmelte Bruder Hilpert und deutete auf die Fußstapfen, die an der nur einen Steinwurf weit entfernten Weggabelung nach links abzweigten. Dank des Frosts, unter dem das Land ächzte, war die Fährte deutlich zu erkennen, und man musste kein Kriminalist sein, um zu erraten, wer sie hinterlassen, den Weg zum Kammerforst eingeschlagen und anschließend den Nachhauseweg angetreten hatte. Dies allein war schon auffällig genug, wäre da nicht die Fährte gewesen, welche unweit der Stiefelspuren zu erkennen war. Bald weiter, bald weniger weit davon entfernt, führte sie auf direktem Weg zu der Anhöhe, auf deren höchstem Punkt sich das Torhaus der Gamburg befand. Selten zuvor, so schien es, war es Bruder Hilpert leichter gefallen, die richtigen Schlüsse zu ziehen, doch gab es da etwas, was ihn davon abhielt, die Angelegenheit ad acta zu legen. Irgendetwas an der Sache stimmte nicht. Und wenn es etwas gab, worauf er vertraute, dann war es sein Instinkt. Die Fälle, in denen ihn sein Spürsinn im Stich gelassen hatte, waren dünn gesät, und gerade weil dies der Fall war, hütete er sich davor, voreilige Schlüsse zu ziehen. Nichts war so gefährlich wie sich von augenfälligen Indizien in die Irre führen zu lassen, weshalb er sich betont wortkarg und einsilbig gab. »Bist du ihr gefolgt?«

Berengar schüttelte den Kopf. »Nicht nötig«, beschied er Bruder Hilpert, der überrascht die Braue hochzog. »Hier – das ist aus seinem Wams gefallen.«

»Und was ist das?«, fragte der Bibliothekarius, während ihm Berengar ein zusammengefaltetes Stück Pergament reichte. »Etwa eine …«

»Eine Nachricht, du hast es erfasst!«, vollendete Berengar mit spürbarer Genugtuung, wie stets, wenn er dem Freund um eine Nasenlänge voraus zu sein schien. »Scheint so, als habe sich der Herr Vetter auf Freiersfüßen befunden«, verkündete er lapidar, wobei die Miene, die er aufsetzte, Bände sprach. Ganz zu schweigen von dem Zusatz, den sich der Vogt offenbar nicht verkneifen konnte: »Wieder mal.«

»Du willst damit sagen, er sei ein Schürzenjäger?«, fragte der Bibliothekarius, während er den Pergamentstreifen auseinanderfaltete, das, was darauf geschrieben stand, begutachtete und zum Missvergnügen des Freundes keine Miene verzog. »Und selbst wenn: Glaubst du wirklich, jemand ist so töricht und stiehlt sich mitten in der Nacht bei Eis und Schnee davon, um sich mit seiner Herzensdame zu treffen?«

»Da sieht man mal wieder, wie weltfremd ihr Zisterzienser seid!«, stieß Berengar hervor, der die Gelegenheit, den Freund auf die Schippe zu nehmen, nicht ungenutzt verstreichen ließ. »Ist der Hosenteufel erst mal wach, ist es bereits zu spät. Dann, mein hochgelehrter Freund, helfen einem auch der Verstand, das tief schürfendste Traktat oder die Ermahnungen, welche deine Mitbrüder unters Volk streuen, nichts mehr.«

»Ich muss doch sehr bitten, Berengar!«, begehrte Bruder Hilpert kopfschüttelnd auf. »Das meinst du doch hoffentlich nicht ernst, oder?«

Der Vogt grinste breit. »Na ja, zumindest nicht ganz«, lenkte er ein, darauf bedacht, nicht übers Ziel hinauszuschießen. Für Scherze war sein Freund eigentlich immer zu haben, aber was Zweideutigkeiten betraf, musste man bei Hilpert vorsichtig sein. »Was ich damit sagen will, ist: Der Ruf, in dem mein Vetter steht, kommt nicht von ungefähr.«

»Du weißt, wie gern die Leute tratschen, oder?«

»Natürlich weiß ich das. Aber ich weiß auch, wie gern Arnold nach fremden Röcken schielt.«

»Du musst es ja wissen, Berengar. Schließlich bist du mit ihm verwandt.«

»Verwandte kann man sich nicht aussuchen, Freunde schon.«

»Jetzt ist es aber genug!«, wies Bruder Hilpert seinen Gefährten zurecht, die Nachricht, welche mit krakeliger Schrift auf den Pergamentstreifen gekritzelt worden war, zwischen Daumen und Zeigefinger der rechten Hand. »Redet man so über einen Verwandten, der mit dem Tode ringt?«

Anstatt das, was ihm auf der Zunge lag, zum Besten zu geben, ließ es der Vogt bei einem Grummeln bewenden. »Na, Bücherwurm, was sagst du dazu?«

»Zu dem Gekritzel da?« Bruder Hilpert atmete laut und vernehmlich durch, zog die Augengläser, welche er stets bei sich trug, unter seiner Kukulle hervor und betrachtete den Schriftzug genauer. *Mein Verlangen nach dir ist so groß, dass ich an nichts anderes mehr denken kann. Darum komm heute Nacht in den Kammerforst, damit ich weiß, ob du meine Gefühle teilst.* Der Bibliothekarius zog die Stirn in Falten und sprach: »Fragt sich nur, wie der Name der Auserwählten lautet.«

»Weiß ich nicht, aber …«

»Kann es sein, das wir beide das Gleiche denken?«, erriet Bruder Hilpert die Gedanken des Gefährten, während sein Blick dem Pfad folgte, der zum Rand des Kammerforstes führte. »Angenommen, dein Vetter besitzt seinen Ruf zu Recht – wo, denkst du, könnte das traute Stelldichein stattgefunden haben?«

»In seiner Jagdhütte.« Der Vogt setzte eine vielsagende Miene auf. »Wie geschaffen für amouröse Eskapaden.«

»Entfernung?«

»Eine Achtelmeile – wenn überhaupt.«

»Sachen gibt es, die gibt es gar nicht.« Beinahe steif vor Kälte, trat Bruder Hilpert auf der Stelle. Trotz Halbschuhen aus Hirschleder, Untergewand, Tunika und einer Kukulle aus Schafwolle, deren Kapuze die sorgsam zurechtgestutzte Tonsur bedeckte, war seinen Bemühungen jedoch kein Erfolg beschieden. Ihm war, als gefriere er allmählich zu Eis, und wenn er sich nach etwas sehnte, dann nach einem Platz vor dem Kamin. »Mir scheint, du liegst mit der Beurteilung deines Vetters nicht ganz falsch.«

»Zu viel der Ehre, Eminenz!«, spottete Berengar und konnte der Versuchung, noch eins draufzusetzen, nicht widerstehen: »Dass ich richtigliegen könnte, hätte ich nicht zu träumen gewagt.«

Der Bibliothekarius tat so, als habe er die Bemerkung überhört. »Wie lange hat das Bankett eigentlich gedauert?«, wollte er wissen, nah genug, um die Weinfahne des Vogtes riechen zu können. »Dir ist doch nicht etwa übel, oder?«

»Hilpert, wie er leibt und lebt – nie um eine schlagfertige Antwort verlegen.« Berengar grinste schief. »Wann ich mich in die Federn gehauen habe, willst du wissen? Kurz vor Mitternacht, wenn mich mein Erinnerungsvermögen nicht trügt.«

»Und dein Vetter?«

»Was soll mit ihm sein?«

Bruder Hilpert setzte eine leidgeprüfte Miene auf. »Ob er noch zu Tisch saß, als du dich zurückgezogen hast, will ich wissen!«

»Warum denn so übellaunig, Eminenz? In der Ruhe liegt die Kraft.«

»Das sagt gerade der Richtige.«

»Packt euch von hinnen, wird's bald?« Der Hänseleien überdrüssig, unternahm Berengar einen abermaligen Versuch, die Krähen zu vertreiben. Doch wie zuvor blieb der erhoffte Erfolg aus. »Wie gesagt: Wenn ich mich recht entsinne, habe ich mich zwei Stunden nach Mitternacht in meine Kammer begeben.«

»Das heißt, du kannst nicht mit Bestimmtheit sagen, wann dein Vetter das Bankett verlassen hat.«

»Du sagst es.«

»Noch jemand, der frühzeitig die Segel eingeholt hat?«

»Nicht dass ich wüsste.«

»Zu wievielt wart ihr eigentlich?«

»Zuletzt zu siebt.« Der Vogt machte ein gequältes Gesicht. »Einer merkwürdiger als der andere, um es dezent auszudrücken. Aber was soll's – so ist das eben, wenn die bucklige Verwandtschaft beisammensitzt. Da bleibt dir nur eins: Gott Bacchus huldigen, solange der Vorrat reicht.«

»Auch dann, wenn einem hinterher der Schädel brummt?«

»Mir geht's blendend – ich weiß gar nicht, was du hast.« Um von sich abzulenken, wechselte der Vogt das Thema. »Also: Zu Beginn des Banketts waren wir zu neunt – Arnold, seine Frau, sein Bruder Ruprecht, sein Vetter, der Burgkaplan, ein Domkapitular aus Würzburg und nicht zuletzt der Amtmann des Erzbischofs von Mainz nebst Gattin. Meine Wenigkeit, die vom Grafen und der eigenen Gattin zur Teilnahme genötigt wurde, nicht zu vergessen.« Der Vogt schnitt eine missmutige Grimasse. »Du weißt doch, wie Irmingardis ist: Sie riecht im Voraus, wenn ich versuche, mich vor irgendetwas zu drücken.«

»Komm schon, alter Freund – so schlimm, wie du tust, kann es ja wohl nicht gewesen sein.«

»Hast du eine Ahnung! Als Erstes hat sich Arnold mit dem Amtmann in die Haare gekriegt. Und dann, damit einem nicht langweilig wird, mit seinem kleinen Bruder.« Um das Gesagte zu untermauern, legte der Vogt eine kurze Pause ein. Dann erzählte er: »Da sind die Fetzen geflogen, dass es nur so gekracht hat. So sehr, dass es fast zu einer Keilerei gekommen wäre.«

»Interessant. Und worum ist es bei dem Bruderzwist gegangen?«

»Na, um was wohl – ums liebe Geld.« Berengar grinste breit. »Wie du weißt, hört die Freundschaft spätestens da auf.«

»Gut zu wissen, du treue Seele.« Bruder Hilpert setzte ein honigsüßes Lächeln auf. »Wobei mir nicht in den Kopf will, wie sich zwei Brüder derart in die Haare kriegen können, dass …«

»Drei.«

Der Bibliothekarius sah seinen Freund fragend an. »Wieso drei?«

»Vergiss es, Bücherwurm. War nur so dahergeredet.«

»Jetzt komm schon – du bist doch sonst nicht so!« Hellhörig geworden, baute sich Bruder Hilpert vor dem Gesetzeshüter auf. »Oder hast du seit Neuestem Geheimnisse vor mir?«

»Blödsinn.«

»Wenn dem so ist, warum rückst du nicht mit der Wahrheit heraus?«

»Ganz einfach: Weil ich sie nicht kenne.«

»Tut mir leid, Berengar, aber das kaufe ich dir nicht ab.« Bruder Hilpert ließ sich nicht beirren. »Dafür kenne ich dich mittlerweile viel zu gut.«

»Schon gut, schon gut!«, lenkte Berengar ein, wohl wissend, dass gegen die Wissbegierde seines Freundes kein Kraut gewachsen war. »Aber du musst mir versprechen, dass du den Mund hältst, klar?«

Bruder Hilpert deutete ein Kopfnicken an.

»Die Sache ist die: Als Arnold 17 Jahre alt war, ist sein älterer Bruder vom einen auf den anderen Tag verschwunden. Spurlos.«

»Spurlos? Aber … aber das kann doch nicht sein!«

»Und ob das sein kann, Federfuchser. Was mich betrifft, kann ich zwar nichts Genaues sagen, weil ich zum fraglichen Zeitpunkt auf dem Weg nach Würzburg war, um einer Zusammenkunft zwischen meinem Herrn und dem

Bischof beizuwohnen. Fakt ist jedoch, dass Martin – so der Name meines Vetters – vom einen auf den anderen Tag verschwunden ist.«

»Kanntest du ihn gut?«

»Gut genug, um zu wissen, dass er seinem Vater, Peter dem Älteren, ein Dorn im Auge war.«

»Das musst du mir erklären.«

»Ich fürchte, da gibt es nicht viel zu erklären«, antwortete Berengar brüsk. »Du weißt doch, wie das ist: Der älteste Spross des Hauses entwickelt sich nicht so, wie der gestrenge Herr Vater es sich wünscht, der Zweite in der Erbfolge schon eher. Noch Fragen?«

»Nein.« Die Miene des Bibliothekarius verdüsterte sich. Auch heute, nach über 20 Jahren, konnte er sich noch an jedes Detail seines Abschieds von der väterlichen Burg erinnern. Vater, ein Reichsritter aus dem Kraichgau, hatte Himmel und Hölle in Bewegung gesetzt, um ihn vom Eintritt ins Zisterzienserkloster zu Maulbronn abzuhalten. Das war sogar so weit gegangen, dass er damit gedroht hatte, ihn zu enterben. Vergeblich. Trotz Heulen und Zähneklappern, vor allem aufseiten seiner Mutter, hatte sich der Älteste des Hauses von seinem Vorhaben nicht abbringen lassen.

Mit dem Ergebnis, dass er seine Eltern seit damals nicht wiedergesehen hatte.

»Na also, dann sind wir uns ja einig.« Da er wusste, wie es um das Seelenleben des Freundes bestellt war, fuhr Berengar mit seinem Bericht fort. »Auf gut Deutsch: Arnold und Martin waren sich von jeher spinnefeind. Und Peter, ihrem Vater, fiel nichts Besseres ein, als beim Zwist zwischen den beiden Partei zu ergreifen. Will heißen, er hat sich auf die Seite des Nachgeborenen geschlagen.«

»Und aus welchem Grund?«

»Kannst du dir das nicht denken? Martin war der Stillere, der Grübler, der Studiosus. Büchern und allem, was mit Philosophie, den alten Griechen und Werken antiker Schriftsteller und Kirchenväter zu tun hatte, über die Maßen zugetan. Arnold dagegen war ein Raufbold, zumindest seit ich ihn kenne. Erlernte das Waffenhandwerk, wechselte alle Nase lang die Herren, ging keinem Streit, der vom Zaun gebrochen wurde, aus dem Weg. Dem Vernehmen nach soll er sogar gegen die Hussiten gekämpft und sich zweifelhafte Verdienste bei der Requirierung von fremdem Hab und Gut erworben haben. Du verstehst, was ich damit sagen will? Was immer auch geschehen und aus Martin geworden sein mag: Wer die Verhältnisse gekannt hat, wusste, dass es früher oder später zu einer Katastrophe kommen würde.«

»Heißt das, du nimmst an, dass …«

»Ich nehme überhaupt nichts an, Hilpert. Ich weiß nur, dass mein Vetter seit dem Tag, an dem er verschwand, mit keinem Wort mehr erwähnt worden ist.« Berengar stieß einen Schwall Atemluft aus, worauf sich umgehend dichte Wölkchen bildeten. »Mit keinem Wort, als habe es ihn nie gegeben.«

Bruder Hilpert schüttelte nachdenklich den Kopf. »Aber ein Mensch kann doch nicht so mir nichts, dir nichts verschwinden«, widersetzte er sich trotz der Einsicht, dass ein Menschenleben heute nicht viel zählte. »Irgendjemand muss doch etwas mitbekommen haben.«

»Jetzt hör mir mal gut zu, mein Freund«, begann der Vogt, bei dem die Neigung, das Gute im Menschen zu sehen, wachsender Skepsis gewichen war. »Ich muss dir doch wohl nicht erklären, wie einfach es ist, jeden x-beliebigen Erdenbürger auf Nimmerwiedersehen verschwinden zu lassen. Nehmen wir einmal an, du begibst dich auf Reisen. Allein. Wie weit, denkst du, würdest du kommen? Oder auf Pilgerfahrt – sagen wir nach Santiago de Compostela. Oder du packst deine Siebensachen, schleichst dich bei Nacht und Nebel von dannen und trittst in die Dienste eines adeligen Herrn. Oder eines Fürsten, falls dir die Vorstellung eher behagt. Was, denkst du, würde in einem solchen Fall geschehen?«

»Du meinst, falls mir etwas zustoßen würde?«

»Kein Hahn würde nach dir krähen, oder?«

Der Bibliothekarius schlug die Augen nieder. »Erst der Sohn, der gleichsam über Nacht verschwindet, dann der Vater, dessen Leichnam aus dem Grab gezerrt und auf das Widerwärtigste geschändet wird, und dann, als sei dies immer noch nicht genug, ein Kastellan, der unter mysteriösen Umständen zu Tode kommt. Sein Herr, der von einem Wolf attackiert wird, nicht zu vergessen.« Bruder Hilperts Blick verengte sich. »Ich kann mir nicht helfen, aber irgendwie drängt sich mir der Verdacht auf, dass die Geschehnisse, so verschiedenartig sie auch sein mögen, miteinander in Beziehung stehen.«

»Weißt du jetzt, weshalb ich dich um Hilfe gebeten habe?«

Bruder Hilpert nickte stumm. »Einmal angenommen, wir haben es mit einem organisierten Komplott zu tun, dann müssen wir davon ausgehen, dass die Attacke auf deinen Vetter kein Zufall war.«

»Findest du nicht, das geht ein bisschen weit?«

»Keineswegs.« Bruder Hilpert faltete den Pergamentstreifen zusammen und verwahrte ihn unter seiner Kukulle. Dann setzte er seine Brille ab und ließ sie von einer Hand in die andere wandern. Die Luft roch nach Schnee, und als er den Blick himmelwärts richtete, musste er feststellen, dass sich ein grauer Schleier vor die Sonne geschoben hatte. »Oder ist dir je zu Ohren gekommen, dass ein Angehöriger unserer Spezies von einem einzelnen Wolf angefallen worden ist?«

»Nein.«

»Und selbst wenn – glaubst du wirklich, dass dieser sich bis vor die Mauern einer Burg wagen würde?«

Berengar schüttelte den Kopf.

»Ergo?«

»Sind wir hier in der Klosterschule oder was?«

»Ich versuche nur, den Gesetzen der Logik zu folgen, mehr nicht. Also: Glaubst du im Ernst, dass die Attacke auf deinen Vetter purer Zufall gewesen ist?«

»Wenn du mich so fragst – nein.« Beide Daumen hinter seinen Schwertgurt geklemmt, ließ Berengar den Blick über die verschneiten Weinberge gleiten. Im gleichen Moment schwebten die ersten Flocken vom Himmel, kaum spürbar zunächst, doch kurz darauf so zahlreich, dass die Spuren, welche die Blutlache umgaben, kaum noch zu erkennen waren. »Dann frage ich mich aber, wie es kommt, dass Arnold derart übel zugerichtet wurde. Und wenn wir gerade dabei sind: Dass es ein Wolf war, lässt sich wohl kaum bestreiten, oder?«

»Tut mir leid, dir zu widersprechen«, murmelte Bruder Hilpert, umringt von den Raben, welche jede seiner Bewegungen verfolgten. »Das war ein Dämon, eine Ausgeburt der Hölle!«

7

Burghof, kurz darauf | 10:50 h

»Aus dem Weg, Mönch, sonst lasse ich dich in Ketten legen!«, rief der vornehm gekleidete Reiter, während sich das Burgtor hinter Bruder Hilpert schloss. »Wird's bald, oder brauchst du eine Extraeinladung?«

»Darf man fragen, mit wem ich die Ehre habe?«

»Darf man fragen, was dich das angeht?«, äffte der Reiter, augenscheinlich nicht mehr der Jüngste, die Frage des Bibliothekarius nach. »Aus dem Weg, oder es wird dir noch mal leidtun!«

Rein äußerlich die Ruhe selbst, rührte sich Bruder Hilpert nicht vom Fleck. Situationen wie diese hatte er schon oft erlebt, unter anderem, weil längst nicht alle Angehörigen seines Standes wohlgelitten waren. Dessen ungeachtet war er jedoch nicht der Typ, der sich durch Drohgebärden einschüchtern ließ, ganz gleich, ob sie ernst gemeint oder nur vorgetäuscht waren. »Kennen wir uns?«

»Wieso fragst du?«

»Weil es unter zivilisierten Menschen üblich ist, einander mit Respekt zu begegnen.« Bruder Hilpert verzog keine Miene, auch dann nicht, als der Wallach seines Kontrahenten ein ungehaltenes Schnauben von sich gab. »Gestattet daher, dass ich mich vorstelle und mich darüber hinaus der Höflichkeitsform bediene: Man nennt mich Hilpert von Maulbronn, Bibliothekarius im Ordo

Cisterciensis. Meinen Freund Berengar – Vogt des Grafen von Wertheim – habt Ihr ja bereits kennengelernt.«

Der Reiter, in etwa 50 Jahre alt und mit Fellmütze, pelzverbrämtem Umhang und einem gesteppten dunkelgrauen Wams bekleidet, zügelte seinen gescheckten Wallach und warf Bruder Hilpert einen Blick zu, aus dem dieser schloss, dass er für ihn kein Unbekannter war. »Doch nicht etwa *der* Hilpert von Maulbronn?«, näselte der Unbekannte, wobei sich sein Gegenüber die Replik, von der Existenz eines Namensvetters keine Kenntnis zu besitzen, nur mit Mühe verkneifen konnte. »Der berühmte Kriminalist?«

»Na, so berühmt nun auch wieder nicht. Der Heilige Vater ist berühmter als ich.« Ganz ohne Ironie, zu der er sich bisweilen hinreißen ließ, ging es offenbar doch nicht. Um seinen Lapsus auszubügeln, neigte Bruder Hilpert das Haupt, setzte ein Lächeln auf, das selbst wohlwollende Betrachter als Heuchelei eingestuft hätten, und ergänzte: »Ich fühle mich geschmeichelt, Herr von …«

»Schweinitz«, vollendete der Reiter, zu dessen hervorstechendsten Körpermerkmalen eine Hasenscharte zählte, welche automatisch sämtliche Blicke auf sich zog. »Amtmann seiner Exzellenz Konrads III. von Dhaun, Erzbischof von Mainz und Kanzler des Heiligen Römischen Reichs.«

»Was Ihr nicht sagt! Wenn es nicht so kalt wäre, würde ich jetzt vor Ehrfurcht erstarren«, höhnte Berengar.

»Berengar – bitte!« Bemüht, die Wogen zu glätten, sah Bruder Hilpert seinen Freund missbilligend an. Dann wandte er sich dem hoch zu Ross thronenden Amtmann zu, genau die Spezies Mensch, welcher er mit Distanz begegnete. Geplatzte Äderchen im geröteten Gesicht,

Krähenfüße um die Augen, Muttermal am Hals, dazu ein lauernder Blick, die näselnde Stimme, ein Paar Triefaugen, welche alles, was in ihr Blickfeld geriet, mit Argwohn betrachteten – wahrlich, wenn das kein Zeitgenosse war, vor dem man sich hüten musste, wollte er nicht Hilpert von Maulbronn heißen. »Ihr müsst verzeihen, Herr Amtmann. Mein Freund Berengar meint es nicht so.«

»Offen gestanden ist mir das egal. Lasst mich passieren, und ich verspreche Euch, dass sich unsere Wege nie mehr kreuzen werden.«

»Bedaure, aber das wird nicht möglich sein.«

»Ihr wagt es, dem Vertreter Seiner Eminenz den Weg zu versperren? Mich deucht, Ihr seid von Sinnen, Mönch!«

»Keineswegs, Herr von Schweinitz, keineswegs.«

»Zum letzten Mal, Bruder: Wenn Ihr nicht umgehend Platz macht, sehe ich mich gezwungen, von meinen Rechten als erzbischöflicher Amtmann Gebrauch zu machen!«

»Rechte? Welche Rechte denn?«

»Das Recht, Grobian, Euch für Euer impertinentes Tun zur Verantwortung zu ziehen. Wenn es sein muss, vor Gericht.«

»Erstens: Ein vertrockneter alter Griffelspitzer wie Ihr hat mir überhaupt nichts zu sagen!«, knurrte Berengar, ignorierte das Kopfschütteln und den tadelnden Zuruf seines Freundes und trat so nahe an den Amtmann heran, dass es ein Leichtes gewesen wäre, den anmaßenden Widersacher aus dem Sattel zu zerren. »Zweitens: Hier hat immer noch der Burgherr das Sagen, nicht du.«

»Wie könnt Ihr es ...«

»Drittens: Da mein Vetter aus Gründen, die Euch bekannt sein dürften, verhindert ist, nehme ich mir die Freiheit, seine Interessen wahrzunehmen.«

»Seine Interessen? Und welche Interessen wären das?«

»Kurzum: Solange nicht geklärt ist, wer meinem Vetter ans Leder wollte, ist jedem, der sich innerhalb dieser Mauern aufhält, das Verlassen der Gamburg auf das Strikteste untersagt.« Feuerrot vor Zorn, ballte Berengar die Rechte zur Faust. »Das gilt auch für dich! Verzeihung – ich meinte natürlich: für Euch!«

»Ans Leder? Wie darf ich das verstehen?«

»So, wie es gemeint ist, Herr von Schweinitz!«, warf Bruder Hilpert ein, um Berengar den Wind aus den Segeln zu nehmen. Dann schob er den Vogt zur Seite und sagte: »Anders ausgedrückt: Da die Wolfsattacke vor der Burg stattfand, darf die These, das Raubtier sei auf Beutezug gewesen, mit Fug und Recht bezweifelt werden.«

»Eure Fantasie in allen Ehren, Bruder, aber mir scheint, Ihr seid im Begriff, Euch lächerlich zu machen.«

»Lächerlich oder nicht, ich muss Euch bitten, der Aufforderung meines Freundes Folge zu leisten.«

»Und was, wenn ich es nicht tue?«

»Dann, liebster Gemahl, bist du törichter, als ich dachte.« Aller Augen, auch die des Amtmanns, waren auf den Treppenabsatz gerichtet, von dem aus man vom Obergeschoss des Palas in den Burghof gelangte. Und aller Augen blieben auf der Frauengestalt haften, die dort stand, oder, besser ausgedrückt, dort posierte. Der Aufmerksamkeit ihrer Umgebung konnte sich die Ehefrau des kurmainzischen Administrators gewiss sein, nicht zuletzt aufgrund ihres Aussehens, das der Vorstellung, die man sich von der Gattin eines Kanzleivorstehers machte, nicht annähernd entsprach. Eleonore von Schweinitz war höchstens halb so alt wie ihr Mann, einen Kopf größer als er und daran gewöhnt, immer und überall im Mittelpunkt zu stehen. Sie als schön zu bezeichnen, wäre untertrieben gewesen, und dessen war sich die Venus mit dem rotblonden Haar, der samtweichen Stimme und dem koketten Augenaufschlag auch bewusst. Nicht genug damit, trug die junge Frau ein Selbstbewusstsein zur Schau, das seinesgleichen suchte, von ihrem Kleid aus weinrotem Brokat, tief ausgeschnitten und mit Blütenranken verziert, gar nicht zu reden. Fast schien es, als habe sich eine Kurtisane vom Hof der Medici oder der Sforza in den Burghof verirrt, so außergewöhnlich war der Anblick, der sich dem Betrachter bot.

Das Gleiche galt für das Amulett aus Bernstein, ein Schmuckstück, welches sicher ein Vermögen gekostet hatte. Mindestens genauso selten, wenn nicht gar einzigartig, war der Reif, den die rotblonde Nymphe trug, ganz zu schweigen von ihrer makellosen Haut, dem schlanken Wuchs und den Gesichtszügen, die sich jedem, der ihren Weg kreuzte, auf Anhieb einprägten.

Kurz gesagt: Alles, angefangen bei den smaragdfarbenen Augen, den vollen Lippen und den sanft geschwungenen Brauen, einfach alles an Eleonore von Schweinitz war dazu angetan, dass die Männerwelt in ihren Bann geriet.

Einfach alles, nur nicht die Art, wie sie mit ihrem Gatten umsprang.

»Entschuldigt, Ihr Herren«, gurrte sie mit unüberhörbarem Spott, »entschuldigt, wenn mein heißblütiger Gemahl für Verdruss gesorgt hat. Es soll nicht wieder vorkommen, nicht wahr, Liebster?«

Der Auftritt verfehlte seine Wirkung nicht. Kaum war die Stimme seiner Angetrauten verhallt, kletterte der Amtmann aus dem Sattel, drückte dem Stallknecht, der ihm gefolgt war, die Zügel in die Hand und hatte nichts Eiligeres zu tun, als sich zu der missvergnügten Circe zu gesellen, welcher er nach kurzem Zwiegespräch in den Palas folgte.

»Da bleibt einem die Spucke weg, was, Bücherwurm?«, brach Berengar das Schweigen, welches der Auftritt der Amtmannsgattin nach sich zog. »Fragt sich, warum er sich das gefallen lässt.«

»Du wirst lachen: Genau das frage ich mich auch.« Um das Erlebte zu verdauen, nahm der Bibliothekarius den Ort, an den es ihn verschlagen hatte, in Augenschein. Überall, auch in den entlegensten Winkeln, lagen Bretter, Gerüstteile und behauene Quaderblöcke herum, und Bruder Hilpert musste nicht lange herumrätseln, um eine Erklärung dafür zu haben. Die Zeiten waren unsicher, sehr unsicher sogar, und das, wie er sehr wohl wusste, lag nicht nur an den Händeln, welche die Herren von Stand miteinander austrugen.

Der Grund, die Burgen im Herzogtum Franken so wehrhaft wie möglich zu machen, war nämlich ein anderer. Gerade einmal acht Jahre war es her, dass ein gewisser Hus, weiland Doktor der Theologie an der Universität zu Prag, auf dem Reichstag zu Konstanz zum Tod verurteilt worden war. Ein Ereignis, dessen sich Bruder Hilpert noch genau entsinnen konnte, aber auch eines mit schwerwiegenden Folgen. Seit dem Tod des tschechischen Gelehrten, der es gewagt hatte, die Kirche an den Pranger zu stellen, waren Reich und Frankenland nicht mehr zur Ruhe gekommen. Insbesondere die Tschechen, bei denen Hus in hohem Ansehen stand, hatten nach seinem Tod zum Schwert gegriffen, teils, um die verhassten Deutschen aus dem Land zu treiben, aber auch, um

Raubzüge ins benachbarte Franken zu unternehmen. Auf den König, die Fürsten oder den hohen Klerus zu zählen, wäre töricht gewesen, waren sie doch vollauf damit beschäftigt, die eigene Haut zu retten und sich so unbeschadet wie möglich aus der Affäre zu ziehen. Das Ende vom Lied war, dass jeder sich selbst überlassen und den adeligen Herrn nichts anderes übrig blieb, als Vorsorge zu treffen, um gegen Überfälle der Hussiten gewappnet zu sein. Wer konnte, zog sich hinter die Mauern der eigenen Burg zurück, und wer überdies noch Geld besaß, der baute sie nach Kräften aus.

»Na, Bücherwurm, gefällt es dir hier?« Nun, von gefallen konnte zwar nicht die Rede sein, aber eindrucksvoll, wenn nicht gar imposant, war die Stammburg seines Gefährten allemal. Die Hand an der Hüfte, sah sich Bruder Hilpert um. Auffällig war vor allem der Bergfried, den Erläuterungen des Vogtes zufolge ein Relikt aus der Zeit, als das Geschlecht derer von Gamburg erstmals von sich reden gemacht und ein früher Namensvetter mit Kaiser Rotbart am Kreuzzug ins Heilige Land teilgenommen hatte. Anders als viele, die dem Aufruf des Papstes gefolgt waren, hatte besagter Beringer das Kunststück fertiggebracht, lebend aus dem Orient zurückzukehren, und damit begonnen, seinen Wohnsitz auszubauen. Dem Vernehmen nach, so Berengar weiter, sei der Rittersaal dereinst mit prachtvollen Wandmalereien geschmückt gewesen, wovon heute, nachdem die Burg gleich mehrfach den Besitzer gewechselt hatte, nichts mehr zu erkennen sei. All das, schloss der Vogt, sei aber schon mehr als zweieinhalb Jahrhunderte her, und die Art, wie er dies sagte, ließ die Distanz zu den derzeitigen Bewohnern einmal mehr deutlich werden. Wie Bruder Hilpert auf Nachfrage erfuhr, hatten sein Gefährte und dessen Vetter außer ihrem Großvater Albrecht nur wenig gemein, und das war, gelinde gesagt, noch höflich ausgedrückt. Berengar war nicht der Mensch, der aus seinem Herzen eine Mördergrube machte, und so benötigte der Mönch viel Feingefühl, um das Gespräch auf seinen ursprünglichen Gegenstand zu lenken. »Apropos – ist dir am Namen der schönen Helena etwas aufgefallen?«

»Jawohl, Herr Lehrer«, erwiderte Berengar, der es nicht ausstehen konnte, wie ein Novize geschulmeistert zu werden. »Damit du Bescheid weißt: Du hast es hier nicht mit einem Trottel zu tun.«

»Willst du, dass ich dir helfe – ja oder nein?«

»Jetzt sei doch nicht immer gleich beleidigt!«, blaffte Berengar zurück, nur um kurz darauf einen versöhnlicheren Ton anzuschlagen: »Meinst du wirklich, dass es meinem Vetter gelungen ist, eine derart attraktive Nixe an Land zu … äh … Verdammt – wie drücke ich mich jetzt bloß aus?«

»Dein Gefluche habe ich überhört. Und was deine Frage angeht: Es geht nicht darum, welche Qualitäten er als Schürzenjäger besitzt, sondern darum, ob es sich bei Eleonore von Schweinitz um die Verfasserin der gefundenen Liebesbotschaft handelt. Falls ja, gibt es diesbezüglich zwei Möglichkeiten.«

»Nämlich?«

»Ad eins: Die Avancen, welche Arnold gemacht wurden, entsprechen der Wahrheit.«

»Oder?«

Bruder Hilpert schürzte die Lippen und murmelte: »Oder die Nachricht auf dem Pergamentstreifen hatte den Zweck, Arnold von Stettenberg in eine Falle zu locken.«

»Bedeutet: Zufall ausgeschlossen.«

»Ich denke schon.«

»Was aber, wenn Frau Amtmann nichts von ihrem Glück weiß?«

»Wie meinst du das?«

»Ganz einfach: Nehmen wir einmal an, die holdselige Dame ist ohne Wissen als Köder benutzt worden – der Effekt wäre doch wohl der gleiche gewesen, oder? Arnold erhält die frohe Kunde, begibt sich auf Liebespfade und …«

»Läuft blindlings in die Falle – verstehe.« Bruder Hilpert kam nicht umhin, Berengar anerkennend auf die Schulter zu klopfen. »Meine Hochachtung, Herr Vogt!«, fügte er lobend hinzu, »auf die Idee wäre ich nun wirklich nicht gekommen. Woraus sich die Frage ergibt, wie es sein kann, dass man einen Wolf so weit bringt, dass er über einen Menschen herfällt. Ohne selbst dabei in Erscheinung zu treten, versteht sich.«

»Indem man ihn abrichtet, wie denn sonst!«

»Nur wie, das ist die Frage.« Die Stirn in Falten, stapfte der Bibliothekarius vor dem Palas hin und her. Und flüsterte: »Wie, in aller Heiligen Namen, bringt man einen Wolf dazu, dass er …«

»Verzeiht, Bruder, wenn ich Euch unterbreche, aber es gibt da etwas, das … das …«

»Warum so aufgebracht, mein Sohn, was ist geschehen?« Im Nachhinein, bei eingehender Betrachtung des Infirmarius, wusste Bruder Hilpert nicht, was ihn mehr in Erstaunen versetzte: die Entrüstung im Gesicht von Bruder Hilarius oder die Nachricht, welche er überbrachte.

»Aber das ist doch nicht möglich!«

Und ob es möglich war. Kaum wiederzuerkennen, ließ der Leiter der klösterlichen Krankenstation seinem Zorn freien Lauf. »Überzeugt Euch selbst, Bruder!«, schimpfte er, nur noch ein Schatten des Mannes, den Bruder Hilpert vor seiner Abreise kennengelernt hatte. Verschwunden waren die Lachfalten, die den Mund des jugendlichen Infirmarius umgaben, getrübt der Blick der azurblauen Augen, verzerrt auch das freundliche Antlitz, das ihn so sympathisch machte. »Oder glaubt Ihr, ich belüge Euch?«

»Natürlich nicht, Bruder Hilarius.«

Außer sich vor Zorn, war der Infirmarius kaum zu bremsen. »Da kommt man in ehrlicher Absicht, will sein Bestes geben, um einen Mitmenschen vor dem Tod zu bewahren – und was geschieht? Dieses Schandweib, welches sich Gattin schimpft, verwehrt einem den Zutritt zu seiner Kammer. Alles, was recht ist, Bruder – so etwas habe ich während meiner gesamten Zeit im Kloster nicht erlebt. Könnt Ihr mir verraten, was das soll? Nein? Ich will Euch mal etwas sagen, Bruder: Soll die Dame doch sehen, wo sie bleibt! Was mich betrifft, habe ich die Nase voll. Keine zehn Pferde kriegen mich da mehr rein, und wenn mich unser Abt auf Knien bitten würde!«

Bruder Hilpert und Berengar wechselten einen raschen Blick. »Ich denke, so weit wird es nicht kommen, Bruder«, beschied der Bibliothekarius den wutentbrannten Mönch, der vor lauter Aufregung nicht zu wissen schien, wo ihm der Kopf stand. »Ich werde mich der Sache annehmen – umgehend.«

»Und was ist mit mir?«

»Du, mein Sohn, wirst mir derweil einen kleinen Gefallen tun.«

»Welcher Art?«

»Während sich mein Freund Berengar den Torwächter vorknöpft, um Näheres über die Geschehnisse der letzten Nacht zu erfahren, möchte ich dich bitten, für mich auf Spurensuche zu gehen.«

»Und wohin, wenn ich fragen darf?«

»In den Kammerforst.«

Zunächst sprachlos, wechselte der Blick des Infirmarius zwischen Berengar und seinem Mitbruder hin und her. »In den …«, begann er, wurde jedoch sogleich unterbrochen.

»Du hast richtig gehört, Bruder«, beschied Hilpert den verdutzten Mönch und klopfte ihm aufmunternd auf die Schulter. »Dort befindet sich eine Jagdhütte, die du näher in Augenschein nehmen und nach Spuren absuchen wirst. Nimm einen der Knechte mit, die kennen sich hier aus.«

»Wie Ihr wünscht, Bruder.«

»Und nicht vergessen, Bruder Hilarius: Es ist nicht das Offensichtliche, das zählt, sondern das scheinbar Nebensächliche.«

Der Infirmarius antwortete mit einem Lächeln: »Ich werd's mir merken, Bruder!«, rief er aus, schneller auf dem Weg zum Tor, als Bruder Hilpert ihm mit seinem Blick folgen konnte. »Bis später!«

»Bis später, Bruder Hilarius – und viel Erfolg.«

»Den wünsche ich mir auch«, murmelte Berengar und hielt Ausschau nach den Kriegsknechten, die er als Begleitschutz mitgebracht hatte. »Sehe ich das richtig«, rief er seinem Freund hinterher, der eiligen Schrittes der Freitreppe vor dem Palas zustrebte, »niemand mehr rein in die Burg, niemand mehr raus?«

»Vollkommen«, antwortete Bruder Hilpert, in Gedanken bei dem Anblick, der ihn am Krankenbett des Burgherrn erwarten würde. »Irgendwie habe ich das Gefühl, dass sich der Schuft, der deinen Vetter zur Strecke bringen wollte, innerhalb dieser Mauern aufhält. Fragt sich nur, wo – und was er oder sie im Schilde führt!«

8

Herrengemächer, kurz darauf | 11:00 h

Die Tortur, welche er durchlebte, hieß Erinnerung. Sie war es, aus deren Fängen er sich nicht mehr befreien konnte, die ihm einen Spiegel vorhielt, in dem stets aufs Neue die gleichen Bilder auftauchten. Der Moment, als er sich über den Leichnam des achtjährigen Wilddiebes beugte, dem die Haut in Fetzen vom Körper hing. Der Moment, als der letzte Stein in die Mauer eingefügt wurde, hinter der sein Bruder elendiglich zugrunde ging. Und der Augenblick, als er, der Vater und der Kastellan vor der Dorfmühle aus dem Sattel sprangen, den Müller, der sich ihnen in den Weg stellte, niederstreckten und ins Haus eindrangen, um die ihnen zugefügte Schmach zu rächen.

Vor allem aber war es die vergangene Nacht, welche ihm das Leben, falls davon überhaupt noch die Rede sein konnte, wie einen Gang durch den siebten Kreis der Hölle erscheinen ließ. Die Bestie, aus deren Nüstern schwefeliger Rauch emporzüngelte. Ihre Augen, feuerrot wie Kohlen. Ihre Krallen, scharf und spitz wie die Fänge des Leibhaftigen. Das Knurren, bevor sie sich auf ihn gestürzt hatte, ausgesandt, um das Werk der Rache zu vollenden. Um die Untaten, die er vollbracht hatte, im Namen der Gepeinigten zu sühnen. All das zog immer wieder an seinem geistigen Auge vorüber, immerzu, unaufhörlich.

Und siehe – das Scheusal hatte seinen Auftrag erfüllt. Zug um Zug, Biss auf Biss, Hieb um Hieb. Getötet hatte es ihn zwar nicht, aber es hatte ihm ein Leid zugefügt, das schwerer wog, als von den Martern, die er durchlitt, erlöst zu werden.

Er hatte den Verstand verloren, das Schlimmste, was ihm widerfahren konnte.

Dazu verdammt, die Hölle auf Erden zu durchleiden, wälzte sich Arnold von Stettenberg auf seinem Lager. Bis auf die Stimmen, welche eine vage Erinnerung in ihm wachriefen, drang kaum noch etwas in sein Inneres vor. Der Junker lebte in seiner eigenen Welt, einer Welt, die schreckenerregender nicht hätte sein können. Bald waren es nicht nur Bilder, die ihn heimsuchten, welche ihm die Gräueltaten, an denen er beteiligt gewesen war, vor Augen führten. Bald waren es Schreckenslaute, die durch seine Kammer hallten, Gesprächsfetzen, welche an sein Ohr drangen, imaginäre Widersacher, gegen die er sich vehement zur Wehr setzte.

Kein Wunder also, dass man beschloss, dem Junker Mohnsaft einzuflößen, ein probates Mittel zwar, aber nicht gegen die Wahnvorstellungen, welche ihn ein ums andere Mal bedrängten. Bald hatte es den Anschein, als blicke er in das bis zur Unkenntlichkeit entstellte Gesicht eines Knaben, bald war ihm, als werde er in eine Mauernische gepfercht, schreiend, tobend und im Wissen, welch grausamen Todes er bald sterben würde. Arnold schrie, fluchte, trat um sich, tobte – vergebens. Auf einmal war es finstere Nacht, und je länger er inmitten der undurchdringlichen Schwärze verharrte, desto schneller, abgehackter und lauter ging sein Atem. Panik stieg in ihm auf, und da er wusste, welches Schicksal ihm zugedacht war, bettelte er darum, von der Marter, welche er durchlitt, erlöst zu werden. Doch was er auch tat, wie sehr er auch bettelte, flehte, geiferte und beschwor – es war vergebens. Schon dachte er, die Höllenpein sei vorüber, da begann sie bereits von Neuem, unzählige Male, immer und immer wieder.

Kein Zweifel: Solange der Junker lebte, würden ihn die Gespenster der Vergangenheit nicht mehr loslassen, weder heute noch morgen noch an irgendeinem anderen der schier endlos währenden Tage, an denen er wie ein tollwütiger Hund dahinvegetieren würde.

Doch noch war Arnold von Stettenberg nicht tot. Noch besaß er genug Instinkt, um die Gegenwart eines Fremden zu erahnen. Mägde, Knechte, der Burgkaplan und zu guter Letzt seine Frau, die mit Argusaugen über ihn wachte – sie kamen und gingen, säuberten seine Wunden, legten ihm frische Verbände an, bändigten ihn, wenn er um sich trat, unterhielten sich, lärmten, schwatzten.

Ganz anders der Unbekannte, der sich nunmehr, nachdem das Gesinde verschwunden war, in sein Schlafgemach schlich. Er ging behutsam vor, wartete ab, bis niemand mehr in der Nähe war, blieb sicherheitshalber an der Tür stehen und trat erst dann in den Raum, als er sicher war, nicht entdeckt zu werden. Ein tiefer Seufzer, der von Herzen kam, das Knarren der Dielenbretter und das Geräusch, welches die Tür verursachte, als sie hinter dem Eindringling ins Schloss fiel. Dann waren er und der Fremde, dessen Gegenwart wie ein Fanal wirkte, unter sich.

Ein paar Augenblicke bei Verstand, horchte das Wrack, das vom einstmals herrischen Junker übrig geblieben war, in die ihn umgebende Finsternis hinein. Allein, die Mühe war umsonst. Der Fremde, dessen Atem ihm entgegenwehte, war nirgendwo zu sehen.

Nirgendwo, sosehr er sich auch mühte, die Dunkelheit ringsum zu durchdringen.

Da begriff er.

Wahrlich, die Bestie, die über ihn hergefallen war, hatte ganze Arbeit geleistet.

»Wer seid Ihr?«, wollte Arnold von Stettenberg hervorstoßen, doch da begannen sich seine Sinne auch schon wieder zu verwirren. »Wer in des Teu...«

»Einer, der es gut mit Euch meint.« Obwohl er der Überzeugung war, nicht zimperlich zu sein, rang Bruder Hilpert um Fassung. Nie zuvor war er Zeuge geworden, dass ein Mensch derart übel zugerichtet worden war, und nie zuvor war ihm der Anblick derart unter die Haut gegangen.

Berengars Vetter als lebenden Leichnam zu bezeichnen, war beileibe nicht so frivol, wie es sich anhörte, und es kostete ihn große Überwindung, dem Impuls, die Kammer fluchtartig zu verlassen, nicht nachzugeben.

»Bist du es, großer Bruder?« Die Augen auf dem zerfetzten Wams, welches auf dem Stuhl neben dem Alkoven lag, schreckte Bruder Hilpert aus seinen Gedanken auf. »Gib dich zu erkennen – ich weiß genau, dass du es bist!«

»Ja, Bruder – ich bin es.« Wohl wissend, wie makaber das Schauspiel war, welches sich durch sein Zutun entspann, beugte sich Bruder Hilpert zu dem halb nackten und mit Bissspuren, Narben und bandagierten Wunden übersäten Körper hinab. Vom Kopf, mit blutgetränkten Leinenbinden umwickelt, war so gut wie nichts zu sehen, und wäre die fahrige Stimme nicht gewesen, die an das

Ohr des Bibliothekarius drang, hätten ihn Zweifel beschlichen, ob der Burgherr noch am Leben war. »Wie fühlst du dich?«

An den Umständen gemessen war dies eine ausgesprochen törichte Frage, weshalb Bruder Hilpert beschloss, erst einmal abzuwarten.

Lange zu warten brauchte der Bibliothekarius nicht. »Du kommst, um mich zu holen, oder?«, flüsterte der Junker auf eine Art, die dazu angetan war, dass man eine Gänsehaut bekam. »Damit du dich an mir rächen kannst.«

»Ich bin nicht gekommen, um Rache zu nehmen. Ich bin gekommen, um dir beizustehen.«

Die Antwort bestand aus einem kehligen Lachen. »Warum solltest ausgerechnet du Gnade walten lassen!«, röchelte der Junker, während die Augen, die ihren Dienst aufgegeben hatten, scheinbar ziellos in seinem Alkoven hin und her irrten. »Bei allem, was Vater und … und …«

»Ich weiß, was ihr beiden mir angetan habt«, vollendete Bruder Hilpert, im Wissen, wie dünn das Eis war, auf das er sich begab. Ein falsches Wort, und er würde die Wahrheit über die Tragödie, die sich vor langer Zeit abgespielt hatte, nie erfahren. Was das bedeutete, wollte er sich jetzt, da er dem Ziel nah zu sein schien, lieber nicht ausmalen. »Dennoch halte ich es für meine Pflicht, dir zu verzeihen.«

»Das meinst du nicht im Ernst, Bruder.«

»Heißt das, du denkst, ich halte dich zum Narren?« Nur um Armeslänge von dem mit Wundmalen übersäten Leib des Junkers entfernt, brach Bruder Hilpert der kalte Schweiß aus den Poren. Es war ein Spiel mit dem Feuer, das er trieb, und er war sich bewusst, dass er dabei war, ein hohes Risiko einzugehen. Jeden Moment konnte eine Magd, ein Mitglied des Gesindes oder gar die Ehefrau des Junkers hereinplatzen, die sich geweigert hatte, Bruder Hilarius vorzulassen. Um sich vorzustellen, was dann passieren würde, bedurfte es keiner großen Fantasie.

Die Nerven zum Zerreißen gespannt, überlegte Bruder Hilpert, wie er sich verhalten sollte. War es nicht besser, das zu tun, was man von einem Mann seines Standes erwarten konnte – nämlich einem Christenmenschen, der mit dem Tod rang, Trost zu spenden? Wer war er, dass er sich erdreistete, seinen kriminalistischen Neigungen nachzugeben, anstatt den Pflichten nachzukommen, welche ihm von Gott dem Herrn auferlegt worden waren? Wie kam er überhaupt dazu, ausgerechnet jetzt den Detektiv zu spielen?

Was, in der Heiligen Jungfrau Namen, war bloß in ihn gefahren?

»Ich habe genug gebüßt, Bruder – glaube mir.« Erst jetzt, als sich ihre Blicke trafen, fiel es Bruder Hilpert wie Schuppen von den Augen. Der Geist verwirrt, das Fleisch zermalmt, die Züge entstellt, die Augen von Stund an mit Blindheit geschlagen – wahrhaftig, gebüßt hatte der Junker, dessen leere Pupillen an die Decke des Alkovens stierten, genug.

»Mehr als genug.«

»Nicht ich bin es, der über dich richten wird, sondern Gott der Herr.«

»Dann … dann bist du wirklich gekommen, um mir zu verzeihen?«

Leichenblass im Gesicht, wich Bruder Hilpert zurück und richtete sich auf. Durch die Spitzbogenfenster mit den in Blei gefassten Butzenscheiben sickerte trübes Tageslicht in die Kammer, und die Luft, welche ihn einhüllte, roch nach Blut, Schweiß und schwärenden Wunden. Der Drang, Arnold von Stettenberg seinem Schicksal zu überlassen, dessen Kammer, dem Palas und der Burg den Rücken zu kehren und auf der Stelle die Heimreise anzutreten, drohte übermächtig zu werden. »Heilige Muttergottes, hilf!«, stieß der Bibliothekarius in seiner Not hervor, wohl wissend, wie heikel die Situation war, die er heraufbeschworen hatte. »Hilf, sonst verliere ich den Mut.«

Das Schlimmste sollte jedoch noch kommen. Dem Tod näher als dem Leben, begann Arnold von Stettenberg erneut zu fantasieren, just in dem Augenblick, als das Stoßgebet beendet war. »Verschwinde!«, tönte es auf einmal aus dem Alkoven, so markerschütternd, dass Bruder Hilpert der Atem stockte. »Verschwinde, du Dämon, sonst …«

»Was habt Ihr hier zu suchen, Bruder? Antwortet – oder ich sorge dafür, dass man Euch zum Reden bringt!«

Peinlich berührt, rührte sich der Bibliothekarius nicht von der Stelle. Was nun geschah, hatte er sich selbst zuzuschreiben, und er fragte sich, was ihn dazu getrieben hatte, die Regeln der Gastfreundschaft zu missachten.

Der Frau, allem Anschein nach die Gemahlin des Junkers, schien es genauso zu ergehen wie ihm. »Was fällt Euch ein, Eure Nase in anderer Leute Angelegenheiten zu stecken?«, herrschte sie ihn an, nicht zu Unrecht aufs Äußerste erbost. »Dreht Euch um, wenn ich mit Euch spreche!«

Bruder Hilpert tat, wie ihm geheißen.

Und war so überrascht, dass er den Mund nicht mehr zubekam.

»Hilpert – du?« Es war Gutta von Stettenberg, die das lang anhaltende Schweigen brach, auch sie überrascht, wenn nicht gar fassungslos. »Was machst du denn hier?«

»Ich finde, wir sollten das unter vier Augen besprechen«, gab der Bibliothekarius zurück, bemüht, die Fassung wiederzugewinnen. »Ich bin mir sicher, es gibt viel zu erzählen, Gutta!«

DRITTES KAPITEL

Die Liebe wandelt die Seelen um und macht sie frei.

(Bernhard von Clairvaux)

9

Dorfmühle, zur gleichen Zeit | 11:00 h

GEWISSENSBISSE? DAVON KONNTE KEINE REDE SEIN. Aber es gab Zeiten, wo ihm vor der Kreatur, die er geschaffen hatte, bange war. Wieso er ausgerechnet heute, am Tag der Rache, von diesem Gefühl heimgesucht wurde, konnte er sich jedoch nicht erklären. Mit dem Getue der alten Mechthild, bei der er sich nie mehr blicken lassen würde, hatte dies natürlich nichts zu tun. Was hatte die alte Schwarzseherin doch gleich gebrabbelt? Genau. »Sie säen Wind und werden Sturm ernten.« Unfug. Er hatte allen Grund, Vergeltung zu üben. Das würde er sich nicht ausreden lassen.

Ob es klug war, bis zum Äußersten zu gehen, stand auf einem anderen Blatt. Der Junker war in die Falle getappt, der Leichnam seines Vaters den Schweinen zum Fraß vorgeworfen und der Hurenbock, welcher sich Kastellan schimpfte, in der Tauber ertrunken. Gemessen an dem, was die drei Halunken auf dem Kerbholz hatten, war die Schuld somit beglichen. Zumindest was ihn betraf. Es machte keinen Sinn, bis zum bitteren Ende weiterzumachen, genauso wenig wie es Sinn machte, Luzifer zu töten. Ohne ihn, das Instrument seiner Rache, wäre das Komplott zum Scheitern verurteilt gewesen. Und mit ihm die Vergeltung, nach der nicht nur er, sondern auch sein Komplize dürstete.

Auf einen Streit mit seinem Gefährten, dessen Groll unstillbar schien, würde er es trotz alledem nicht ankommen lassen. Zwar war er, Hrodgar, sein Oheim, etliche Jahre älter und kräftig genug, um seinen Mann zu stehen. Dennoch oder gerade deshalb gab es da etwas, das ihm in Gegenwart seines Schwestersohnes Furcht einflößte, wenngleich ihm der Grund, so es einen gab, nicht recht klar geworden war. An dessen Statur, beileibe nicht Furcht einflößend, konnte es jedenfalls nicht liegen. Diesbezüglich war sein Neffe ein Ebenbild seines Vaters, dem Mann, der seine Schwester als Gemahlin auserkoren hatte, wie aus dem Gesicht geschnitten.

Doch genug davon. Es fruchtete nicht, wenn man sich andauernd den Kopf zerbrach. Handeln war allemal besser, als vor der Feuerstelle zu hocken und Däumchen zu drehen. Sonst würde es heißen, es sei kein Verlass auf ihn. Das wollte er vermeiden. Egal, ob er das, was er tun würde, für richtig hielt oder nicht.

Hrodgar fröstelte, und obwohl es eigentlich warm genug in seiner Stube war, stand er auf, griff nach einem Stück Torf, das in einem Korb neben dem gemauerten Herd lag, und warf es ins Feuer. Dann zog er seine Jacke aus Schaffell an und verließ den Raum.

Draußen, vor der aus getrocknetem Lehm, Flechtwerk und Eichenbalken errichteten Behausung, wehte ihm ein heftiger Windstoß ins Gesicht. Hrodgar fluchte. Dass ausgerechnet er immer die Drecksarbeit machen musste, stieß ihm bitter auf, und er fragte sich, ob es gut war, zu allem Ja und Amen zu sagen. Nicht genug, dass er Grabschändung betrieben und den Junker in die Falle gelockt hatte, musste er erneut etwas tun, das er nicht für richtig hielt. Das schlug ihm auf's Gemüt, wie manch anderes, was ihm in letzter Zeit im Kopf herumgespukt hatte.

Ach was, es ging ihm gehörig gegen den Strich.

Doch wer A sagte, musste auch B sagen. Anders ausgedrückt: Abmachungen waren dazu da, eingehalten zu werden.

Oder hatte er etwa Angst? Angst vor einem Fant, der viel jünger war als er?

Nicht geneigt, darüber nachzudenken, stieß Hrodgar einen Schwall Atemluft aus und beschloss, Nägel mit Köpfen zu machen. Auf dem Weg zum Schuppen, wohin er seine Schritte lenkte, kreuzte ein entlaufenes Schwein seinen Weg, aber anders als sonst, wo er nicht zögerte, kurzen Prozess zu machen, würdigte er das schlammbespritzte Borstenvieh keines Blickes, humpelte weiter durch den Schnee und schloss die Tür seines Geheimverstecks auf.

Obwohl es auf Mittag zuging und das Tageslicht durch die Ritzen des roh gezimmerten Bretterverhaus drang, brauchte Hrodgar Zeit, um sich an das Dämmerlicht in dem mit Sensen, Dreschflegeln, Sägen und allerlei Gerätschaften vollgestopften Schuppen zu gewöhnen. Hinzu kam das Unbehagen, welches ihn beschlich, wobei er der Letzte war, dies zuzugeben.

Allein, für Skrupel war jetzt kein Platz. Was getan werden musste, durfte nicht auf die lange Bank geschoben werden.

Und so machte sich Hrodgar an die Arbeit. Damit das Versteck, von dem nicht einmal seine Nachbarn wussten, nur ja geheim blieb, hatte er sich etwas einfallen lassen, tagelang geschuftet und so viel Erde bewegt, dass er nicht gewusst hatte, wohin er sie überhaupt karren sollte. Das Ergebnis, eine fast zwei Klafter tiefe Grube, war die Plackerei trotzdem wert gewesen. Auch deshalb, weil der Plan, den Junker zu töten, durch ihren Bau erst ermöglicht worden war.

Aber all das, dachte Hrodgar bei sich, während er einen Stapel Brennholz beiseiteräumte, um die in den Boden eingelassene Luke zu entriegeln, all das war jetzt nicht mehr von Belang. Jetzt kam es darauf an, einen kühlen Kopf zu bewahren, noch mehr als während der vergangenen Tage.

Kaum war sie offen, hörte der Müller, wie ein Geräusch durch die Luke nach oben drang. Ein Geräusch, welches er nur zu gut kannte.

Hrodgar hatte nicht gezählt, wie oft er hier gestanden, über den Rand der Luke in die Finsternis gestarrt und den infernalischen Gestank eingeatmet hatte, welcher aus der nachtschwarzen Tiefe emporgestiegen war. Von dem Tag an gerechnet, als das Verlies fertig war, hatte sich die Prozedur mehrere Dutzend Male wiederholt, aber das hieß noch lange nicht, dass er sich daran gewöhnt hatte. Ein Rest von Unbehagen war stets vorhanden, auch wenn die Kreatur, welche dort hauste, erst durch ihn zur Bestie geworden war.

»Ganz ruhig, Luzifer, ich bin's nur.« Der Name, den er dem Monstrum gegeben hatte, hätte treffender nicht sein können. Hrodgar gab ein anerkennendes Schnauben von sich. Aus dem Welpen, welchen er halb verhungert im Wald gefunden, aufgezogen und zu zähmen versucht hatte, war ein in der Tat unberechenbares Raubtier geworden, ein Dämon, wie man ihn sich schlimmer nicht hätte vorstellen können.

Hrodgars Atem ging rascher. Genau so stellte er sich den Höllenschlund vor, und genau so, vermutete er, roch auch der Brodem, welcher einen dort umwehte. Je länger der Müller in die Tiefe starrte, desto größer wurde seine Beklommenheit, desto infernalischer aber auch der Gestank, eine Mixtur aus Moder, Fäulnis und dem Geruch von Blut. All das, so schien es, war an sich schon schlimm genug, jedoch nichts im Vergleich zu dem Anblick, welcher sich dem Kraftpaket bot.

Zuerst waren da nur ein Knurren, ein Zähnefletschen und das Geräusch, das entsteht, wenn ein Fleischbrocken zwischen die Kiefer eines Raubtieres gerät. Dann aber, nachdem Luzifers Appetit gestillt war, warf er einen Blick nach oben, sah er dem Mann, welcher ein Monstrum aus ihm gemacht hatte, ins Gesicht.

Hrodgar erschauderte. Mit einem Wolf hatte die Fratze, die ihn anstierte, nichts mehr zu tun. Wahrlich, das waren keine Augen, sondern Höhlen, in denen Flammen züngelten. Das waren keine Nüstern, sondern Gift sprühende Quellen. Das war kein Wolf, sondern eine Ausgeburt der Hölle.

Das war kein Blick, sondern eine Drohung.

Wie auf ein geheimes Kommando hin nickte Hrodgar mit dem Kopf. Er hatte verstanden. Um Schlimmeres zu verhüten, musste er zur Tat schreiten. Töten, bevor man Gefahr lief, die Kontrolle zu verlieren, bevor er es war, der getötet wurde. So lautete das Gebot der Stunde.

Aber wenigstens hatte er vorgesorgt. Auge in Auge mit der Bestie, welche dem Namen des Leibhaftigen alle Ehre machte, kramte Hrodgar einen abgenutzten Lederbeutel hervor, entknotete ihn und beäugte seinen Inhalt. Er hatte ihn sich von einem fahrenden Quacksalber aufschwatzen lassen, aber wie die Dinge lagen, würde das Pulver seinen Zweck erfüllen. Der Blick des Müllers verdüsterte sich. Damit nichts dem Zufall überlassen blieb, hatte er es unlängst ausprobiert – an einer Ratte, die das Pech gehabt hatte, in eine Falle zu tappen. Und siehe da – obwohl er den Beteuerungen des Quacksalbers keinen rechten Glauben geschenkt hatte, war der Erfolg nicht zu bestreiten gewesen. Will heißen: Der Nager war verendet.

Im Handumdrehen.

Nun denn, bringen wir's hinter uns!, dachte der stiernackige Kraftprotz, bestrebt, zu beenden, was nicht zu umgehen war, wandte sich ab und hinkte zu einem Kübel, welcher neben allerlei Küchenabfällen und einem Rattenkadaver eine besondere Delikatesse enthielt.

Kaninchenfleisch, garniert mit Rattengift. So viel, dass es einen ausgewachsenen Stier umlegen würde.

Das würde reichen.

Wieder zurück neben der Luke, verlor Hrodgar keine Zeit, hob den Eimer und ließ seinen Inhalt in die Wolfsgrube rieseln.

Doch nichts geschah. Kein Jaulen ertönte, kein Knurren, kein Aufheulen – und auch keine Schmerzenslaute. Es war einfach still.

Beklemmend still.

Wie vom Donner gerührt, beugte sich Hrodgar nach vorn. Und konnte nicht glauben, was er sah.

Dort drunten, am Rande des Kegels, welchen das einfallende Licht auf den Boden warf, stand Luzifer, legte den Kopf auf die Seite und starrte ihn an. Das Futter, für das er nicht einmal einen Blick übrig hatte, lag unberührt neben ihm.

Unangetastet, zum Greifen nah.

Hrodgars Atem ging rascher. Was, zum Henker, war bloß in ihn gefahren? Hatte Luzifer keinen Hunger? War er einfach nur wählerisch? Oder ahnte er gar, was sein Herr im Schilde führte?

Der Müller kam nicht dazu, der Sache auf den Grund zu gehen.

»Sieht so aus, als könnte das Mistvieh Gedanken lesen, findest du nicht auch, Oheim?« Ohne bemerkt zu haben, wer da auf leisen Sohlen neben ihn getreten war, erschrak Hrodgar beinahe zu Tode. »Musst du eigentlich immer so herumschleichen?«, fuhr er den neben ihm Stehenden an, der die Schelte aus dem Mund des Älteren mit teilnahmsloser Miene quittierte. »Tu das nicht noch einmal, klar?«

»Was ich tue oder nicht, ist meine Angelegenheit.«

»So, meinst du.« Nicht in der Stimmung, einen Streit vom Zaun zu brechen, ließ Hrodgar seinen Komplizen links liegen und betrachtete die Gerätschaften, welche an der Schmalseite des Schuppens aufgereiht waren. Dabei fiel sein Blick auf einen Sauspieß, rostig zwar, aber lang genug, um den Zweck, der ihm zugedacht war, zu erfüllen. »Wie wär's, wenn du deinen Kram in Zukunft selbst erledigst?«

Die Frage verhallte ungehört. »An deiner Stelle, lieber Oheim, würde ich das mit dem Sauspieß bleiben lassen.«

»Deine Ratschläge kannst du dir sparen.«

»Glaub mir, ich meine es gut.«

»Ach ja? Und seit wann?« Es dauerte zwar lange, bis Hrodgar der Kragen platzte, aber wenn es so weit war, gab es für ihn kein Halten mehr. »Seit wann schert es dich, was ich denke? Dich kümmert es doch einen Dreck, was aus mir wird.«

»An deiner Stelle, lieber Oheim …«

»Dein hochtrabendes Geschwätz kannst du dir sparen!«

»Wie gesagt: An deiner Stelle, Onkel, würde ich den Mund nicht gar so voll nehmen.«

»Was soll das heißen?« Das Rasseln im Ohr, vom angeketteten Wolf ausgelöst, funkelte der Müller seinen Neffen wütend an. »Mach den Mund auf, falls es etwas zu berichten gibt.«

»Das gibt es. Leider.«

Hrodgar wurde stutzig. »Lief doch alles nach Plan, oder?«

»Eben nicht.«

»Jetzt mach aber mal einen Punkt!«, setzte sich der Müller in wenig überzeugender Manier zur Wehr, vom Tonfall, den sein Neffe anschlug, plötzlich unsicher geworden. »Ich hab selbst gesehen, wie …«

»Tu mir einen Gefallen, Onkel: Wenn du das nächste Mal vorhast, jemandem den Garaus zu machen, dann geh gefälligst gründlicher vor.«

»Was soll das heißen?«

»Arnold lebt.«

Die Hand vor dem Mund, wich Hrodgar zurück. »Unsinn, das kann nicht sein!«

»Ich wäre froh, du hättest recht. Aber dem ist nicht so.«

»Woher willst du das wissen?«

»Neuigkeiten verbreiten sich schnell, Oheim.« Bebend vor Zorn ließ Hrodgars Neffe seiner Enttäuschung freien Lauf. »Ich nehme an, du weißt, was das heißt.«

Wie um das Gesagte zu bekräftigen, war aus der Grube ein ohrenbetäubendes Rasseln zu hören, begleitet von einem Geräusch, das so peinigend war, dass es Hrodgar in den Ohren wehtat. »Brav, Luzifer!«, höhnte sein Nebenmann mit Blick auf den Wolf, dessen Krallen über die eisenbeschlagene Falltür fuhren, von der aus der Weg an die Erdoberfläche führte. »Wenigstens du scheinst begriffen zu haben, worum es geht.«

»Aber … aber wie ist das möglich?«

»Ich gäbe etwas dafür, wenn ich es wüsste, Oheim.«

»Was willst du damit …?«

»Ich will damit sagen, dass offenbar kein Verlass auf dich ist.«

»Dein Plan, nicht der meinige.«

»Richtig. Auf die Idee mit dem Wams musste man ja erst einmal kommen, oder?« Die Augen zu kaum noch wahrnehmbaren Schlitzen verengt, gab Hrodgars Gesprächspartner seine Zurückhaltung auf. »Hätte ich darauf gewartet, dass dir etwas Vernünftiges einfällt, wären wir keinen einzigen Schritt weiter. Das zum Thema Erfindungsgabe.« Die Hände hinter dem Rücken verschränkt, begann der junge Mann neben der Luke auf und ab zu gehen. »Damit du Bescheid weißt, Onkel: Ich bin nicht bereit, die Sache auf sich beruhen zu lassen. Glaubt man dem Gerede, welches derzeit die Runde macht, kann es gut sein, dass der Junker dem Teufel von der Schippe springt. Das bedeutet: Wir haben ein Problem.«

»Willst du damit sagen, wir …«

»Ich sehe, du denkst mit, Oheim.« Das Gesicht hart wie Granit, hielt der Schwestersohn des Müllers am Rand der Grube inne. »Du und ich, wir beide dürfen nicht auf halbem Weg stehen bleiben. Im Klartext: Wir – beziehungsweise ich – werden alles daransetzen, diesen Hundsfott bei der nächsten sich bietenden Gelegenheit zu beseitigen. Das wiederum bedeutet, dass Luzifer am Leben bleibt. Du rührst ihn mir nicht an, verstanden? Wer weiß, vielleicht bietet sich ja die Chance, deinen Lapsus wettzumachen. Also: Keinerlei Fahrlässigkeit mehr, haben wir uns verstanden?«

Die Antwort bestand aus einem mechanischen Nicken. »Und was ist mit …«, begann der Müller, um mitten im

Satz abzubrechen und seine Einwände für sich zu behalten. »Heißt das, es geht weiter wie geplant?«

»Aber natürlich, was hast du denn gedacht!«, rief sein Neffe, darauf bedacht, etwaige Skrupel erst gar nicht aufkommen zu lassen. »Die Rechnung wird beglichen – oder hast du das, was deiner Schwester widerfuhr, schon vergessen?«

»Natürlich nicht, wo denkst du hin.«

Die Erwiderung des jungen Mannes kam prompt. »Freut mich, dass wir beide am gleichen Strang ziehen!«, höhnte er, wandte sich ab und schlenderte zur Tür. »Ans Werk, Oheim – und viel Erfolg!«

10

Wächterstube der Burg,
Beginn der sechsten Stunde | 11:20 h

»Hör zu, was ich dir jetzt sage, du Vogelscheuche: Wenn du nicht sofort mit der Wahrheit rausrückst, bist du die längste Zeit Torwache gewesen, ist das klar?« Berengar von Gamburg hasste nichts mehr, als wenn jemand um den heißen Brei herumredete. Und da dem so war, drohte ihm allmählich der Kragen zu platzen. »Glaubst du, du hast es hier mit einem Einfaltspinsel zu tun? Eins kann ich dir garantieren: Wenn du nicht aufhörst, mir ein X für ein U vorzumachen, werde ich dir zeigen, was es heißt, sich mit mir anzulegen. Schon mal hinter Schloss und Riegel gesessen, du Tollpatsch? Nein? Dann wird's aber höchste Zeit. Zum letzten Mal: Entweder du legst jetzt die Karten auf den Tisch, oder du wanderst so lange ins Verlies, bis du Schimmel ansetzt. Geht das in deinen Quadratschädel rein?«

Der Torwächter, ein blutleeres Männlein undefinierbaren Alters, wich zurück und ließ den Blick, der demjenigen eines verschreckten Wiesels glich, über die mit Hundehaaren, Brotrinde und Mist übersäten Dielenbretter wandern. »Ich weiß nicht, wie oft ich es Euch noch versichern soll, Herr!«, wehklagte er. »Aber ich hab alles gesagt, was ich weiß.«

Berengar brach in schallendes Gelächter aus. »Das kannst du deiner Großmutter erzählen«, zischte er, vom einen auf den anderen Moment todernst. »Nimm gefälligst zur Kenntnis, dass ich in meiner Eigenschaft als Vogt schon mit ganz anderen Halunken fertig geworden bin. Schon mal was von hochnotpeinlichen Befragungen gehört?«

»So glaubt mir doch, Herr, ich …«

»Wenn nicht, sollte ich dir erklären, wie so etwas funktioniert.« Die Stiefel auf dem Tisch, lehnte sich Berengar zurück, verschränkte die Hände und ließ die Daumenkuppen bald in der einen, bald in der entgegengesetzten Richtung um die eigene Achse kreisen. »Also: Wie allgemein bekannt, werden verstockten Zeitgenossen zu Beginn der besagten Prozedur die Instrumente gezeigt. Fruchtet auch das nicht, muss der Delinquent damit rechnen, dass im schlimmstmöglichen Fall drei Grade der Tortur zur Anwendung gelangen.« Berengar atmete genüsslich aus. Dass er die Methoden, von denen die Rede war, verabscheuungswürdig fand, brauchte dieser Tölpel von einem Torwächter ja nicht zu wissen. Hauptsache, er fiel auf das Schelmenstück herein. »Als da sind: Daumen- oder Schienbeinschrauben, das Zusammenquetschen der Unterarme mit Seilen, auch Schnüren genannt, die Strecktortur, die Folterleiter, der Seilzug und, solltest du immer noch nicht Vernunft angenommen haben, die Anwendung glühender Zangen, um bestimmte Körperteile, von denen jetzt nicht die Rede sein soll, zu …«

»Haltet ein, Herr – ich bitte Euch!«

»Heißt das, du wirst endlich reden?«

Das Wiesel nickte, die Handflächen vor der schmalen Brust. »Die Wahrheit ist, dass …«

»Ohne Umschweife, du Wicht: Wer war es, der versucht hat, dich von der Arbeit abzulenken?« Um dem Gesagten Nachdruck zu verleihen, gab Berengar die betont lässige

Sitzposition auf, erhob sich und umrundete den Tisch, an dem der Torwächter Platz genommen hatte. »Spuck's aus, aber ein bisschen plötzlich.«

»Die Agnes.«

»Und wer ist das?«

»Eine Kammerjungfer.«

»Sieh an, ein Stelldichein.« Der Vogt, als Junggeselle kein Kind von Traurigkeit, pfiff anerkennend durch die Zähne. »Hätte ich dir nicht zugetraut.«

»Es war nicht so, wie Ihr denkt, Herr.« Die Augen gesenkt, rutschte der Torwächter auf seinem Schemel hin und her. »Sie … Die Agnes hat mir lediglich einen Krug Wein gebracht, müsst Ihr wissen.«

»Einen Krug Wein, besser als gar nichts.« Eine Anzüglichkeit auf den Lippen, welche er sich wohlweislich verkniff, schlug der Vogt einen versöhnlichen Tonfall an. »Kannst du dich erinnern, wann?«

»Kurz vor Mitternacht, würde ich sagen.«

»Widersprich mir, falls ich etwas Falsches von mir gebe: Gestern, deinen Angaben zufolge kurz vor Mitternacht, bekommen du und deine beiden Gefährten unerwarteten Besuch von einer Kammerjungfer. Ihr Name: Agnes.«

»Von der Kammerjungfer meiner Herrin, um es genau zu sagen.«

»Gut zu wissen. Wie alt ist sie denn eigentlich, diese Agnes?«

»17, soviel ich weiß.«

»Hübsch?«

Der Torwächter bejahte.

»Kurzum: Erfreut über die unerwartete Wohltat, lasst ihr all euren Charme spielen, um die holdselige junge Maid zum Bleiben zu überreden.«

»Das trifft zu.«

»Woraus zu deiner und der Anwesenden Enttäuschung nichts wurde.«

»Genau.«

»Apropos: Wie heißt du eigentlich?«

»Heiner.«

Die Hand an der Hüfte, begann Berengar, hinter dem Rücken seines Gesprächspartners hin und her zu schlendern. »Und was ist dann passiert, Heiner?«

»Wie gesagt: Irgendwann hab ich von der Sauferei genug gehabt. Da bin ich kurz raus, um Luft zu schnappen.«

»Allein?«

Der Torwächter blickte auf und nickte.

»Und dann?«

»Aber das hab ich Euch doch schon alles er…«

»Und dann, Heiner?«

»Ich … ich bin noch nicht richtig im Hof, da höre ich plötzlich diesen Schrei.« Blasser, als er ohnehin schon war, rang der Torwächter nach Worten. »Eins könnt Ihr mir getrost glauben, Herr: Solange ich lebe, werde ich ihn nicht vergessen.«

»Kann ich mir vorstellen. Und weiter?«

»Klar, dass man bei so was auf einen Schlag nüchtern wird«, fuhr der Torwächter mit belegter Stimme fort und zupfte an den nur spärlich vorhandenen Brauen herum, welche die mausgrauen Augen überwölbten. »Ich also nichts wie rein in die Wachstube, um mir eine Fackel zu besorgen.«

»Und um Verstärkung zu holen, nehme ich an.«

»Ihr sagt es, Herr.« Der Torwächter schluckte. »Die hatte ich auch bitter nötig, Herr.«

»Na klar – bei dem Gegner!«

»Den will ich sehen, der bei so was keine Angst bekommt!«, hielt Berengars sichtlich mitgenommener Gesprächspartner dagegen, vom Ton, den der Vogt anschlug, spürbar in seiner Ehre gekränkt. »Wie gesagt: Ich also nichts wie rein in die Wachstube, um Alarm zu schlagen. Zu dritt kämpft es sich ja wohl besser als alleine.«

»Das heißt, ihr drei Helden habt den Wolf in die Flucht geschlagen?«

Kleinlaut geworden, fuhr sich der Torwächter über das rechte Ohr, wie das linke mit unzähligen schwarzen Haaren gespickt. »Sagen wir mal so: Unsere Fackeln hatten die gewünschte Wirkung.«

»Und der Junker?«

»Der war Gott sei Dank noch am Leben. Hans und Frieder haben ihn in Sicherheit gebracht.«

»Der Wolf ist getürmt, sagst du?«

Der Torwächter ließ sich mit seiner Antwort Zeit, stürzte den Inhalt seines Bechers hinunter und starrte auf die gegenüberliegende Wand, wo Hellebarden, Streithammer, Beile, ein Morgenstern und Schwerter jeglicher Art und Größe aufbewahrt wurden. »›Getürmt‹ ist vielleicht nicht das richtige Wort, Herr.«

»Sondern?«

»Ihr könnt sagen, was Ihr wollt, Vogt: Aber so ein Monstrum gibt's nicht noch mal auf der Welt.«

»Entscheide dich: War es ein Wolf oder war es …«

»Ersteres, Herr.« Auch im Nachhinein noch unter Schock, füllte der Torwächter seinen Becher bis zum Rand. »Ein Wolf, wie ich ihn in all den Jahren, seit ich hier bin, nicht zu Gesicht bekommen habe.«

»Groß?«

»Riesengroß, Herr.« Der Torwächter machte eine abwehrende Handbewegung, als könne er das Tier, von dem die Rede war, direkt vor sich sehen. »Und Furcht einflößend. Viel fehlte nicht, und ich … ich …«

»Und du hättest dir vor Angst in die Hose geschissen, ich weiß.« Der Vogt nahm seine Wanderung wieder auf, ungeachtet des Lärms, welcher von draußen in die Wachstube drang. »Was ist dann passiert?«

»Gott sei Dank nicht mehr viel, Herr.« Der Torwächter nahm einen weiteren Schluck, zum Missfallen des Vogtes, der es nicht ausstehen konnte, wenn die Leute beim Trinken schlürften. »Da steht also dieser Höllenhund, Herr, knurrt, geifert, senkt den Kopf, mit dem Schwanz wedelnd, und stiert mich an, als ob er mich in Stücke reißen wolle. Und jault, jault, dass einem Hören und Sehen vergeht. Dass man denkt, ein Dämon sei in ihn gefahren.« Die Handflächen vor dem Gesicht, stieß der Kriegsknecht ein gequältes Stöhnen aus. »Wisst Ihr, was ich gedacht habe, Herr? Ich hab gedacht, jetzt ist es aus mit mir.«

»Voreilig, wie man mittlerweile weiß.«

»Voreilig oder nicht – den will ich sehen, der den Mumm gehabt hätte, auf das verfluchte Biest loszugehen!«

»Sagtest du nicht, der Wolf sei getürmt?«

»Das ist es ja, was mich so irritiert.«

»Nicht gar so nebulös, wenn ich bitten darf.«

»Mit Verlaub, Herr: Mit Geheimniskrämerei hat das, was ich sagen wollte, nichts zu tun.«

»Du machst mich neugierig, Heiner.«

»Zu Recht, will mir scheinen.« Ohne sich der Tatsache bewusst zu sein, dass er Berengar den letzten Nerv tötete, zog der Torwächter die Nase hoch. »Jetzt, wo wir darüber reden, gibt es da nämlich etwas, das ich zu erwähnen vergaß.«

»Da bin ich aber froh, dass es dir noch eingefallen ist.«

Immun gegen die Ironie, mit der seine Ausführungen quittiert worden waren, schürzte der Angesprochene die Lippen und sagte: »Kann sein, dass ich es mir nur einbilde, aber während ich so dastand, bin ich das Gefühl, beobachtet zu werden, nicht losgeworden. Und wisst Ihr, was das Beste ist?«

»Wie ich dich kenne, wirst du es mir bestimmt gleich sagen.«

»Ich weiß, was Ihr jetzt denkt, aber ich erinnere mich, einen Pfiff gehört zu haben.«

»Einen Pfiff? Bist du dir dessen auch wirklich …«

Berengar kam nicht dazu, die Frage zu vollenden. Nicht genug, dass man aufgrund des Lärms vor der Tür das eigene Wort nicht mehr verstand, wurde Letztere plötzlich aufgestoßen, so vehement, dass sie beinahe aus den Angeln sprang.

»Verzeiht, wenn ich einfach so reinplatze, Herr!«, stieß der Kriegsknecht, der in die Wachstube stürmte, mit hochrotem Kopf hervor, nachdem ihm sein Kamerad per Kopfbewegung bedeutet hatte, er möge sich an den Vogt wenden. »Ihr müsst mitkommen, und zwar schnell!«

Was ist denn jetzt schon wieder los?, dachte Berengar bei sich, verzichtete jedoch darauf, seinem Unmut Luft zu machen. »Weshalb denn?«

»Der junge Herr …«, begann der Bewaffnete, bei dem es sich um Frieder, einen der drei Torwächter, handelte. »Der junge Herr, der soeben eingetroffen ist, lässt sich nicht abweisen.«

»Welcher junge Herr denn?«, erwiderte Berengar im Vorbeigehen, nachdem er seinen Umhang übergeworfen und seinem Gesprächspartner bedeutet hatte, ihm zu folgen. »Soweit ich weiß, ist die Gästeliste komplett!«

Der Vogt lag mit seiner Aussage richtig. Bei dem jungen Stutzer, welcher auf dem Rücken eines Rappen thronte und die Torwache mit Drohungen und Flüchen überschüttete, handelte es sich nicht etwa um einen verspäteten Gast. Es handelte sich um jemanden, den er kannte.

»Was in aller Welt macht Ihr denn hier?«, schleuderte er dem 18-jährigen Gecken entgegen, der es darauf anlegte, wie ein Höfling am französischen Hof auszusehen, wo er einen Großteil seiner Jugend verbracht hatte. Bei Berengar, dem derlei Anwandlungen fremd waren, stieß diese Marotte naturgemäß auf wenig Gegenliebe. »Ich dachte, Ihr wärt längst abgereist.«

»Ich hab's mir anders überlegt – reicht das?« Peter von Stettenberg, Neffe des Burgherrn, war ein Mann, dem die Arroganz in Fleisch und Blut übergegangen war. Dabei sah er nicht einmal herrschaftlich, sondern ausgesprochen fragil, wenn nicht gar kränklich aus. Auffällig an ihm war vor allem die bleiche Haut, fahl wie die eines Mannes, der eine heimtückische Krankheit in sich trägt. Davon abgesehen sah er jedoch genau so aus, wie man sich Höflinge im Allgemeinen und insbesondere solche aus Frankreich vorzustellen pflegte. Peter von Stettenberg war allenfalls mittelgroß, ein Manko, das er durch Imponiergehabe, Stiefel mit erhöhten Sohlen und luxuriöse Gewandung auszugleichen versuchte. Luxuriös, wenn nicht gar geckenhaft, wirkte vor allem das cremefarbene Barett, das er trug, zum einen, weil eine Pfauenfeder darin steckte, zum anderen, weil dies weder der Zeitpunkt noch die Witterung für derlei extravagante Kopfbedeckungen war. Nötig gehabt hätte er diesen Blickfang, das mit Goldknöpfen, Rautenmustern und Lilien bestickte Gambeson sowie die Reithose aus Hirschleder und die dazu passenden Stiefel mit Sicherheit nicht. Trotz der Tatsache, dass er Berengar allenfalls bis zur Schulter reichte, handelte es sich bei dem jungen Edelfreien nämlich keineswegs um einen unansehnlichen oder gar hässlichen Mann. Peter von Stettenberg besaß ein ebenmäßiges Gesicht, sanft geschwungene Lippen und dunkle, ausgesprochen anziehende Augen. Darüber hinaus zeichnete er sich durch eine gleichermaßen wohltönende wie sanfte Stimme aus, es sei denn, sein Temperament, welches demjenigen von Berengar nicht unähnlich war, drohte wieder einmal mit ihm durchzugehen. »Soweit ich weiß, bin ich Euch keine Rechenschaft schuldig, Vogt!«

»Doch.«

Die Antwort, ebenso knapp wie beunruhigend, ließ den Stutzer aufhorchen. »Darf man fragen, wie Ihr darauf kommt?«

»Gegenfrage: Könnt Ihr Euch das nicht denken?« Ohne jeglichen Respekt vor dem Rappen, der einen veritablen Veitstanz aufführte, überquerte Berengar die Zugbrücke, verschränkte die Arme und versperrte seinem Standesgenossen den Weg. Dies war jetzt schon der zweite Unruhestifter, mit dem er aneinandergeriet, und er war nicht erpicht darauf, dass noch weitere hinzukamen. »Tut nicht so ahnungslos, Ihr seid durchschaut.«

»Was … was bildet Ihr Euch eigentlich ein? Denkt Ihr vielleicht, ich lasse mich von Euch schikanieren?«

»Jetzt hört mir mal gut zu, mein Junge«, erwiderte Berengar, dem es widerstrebte, das unter Verwandten übliche Du zu benutzen. »Und prägt Euch das, was ich zu sagen habe, gut ein. Erstens: Der Tonfall, den Ihr anschlagt, geht mir auf die Nerven. Seht zu, dass Ihr Euch mir gegenüber so benehmt, wie es sich unter Angehörigen der gehobenen Stände geziemt.« Die Hand auf dem Schwertknauf, rührte sich der Vogt nicht von der Stelle, auch dann nicht, als der Rappe die Vorderhufe in die Höhe schwang. »Zweitens: Wenn hier einer Fragen stellt, dann bin ich es, klar? Und noch etwas: Mit Eurem Imponiergehabe könnt Ihr bei mir keinen Eindruck schinden. So, und jetzt gebt gefälligst Auskunft, sonst stehen wir noch an Weihnachten hier herum.«

»Auskunft? Worüber denn?«

»Ein Hinweis unter Verwandten: Um mich hinters Licht zu führen, reichen Eure Fähigkeiten als Schmierenkomödiant nicht aus.«

»Noch ein Wort, Vogt, und ich werde mich bei meinem Onkel über Euch beschweren.«

»Nur zu!«, höhnte Berengar, drauf und dran, die Gebote der Höflichkeit zu vergessen. »Unter den Umständen, welche derzeit herrschen, dürfte dies jedoch mehr als schwierig sein.«

»Schwierig? Was soll das hei…?«

»Jetzt ist es aber genug, du Schnösel!«, herrschte Berengar den sichtlich verdutzten Reiter an, kaum imstande, die emporkochende schwarze Galle zu bezähmen. »Du sagst mir jetzt, wo du heute Nacht gewesen bist, oder es setzt was, verstanden?«

»Im Stettenberg Hof – wieso?«

»Jetzt hör' sich mal einer so etwas an! Erst kriegt er sich mit seinem Onkel in die Haare, dass die Fetzen fliegen, dann kündigt er ihm die Freundschaft, bricht Hals über Kopf auf, noch dazu mitten in der Nacht, um am nächsten Morgen wieder aufzukreuzen und so zu tun, als sei überhaupt nichts geschehen. Sag mal, bist du … Seid Ihr eigentlich wirklich so naiv, wie Ihr tut? Oder seid Ihr einfach nur dreist, um zu vertuschen, wie viel Dreck Ihr am Stecken habt?«

»Ich will meinen Oheim sprechen. *Jetzt gleich*!«

Mit einem Blick, der nichts Gutes verhieß, bedeutete Berengar den Kriegsknechten, das Tor aufzusperren. Dann wandte er sich wieder seinem Kontrahenten zu. »Meinetwegen!«, lenkte er mit grimmigem Lächeln ein, gab den Weg frei und erteilte Anweisung, die Wachen am Burgtor zu verdoppeln. »Aber zuerst werdet Ihr meinem Freund Hilpert und mir Rede und Antwort stehen müssen. Dass das allerdings ein Vergnügen für Euch wird, wage ich zu bezweifeln!«

11

Frauengemächer, zur gleichen Zeit | 11:20 h

»Es ist lange her, Gutta – da hast du recht.« Und es schien, als sei die Zeit stehen geblieben. Als sei alles wieder so wie damals, als ein Spross aus niederadeligem Haus namens Hilpert an einem Festbankett zu Ehren des Kurfürsten teilnahm und der 15-jährigen Tochter des Oberhofmarschalls vorgestellt wurde. »Mehr als ein Vierteljahrhundert, wenn ich mich recht entsinne.«

»Du erinnerst dich also noch daran?«

»An unsere Begegnung? Gewiss doch.« Natürlich konnte sich Hilpert noch an jedes Detail erinnern, vor allem, wie Guttas Mutter ihn beäugt hatte, als er die Kühnheit besaß, ihre Tochter zum Tanz zu bitten. »Wie kommst du darauf, dass ich sie vergessen haben könnte?«

»Wie du sagst: Es ist lange her.« Am Fenster stehend, von wo aus man an klaren Tagen einen ungehinderten Blick ins Taubertal genoss, neigte Gutta von Stettenberg das Haupt und flüsterte: »Sehr lange.«

Die Hände über einem Kohlenbecken, dessen Wärme das holzgetäfelte Gemach durchströmte, huschte ein Lächeln über Bruder Hilperts Gesicht. »Weißt du noch, wie deine Mutter mich taxiert hat? Dabei wollte ich doch bloß …«

»Jetzt machst du mich aber neugierig, Hilpert«, fiel die Burgherrin dem Bibliothekarius ins Wort, woraufhin Letzterer mit betretener Miene innehielt. »Sprich dich aus: Was hattest du damals vor?«

»Ich wollte mit dir tanzen. Das weißt du doch.«

»Schade«, scherzte die schlanke, hochgewachsene und vier Lebensjahrzehnten zum Trotz immer noch anziehende Frau, das Schneegestöber vor Augen, welches ihr den Blick ins Tal verwehrte. »Wirklich schade um uns beide, findest du nicht?«

»Deine Eltern hatten andere Pläne. Das weißt du ebenso gut wie ich.«

»Und du, Hilpert, welche Pläne hattest du?«

»Um ehrlich zu sein, gar keine.« Keineswegs so unsensibel, wie seine Replik anmutete, hob Bruder Hilpert den Kopf und richtete den Blick auf den Wandteppich, welcher die Ermordung Agamemnons durch seine Gattin Klytämnestra und ihren Geliebten Ägistos zeigte. »Wie ich sehe, bist du deinem Interesse für die Antike treu geblieben.«

»Typisch Hilpert.« Ein schelmisches Lächeln auf den Lippen, wandte sich die Burgherrin auf dem Absatz um. »Immer ausweichen, wenn es brenzlig wird.«

»Du weißt genau, dass das nicht wahr ist, Gutta.«

»Tut mir leid, aber ich muss dir widersprechen.« Gutta von Stettenberg, Geborene von Gemmingen, war nicht der Typ Frau, der sich durch Halbwahrheiten, und seien sie auch noch so taktvoll, abspeisen ließ. Darüber hinaus war sie eine Frau, die es gewohnt war, mit ihrer Meinung nicht hinterm Berg zu halten. Diesbezüglich war sie sich während all der Jahre, in denen sie eine Demütigung nach der anderen hinnehmen musste, treu geblieben. Jahre, die in ihrem Antlitz unverkennbar Spuren hinterlassen hatten, wenngleich nicht so, dass die Behauptung, sie sei vor der Zeit gealtert, berechtigt gewesen wäre. Trotz allem, was ihr widerfahren war, handelte es sich bei ihr denn auch immer noch um eine ansehnliche, wenn nicht gar anziehende Dame. Kastanienbraunes Haar ohne eine Spur von Grau, Steckfrisur am Hinterkopf, golddurchwirktes Haarnetz, hohe Stirn, kerzengerader Scheitel, kaum Falten im ansonsten makellosen Gesicht, dessen Mitte ein Augenpaar bildete, welches seine Umgebung mit einer Mischung aus Argwohn und Belustigung musterte. Und das dunkle Gewand mit dem steifen Kragen natürlich nicht zu vergessen. Genau so hatte Bruder Hilpert die Frau in Erinnerung, deren Eltern zu den engsten Freunden seines Vaters gezählt hatten. »Aber lassen wir das. Erzähl mir lieber, wie es dir ergangen ist.«

»Anders als geplant, wie du siehst«, erwiderte Bruder Hilpert, erleichtert, die Klippen, an denen er zu stranden drohte, umschifft zu haben. »Wobei ich froh bin, dass es so gekommen ist.«

»Wirklich?«

Die Antwort war ein entschiedenes Nicken. »Ob du es glaubst oder nicht, ich bin gerne Mönch. Und möchte um nichts in der Welt mit meinen Standesgenossen tauschen.«

»Du und Zisterzienser! Auf die Idee wäre ich ganz bestimmt nicht gekommen.«

Bruder Hilpert lachte. »Kein Wunder, wenn man bedenkt, wie ich mich aufgeführt habe! Ich muss gestehen, meine Eltern hatten damals nicht viel zu lachen und ihre liebe Mühe und Not mit mir.«

»Darf ich dich etwas fragen, Hilpert?«

»Wie ich auf die Idee kam, in einen Orden einzutreten? Ich fürchte, das ist eine lange Geschichte.« Bruder Hilpert hielt laut aufseufzend inne. Bis jetzt hatte er es vermieden, mit irgendjemandem darüber zu sprechen, und wenn er ehrlich war, hatte er auch kein Bedürfnis, dies zu tun.

Auch jetzt, nach all den Jahren, waren die Wunden von damals immer noch nicht vernarbt, und die Frage war, ob dies jemals der Fall sein würde. »Glaub mir, du würdest dich nur langweilen.«

»Das kann ich mir nicht vorstellen. Wenn ein Bonvivant wie du der Welt den Rücken kehrt, gibt es mit Sicherheit Gründe.«

»Die gibt es, Gutta, da hast du recht.« Nicht fähig, der auf ihn einstürmenden Erinnerungen Herr zu werden, hüllte sich Bruder Hilpert in Schweigen. Bonvivant – gemessen an der Art, wie er sich als Heranwachsender gebärdet hatte, spiegelte die Bezeichnung sein Verhalten auch nicht annähernd wider. In Wahrheit hatte er nichts ausgelassen, was seinen Eltern Verdruss bereitete, angefangen bei Zechgelagen und ausgelassenen Festen, bis hin zu Jagden, Zweikämpfen und Raufereien. Dann aber, im Alter von knapp 20 Jahren, war auf einen Schlag Schluss mit dem Feiern und dem sorglosen Dasein eines Landedelmannes gewesen. Er hatte sich verliebt, und zwar so, dass es von nun an nur noch die bildhübsche Tochter eines Schultheißen für ihn gab. Maria, so ihr Name, war sein Ein und Alles gewesen, und nichts, nicht einmal die geharnischten Predigten seines Vaters, hätte ihn davon abhalten können, sie zu freien.

Das Schicksal wollte es, dass die Dinge einen anderen Verlauf nahmen. Nachdem ihr Leib fruchtbar geworden war, hatte Marias Vater sämtliche Hebel in Bewegung gesetzt, um die Verbindung zwischen ihm und der Frau, die er zur Gemahlin nehmen wollte, zu hintertreiben. Das war so weit gegangen, dass er sie zu seiner in Heidelberg lebenden Schwester eskortiert hatte, der Schande wegen, die Maria über ihn und die Familie gebracht habe. Dort war sie denn auch geblieben, belauert von ihrer Tante, die wie ein Schießhund auf sie aufgepasst hatte.

Ein halbes Jahr später war Maria bei der Geburt ihres Kindes – eines Sohnes – gestorben. Seines Sohnes, wie Bruder Hilpert erst viel später durch einen Zufall, der ihm die Augen öffnete, erfahren hatte.

Bruder Hilperts Blick trübte sich, und er konnte nicht anders, als laut aufzuseufzen. All das war bereits mehr als sieben Jahre her, und es verging kein Tag, an dem er nicht an Alkuin dachte. »Weißt du, welcher Auffassung ich bin?«

»Sprich dich aus, Hilpert, bei mir sind deine Geheimnisse gut aufgehoben.«

»Ich finde, manchmal ist es das Beste, die Vergangenheit ruhen zu lassen. Konzentrieren wir uns lieber auf die Gegenwart.«

Die Burgherrin reagierte verstimmt. »Traust du mir etwa nicht?«

»Da wir von Vertrauen reden«, erwiderte Bruder Hilpert, ein wahrer Meister, wenn es darum ging, den Spieß umzudrehen, »weißt du, ob dein Mann Feinde gehabt hat?«

»Feinde? Die hat doch wohl jeder!« Das Missfallen über den abrupten Themenwechsel war der Hausherrin ins Gesicht geschrieben. Ein Umstand, der sich vor allem in ihrem Tonfall niederschlug. »Auch du. Oder denkst du, als Mönch bliebe man von Antipathien verschont?«

»So einfältig, meine Liebe, bin nicht einmal ich. Wenn ich während der vergangenen Jahre eins gelernt habe, dann dies: Als Ermittler macht man sich automatisch Feinde. Mehr, als einem recht sein kann.«

»Dann weißt du ja Bescheid, Hilpert.«

»Eben nicht.« Eins hatte Bruder Hilpert mit seinem

Freund gemeinsam: Er konnte es nicht ausstehen, wenn um den heißen Brei herumgeredet wurde. Katz-und-Maus-Spiele waren seine Sache nicht, und es machte keinen Unterschied, ob diejenige, welche etwas zu verbergen hatte, eine Bekannte aus Jugendtagen oder eine dahergelaufene Spitzbübin war. »Also nochmals die Frage: Hatte dein Mann Feinde?«

»Soll das etwa ein Verhör werden?«

Bruder Hilperts Mundwinkel kräuselten sich. »Nennen wir es lieber eine Unterredung«, versetzte er, bei Weitem nicht mehr so jovial wie zuvor, »eine Unterredung unter Freunden.«

Im Begriff, Bruder Hilpert Kontra zu geben, besann sich die Herrin der Gamburg eines Besseren. »Ob Arnold Feinde hatte, willst du wissen?«

»Feinde, Gegner, Kontrahenten, Widersacher – nenne es, wie du willst.«

»Jede Menge, um ehrlich zu sein«, entgegnete die Hausherrin, während ihr Blick zwischen Bruder Hilpert und dem Wandbehang zu ihrer Linken hin- und herirrte. »Und weißt du, wer ihn am meisten gehasst hat? Mehr als alle anderen?«

Obwohl er die Antwort im Voraus kannte, schüttelte der Bibliothekarius den Kopf.

»Ich!«

»Du redest, als sei dein Mann bereits tot.«

»Auf die Gefahr, in deiner Achtung zu sinken, Hilpert: Für mich ist Arnold gestorben. Und das schon vor sehr langer Zeit.«

»Ich nehme an, dafür gibt es Gründe.«

»Gründe?«, rief Gutta von Stettenberg aus und hielt es offenbar nicht für nötig, mit ihrer Erbitterung hinterm

Berg zu halten. »Wenn es je eine Frau gab, welche die Hölle auf Erden erlebte, dann ich.«

»Du willst damit sagen, er hat dich hintergangen?«

Die Lippen gerade wie ein Strich, starrte die Burgherrin aus dem Fenster. Von der Umgebung oder gar dem Dorf war nichts mehr zu sehen, und es schien, als sei die Burg der einzig sichere Hort weit und breit. »Kann es sein, dass du darum batest, die Vergangenheit ruhen zu lassen?«

Bruder Hilpert blieb die Antwort schuldig.

»Aber macht nichts – wenn du schon mal da bist, sollst du auch erfahren, wie er mit mir umgesprungen ist.«

»Hör zu, Gutta, wenn du das Gefühl hast, ich …«

»Ich weiß, dass du der Letzte wärst, der mir aus dem Gesagten einen Strick drehen würde.« Die hoch aufragende Gestalt am Fenster straffte sich. »Wenn es jemanden gibt, dem ich Vertrauen schenke, dann bist du es.«

Bruder Hilpert neigte das Haupt und lauschte.

»Er hat mich behandelt wie den letzten Dreck«, flüsterte die Frau im dunklen Gewand, nicht geneigt, aus ihrem Herzen eine Mördergrube zu machen. »Begonnen hat es schon kurz nach der Hochzeit, wobei ich es mir und dir ersparen möchte, auf Details einzugehen. Nur so viel: Das Sakrament der Ehe ist meinem Gatten von Anbeginn nicht heilig gewesen – falls du verstehst, was ich meine.«

Da Bruder Hilpert sehr wohl verstand, was seine Gesprächspartnerin meinte, beließ er es bei einem Nicken.

»Drastisch gesagt: Kein Rock war vor ihm sicher, weder hier noch auf Reisen noch bei jeder sich bietenden Gelegenheit. Anfangs hat er noch versucht, seine Amouren vor mir zu verheimlichen. Aber selbst das hat er mit der

Zeit nicht mehr für nötig gehalten. Was mich betraf, war ich Luft für ihn, dazu da, Kinder in die Welt zu setzen. Mehr wurde nicht von mir erwartet – und es wäre töricht gewesen, auf mehr zu hoffen. Wie man das aushalten kann, fragst du dich? Ganz einfach: indem man sich eine Welt schafft, zu der niemand Zutritt hat.« Die Burgherrin gestattete sich eine Atempause. Dann sprach sie: »Es sei denn, der Betreffende erweist sich meines Vertrauens würdig.«

»Danke für die Blumen, Gutta.«

Bruder Hilpert sah sich unauffällig um. Wie wenig das Gemach den Konventionen entsprach, war ihm schon beim Betreten aufgefallen. Ein Spinnrad suchte man hier vergebens, und das Gleiche traf auf den obligatorischen Stickrahmen zu. Bücher gab es dagegen zuhauf, so viele, dass nicht alle in das dafür vorgesehene Armarium passten. Kaum ein Ort, an dem nicht irgendein Traktat, Kompendium oder in Schweinsleder eingebundener Foliant zu finden war, auch dort, wo man ihn am wenigsten vermutete. Bruder Hilpert war überrascht, dass auch Werke der Kirchenväter darunter waren, nebst anderen eine Ausgabe von *De civitate dei* oder *Summa contra gentiles* aus der Feder von Thomas von Aquin. Als Kenner der Materie konnte sich der Bibliothekarius noch gut an einen der zentralen Lehrsätze des von ihm hochverehrten Dominikaners erinnern, der die Behauptung aufstellte, dass Untaten jedweder Art niemals abgegolten seien. Für Gutta, deren Dasein offenbar die reine Hölle war, besaß das Diktum natürlich eine ganz besondere Bedeutung, und er fragte sich, welche Lehren die einstmals lebenslustige Frau daraus gezogen haben mochte.

»Na, Hilpert, gefällt dir meine kleine Sammlung?«

»Klein ist gut!«, parierte Bruder Hilpert, peinlich berührt, beim Herumschnüffeln ertappt worden zu sein. »Die Kirchenväter, dazu Platon, Sokrates und die Selbstbetrachtungen des Marc Aurel – ich wünschte, ich wäre so gut ausgestattet wie du.«

»Und ich wünschte, mein Leben hätte einen anderen Verlauf genommen.«

Bruder Hilpert stieß ein zustimmendes Schnauben aus. »Mit anderen Worten: Dein Mann blieb seiner Linie treu – auch gestern Abend.«

»Natürlich, wo denkst du hin.« Die Burgherrin lächelte maliziös. »Schade nur, dass er bei der Frau des Amtmannes auf Granit gebissen hat.«

Bruder Hilpert zog überrascht die Braue hoch. »Heißt das, sie …«

»Sie hat ihn abblitzen lassen, und wie!«, nahm Gutta von Stettenberg ihrem Gesprächspartner die Worte aus dem Mund. »Ich weiß, es klingt frivol: Aber so etwas kann mein Gemahl nur schwer verkraften.«

Bruder Hilpert ließ sich mit seiner Antwort Zeit. Wenn es stimmte, was Gutta da erzählte, musste er seine Hypothesen über den Haufen werfen, allen voran diejenige, dass es sich bei der Verfasserin der Liebesbotschaft um die Frau des Amtmannes handle. *Mein Verlangen nach dir ist so groß, dass ich an nichts anderes mehr denken kann.* Was lag näher als Schlussfolgerung, als besagte Gattin mit dem Mordanschlag in Verbindung zu bringen, umso mehr, da sie außer Gutta die einzige Frau war, die am Bankett zu Ehren des Hausherrn teilgenommen hatte. Und was war naheliegender, als davon auszugehen, dass der Junker von der koketten Dame in die Falle gelockt worden war – aus welchem Grund auch immer.

Doch wohl nichts, oder?

»Falls du daran Anstoß nimmst, worüber ich dir berichte, lass uns über etwas anderes reden.«

Das Kinn auf den aneinandergelegten Handflächen, schreckte Bruder Hilpert aus seinen Gedanken auf. »Von den Avancen, die dein Gemahl der jungen Dame gemacht hat, einmal abgesehen«, machte der Bibliothekarius dort weiter, wo der Gesprächsfaden abgerissen war, »wie hat eigentlich der Amtmann darauf reagiert?«

»Gereizt, was denkst du denn!«

»Mit anderen Worten: Es gab Streit.«

Die Hausherrin lachte höhnisch auf. »Den gab es, aber nicht zwischen Arnold und diesem Musterbeispiel eines Bürokraten.«

»Sondern?«

»Arnold und sein jüngerer Bruder haben sich in die Haare gekriegt. Und unmittelbar darauf mein Herr Gemahl mit seinem Vetter.«

»Weswegen?«

»Na, du stellst mir vielleicht Fragen!«, rief Gutta von Stettenberg lachend aus. »Wegen des Geldes, weshalb denn sonst! Du musst wissen: Arnold steckt bis über beide Ohren in Schulden. Bei Ruprecht, dem über alles geliebten kleinen Bruder, und damit es sich auch lohnt, bei seinem Vetter.« Plötzlich wieder todernst, ließ sich die Burgherrin auf einen gepolsterten Scherenstuhl sinken. »Das hat er nun davon. Tja, irgendwann holen einen die Sünden der Vergangenheit ein.«

»Und wie tief steht dein Mann bei den beiden in der Kreide?«

»So tief, dass Ruprecht und Peter allen Grund hatten, ihm das Messer an die Brust zu setzen.« Die Frau des Junkers runzelte die Stirn. »Wie oft ich Arnold ins Gewissen geredet habe, brauche ich wohl nicht zu sagen. Was ich auch tat, es war umsonst. Arnold wollte einfach nicht hören, und es kam, wie es kommen musste. Eines Tages blieb ihm nichts anderes übrig, als Ruprecht die Hälfte seines Besitzes zu überschreiben. Äcker, Wiesen, Felder, Höfe, Gerechtsame – einfach alles. Kein Wunder also, dass Arnold und Ruprecht miteinander umgehen wie Katz und Maus, und das Gleiche galt – beziehungsweise gilt – für seinen Neffen, der eitelste Fratz, der mir je begegnet ist.«

»Tja, Gutta, mit Verwandten ist es bekanntlich so eine Sache.«

»Und mit Ehemännern auch. Damit wir uns richtig verstehen, Hilpert: Es war Arnolds Schuld, dass es so weit gekommen ist.«

»Dieser …«

»Ruprecht.«

»Ist er der einzige Bruder, den dein Gatte hat?«

Obwohl die Frage eher beiläufig gestellt worden war, fiel die Antwort überaus heftig aus. »Wie … wie meinst du das?«, stieß Bruder Hilperts Gegenüber wie vom Donner gerührt hervor. »Soll das etwa ein Verhör werden?«

Bruder Hilpert senkte das Haupt und schwieg.

Nicht so die Frau, die mit dem Mädchen, das er gekannt hatte, nichts mehr gemeinsam zu haben schien. »Sagtest du nicht, du seist einmal Inquisitor gewesen?«, giftete sie, die Augen nahezu geschlossen. »Soll ich dir was sagen, Hilpert: Das merkt man dir auch an!«

»Darf man fragen, was auf einmal in dich gefahren ist?«

»Nichts, alter Freund. Und wenn, hat es nichts mit dir zu tun.«

»Mit wem dann?«

»Dreimal darfst du raten – aber nur dreimal!« Gutta von Stettenberg machte eine entschuldigende Geste. »Tut mir leid, Hilpert, war nicht so gemeint. Aber der Streit von gestern steckt mir immer noch in den Knochen.«

»Die drei sind doch nicht etwa handgreiflich geworden?«

»Nein – aber Arnold mir gegenüber.«

Bruder Hilpert wurde kreidebleich. »Soll das etwas heißen, er …«

»Das soll heißen, dass Arnold mich geohrfeigt hat, ganz recht. Und dann hat er mir gedroht.«

»Gedroht? Und womit?«

»Sollte ich mich weiter in Dinge einmischen, die mich nichts angehen, werde er kurzen Prozess mit mir machen. Dann werde es mir wie seinem Bruder ergehen.«

»Waren das seine Worte?«

Gutta von Stettenberg bejahte.

»Hat dein Gemahl durchblicken lassen, was er damit meint?«

»Nein.« Die Hände auf die Oberschenkel gestützt, mutete die Burgherrin wie das Ebenbild einer antiken Rachegöttin an. »Ich weiß nur, dass sein Bruder Martin hieß. Und dass er älter war als er. Wie alt genau, kann ich dir nicht sagen.«

Hellhörig geworden, ließ Bruder Hilpert nicht locker. »Ich bin mir nicht sicher«, sinnierte er, den Blick abwechselnd auf den Wandteppich und die Burgherrin gerichtet, die das Pech gehabt hatte, in die Hände eines Verschwenders und gewohnheitsmäßigen Ehebrechers zu geraten, »aber könnte es nicht sein, dass der Anschlag auf deinen Mann mit dem Schicksal jenes Bruders in Verbindung steht?«

»Das meinst du doch wohl nicht ernst, oder?«

Bruder Hilpert tat so, als habe er die Frage überhört. »Wer weiß, was diesem …«

»Martin.«

»Wer weiß, was dem älteren Bruder deines Gatten zugestoßen ist. Vielleicht ist er ja noch am Leben und sinnt auf Rache.«

»Verzeihung, Herrin, wenn ich störe. Aber der Bruder und der Neffe des gnädigen Herrn haben den dringenden Wunsch, Euch zu sprechen.«

Kaum waren sowohl Bruder Hilpert als auch die Kammerfrau mit dem Engelsgesicht verstummt, drängten bereits zwei Männer in den Raum, einer davon höchstens 20, der andere unwesentlich älter. Besonders Letzterer, mit einem Hemd aus feinstem Leinen samt Lederkoller und dazugehöriger dunkler Schärpe bekleidet, schien nicht gerade bester Laune zu sein, und es war nicht schwer zu erraten, um wen es sich bei dem Eindringling handelte.

Dieser ließ denn auch keinen Zweifel daran, wer hier seiner Meinung nach das Sagen hatte. »Peter und ich müssen dich dringend sprechen, Schwägerin!«, blaffte er, weder willens noch fähig, die Gebote der Höflichkeit zu beachten. Für Bruder Hilpert hatte der rot gelockte Hitzkopf nur einen verächtlichen Seitenblick übrig und konnte sich die Frage, was ein Mönch hier zu suchen habe, offenbar nur mit Mühe verkneifen. »*Allein* – wenn du nichts dagegen hast!«

»Darf ich vorstellen, lieber Schwager: mein Jugendfreund Hilpert, seines Zeichens Bibliothekarius des Klosters Maulbronn.« Jede andere Frau hätte so reagiert, wie es der Choleriker mit der auffallenden Rötung im Gesicht beabsichtigt hatte. Aber wie die Dinge lagen, hatte er sich verrechnet: »Hilpert, das ist mein Schwager Ruprecht von Stettenberg, Zehntgraf zu Bischofsheim und Inhaber zahlreicher Lehen, unter anderem in Wertheim und Niklashausen. Und der junge Mann an seiner Seite ist Peter, ein Vetter meines Mannes.« Bevor einer der beiden reagieren konnte, bedeutete die Hausherrin dem Bibliothekarius, ihr zu folgen. »Zu Tisch, Ihr Herren – ich bin mir sicher, es gibt viel zu bereden!«

12

Pfarrkirche, kurz vor Ende der achten Stunde | 12:30 h

Auch das noch!, dachte Gisbert, Kirchendiener zu Gamburg, als er an der Tür der Schenke *Zum Wilden Mann* rüttelte. Dass ausgerechnet er mit dem größten Schandweib im Dorf verheiratet war, war schon Strafe genug. Aber dass ihm der Zugang zu seinem Refugium verwehrt blieb, war schlimmer als Hölle und Fegefeuer zusammen.

Es war das Schlimmste, was ihm widerfahren konnte.

Was also tun? Zurück nach Hause, wo es erneut Zank und Hader geben würde? Niemals. Davon hatte er weiß Gott genug. In ihrem Zorn war Chlothilde, unter deren Fuchtel er seit sage und schreibe 40 Jahren ächzte, nicht zu bremsen. Und höchst erfinderisch, wenn es darum ging, ihn unter ihr Joch zu zwingen.

Gisbert stieß einen Seufzer aus. Besser, er drückte sich noch ein bisschen in der Kirche herum, nicht gerade der ideale Ersatz für einen Becher heißen Würzwein, aber angenehmer, als den Launen einer Furie ausgeliefert zu sein, die sich mit jedem anlegte, der ihr in die Quere kam. Wie hatte der Heilige Franziskus, den er sich diesbezüglich zum Vorbild nahm, doch gesagt? »Herr, gib mir die Kraft, die Dinge zu ertragen, die ich nicht ändern kann.«

Gesagt, getan. Kaum war der Entschluss gefasst, drehte sich der betagte Kirchendiener um und stapfte auf die in der Mitte des 200-Seelen-Dorfes gelegene Pfarrkirche zu. Nur wenige Schritte, und der von Gicht, Sodbrennen und allerlei Gebrechen geplagte Greis begann am ganzen Leib zu bibbern. Die Furcht, weiter schikaniert, geschmäht und verhöhnt zu werden, war jedoch größer als das Unbehagen, welches er angesichts des dichten Schneetreibens empfand, und so wich Gisbert von seinem Entschluss, in der Kirche nach dem Rechten zu sehen, nicht ab.

Endlich am Ziel, hielt der am ganzen Leib frierende Mesner inne, zog den Kirchenschlüssel aus der Tasche und steckte ihn ins Schloss.

Eine Mühe, die er sich hätte sparen können.

Gisbert stutzte. Bis zur Abendandacht war noch genug Zeit, und dass sich der Dorfpfarrer um die Zeit in der Kirche aufhielt, wäre einem Wunder gleichgekommen. Vater Anselm schlief nämlich gern und lange, mitunter sogar bis in den Nachmittag hinein. Darüber hinaus sprach er des Öfteren dem Alkohol zu, nur eine der vielen Schwächen, welche Gisbert – und beileibe nicht nur er – an dem einstmals populären Pfarrer zu bemängeln hatte.

Zitternd vor Kälte steckte der Mesner den Schlüssel wieder ein. Zugegeben, hierzulande standen Gottes Diener nicht gerade hoch im Kurs, aber was Vater Anselm betraf, konnten sich selbst die größten Halunken seiner Zunft noch eine Scheibe abschneiden. Nicht etwa, dass der Geistliche besonders raffgierig, hochnäsig oder gar gleichgültig und den Anforderungen, welche sein Amt an ihn stellte, nicht gewachsen gewesen wäre. Das traf nicht zu, zumindest nicht, als er vor nunmehr drei Dezennien sein Amt angetreten hatte. Der Anlass für den Hass, der sich allmählich aufgestaut hatte, war mit Sicherheit ein anderer gewesen, und obwohl mittlerweile viel Zeit ins Land gegangen war, konnte sich Gisbert noch an jedes Detail der damaligen Tragödie erinnern.

Allein, jetzt war weder die Zeit noch der Ort, um sich die Ereignisse des Jahres 1405 ins Gedächtnis zu rufen. Der Freitod der Müllerstochter war schrecklich genug gewesen, zu schrecklich, als dass er jetzt, noch dazu an einem Tag wie diesem, darüber nachdenken wollte.

Die Türklinke in der Hand, hielt Gisbert unvermittelt inne. Im Gegensatz zu vielen Dorfbewohnern, die sein betuliches Naturell belächelten, besaß er so etwas wie einen siebten Sinn, und es war genau dieses Gespür, welches ihn gewöhnlich dazu bewog, auf die Stimme in seinem Inneren zu hören.

Aber es war die Kälte, die ihn heute bewog, das in ihm emporkeimende Unbehagen zu ignorieren, das Portal aufzusperren und einen Blick in das heruntergekommene Gotteshaus zu werfen. Anders als zunächst befürchtet, konnte der Mesner jedoch nichts Verdächtiges erkennen, und so tat er genau das, wogegen er sich zunächst gesträubt hatte: Er trat ein und schloss die Tür.

Allein mit den Gedanken, welche ihn angesichts verblassender Deckengemälde, Grabplatten und wurmstichiger Kirchenbänke beschlichen, riss sich der Kirchendiener am Riemen und schlug den Weg zum Hochaltar ein. Dort angekommen, beugte er das Knie, bekreuzigte sich und wollte sich daranmachen, die Mensa für die Abendandacht herzurichten. Angesichts der Tatsache, dass es nichts herzurichten gab, da er dies bereits vor zwei Stunden erledigt hatte, ließ er jedoch von seinem Vorhaben ab.

Da war es wieder, jenes Gefühl, welches ihm den Ruf eines Schwarzmalers beschert hatte. Jene Ahnung, die sich, einmal aufgetaucht, zur Gewissheit zu verfestigen begann.

Irgendetwas stimmte hier nicht. So wahr er Gisbert der Küster war.

Überzeugt, dass ihn sein Instinkt nicht trog, machte sich der Greis auf den Weg in die Sakristei. Es war der Ort, an dem Vater Anselm seine Preziosen aufbewahrte, und er wäre nicht überrascht gewesen, auf Spuren eines Einbruchs zu stoßen. Das Altarkreuz, ein Geschenk des Bronnbacher Abts, wäre allein schon einen Raubzug wert gewesen, von Karaffen, silbernen Kelchen und Pokalen aus Gold ganz zu schweigen. Gisbert hatte Vater Anselm immer wieder gewarnt, dass der Kirchenschatz woanders besser aufgehoben wäre. Ohne Erfolg. Der Dorfgeistliche hatte auf seinem Standpunkt beharrt, und so war alles beim Alten geblieben.

Folglich war es nicht seine Schuld, wenn etwas abhandengekommen war, oder?

Vor der Tür angelangt, die in die Sakristei führte, kramte Gisbert den Schlüsselhalter unter seinem grauen Rock hervor. Auch das wäre nicht nötig gewesen, war die Pforte, welche von einem Spitzbogen überwölbt wurde, doch nur angelehnt.

Spätestens jetzt, angesichts der neuerlichen Überraschung, war Gisbert der Überzeugung, dass seine Intuition ihn nicht getrogen hatte. Der Kirchendiener schlotterte am ganzen Körper. Was, wenn die Frevler, welche ins Allerheiligste eingedrungen waren, noch da drin waren? Mit 73 Jahren, die er auf dem Buckel hatte, konnte er nicht viel ausrichten, schon gar nicht, wenn es sich um einen oder gar mehrere von den Schnapphähnen handelte, die unlängst in der Nähe des Dorfes gesichtet worden waren. Vielleicht war es doch besser, umzukehren und Hilfe zu holen, anstatt den Helden zu spielen und dabei auf der

Strecke zu bleiben. Mut war zwar gut, Vorsicht jedoch allemal besser.

Erheblich besser sogar.

Es war die Neugier, welche den Mesner bewog, dem Drängen in seinem Inneren nicht nachzugeben. Und es war Entsetzen, welches ihn ergriff, als er die Sakristei betrat.

Blankes, zwischen Abscheu und Empörung wechselndes Entsetzen.

Gisbert konnte sich nicht erinnern, jemals ein derartiges Durcheinander erlebt zu haben. Kein Gegenstand befand sich mehr an seinem Platz, die Altarkelche nicht mehr in dem dafür vorgesehenen Behältnis, die Messgewänder nicht mehr im Schrank, das Tabernakel nicht mehr in der Fensternische. Kalkweiß im Gesicht, schlug Gisbert die knochige Hand vor den Mund. Der Eindruck, hier sei eine Horde Vandalen eingedrungen, kam weiß Gott nicht von ungefähr, und er fragte sich, wer die Schamlosigkeit besaß, so etwas zu tun.

Doch dann, bei näherem Hinsehen, fiel ihm etwas auf: Es sah zwar aus, als hätten die Eindringlinge wie die Berserker gewütet, aber darauf, so unerquicklich der Anblick auch war, kam es momentan nicht an. Wichtig war, dass offenbar nichts abhandengekommen war, obwohl die Kostbarkeiten überall im Raum verstreut waren.

Gerade so, als habe es einen Kampf gegeben.

Einen Kampf, dem Vater Anselm zum Opfer gefallen war.

Die Blutlache, welche Gisbert in der Fensternische entdeckte, schien eine deutliche Sprache zu sprechen. Vor Schreck wie gelähmt, hielt der Küster den Atem an. Weshalb er jetzt, da er einer Ohnmacht nahe war, nicht die Flucht ergriff, wusste er nicht. Aber er wusste, dass er den

Geschehnissen auf den Grund gehen würde, ach was, dass er ihnen auf den Grund gehen *musste*.

Darauf bedacht, alles so zu belassen, wie es war, bewegte sich der Kirchendiener auf die Tür zu, welche hinaus ins Freie führte. Falls seine Vermutung zutraf, waren der oder die Täter von dort in die Sakristei eingedrungen, und wenn es einen Ort gab, an dem sie Spuren hinterlassen hatten, dann hier.

Gisberts Hoffnung, so vage sie auch schien, wurde nicht enttäuscht.

Kaum hatte er die Tür geöffnet, fiel sein Blick auf die Schleifspuren, welche mehr als deutlich im Schnee zu erkennen waren. Ohnehin nicht der Mutigste, wurde der Küster von nacktem Entsetzen gepackt. Also doch. Nicht genug, dass die Sakristei in ein Trümmerfeld verwandelt worden war, wurden die Ängste, die ihn heimgesucht hatten, bestätigt. Vater Anselm war Opfer eines Verbrechens geworden. Und er, ausgerechnet er, war dazu auserkoren, der Sache nachzugehen.

Ausgerechnet er, der nicht einmal hinsehen konnte, wenn ein Schwein geschlachtet wurde.

Lamentieren oder gar Flucht kamen jedoch nicht infrage. Bei aller Verzagtheit, welche ihn ergriff, war Gisbert dennoch kein Hasenfuß. Er war nur ein wenig schreckhaft, aber auch das, wie sein tief sitzender Ekel vor Blut, spielte jetzt keine Rolle mehr. Er war bereits zu weit gegangen, als dass er einen Rückzieher hätte machen können.

Und zu neugierig, um auf der Stelle kehrtzumachen.

Bis zum Pfarrhaus waren es nur wenige Schritte. Schritte, welche sich wie Meilen dehnten. Entschlossen, nicht klein beizugeben, wich Gisbert jedoch nicht von seinem Vorsatz ab. Er musste herausbekommen, was geschehen war. Und sei es nur, um nicht wieder als Hasenfuß dazustehen.

Und so folgte Gisbert den Spuren, darauf bedacht, nur ja keine zu verwischen. Wie vermutet, führten sie direkt zum Pfarrhaus, wobei ihn die Tatsache, dass die Tür auch hier nur angelehnt war, nicht allzu sehr überraschte.

Überraschend war hingegen etwas anderes. Etwas, das Gisbert in der Aufregung nicht bemerkt hatte.

Unmittelbar neben den Schleifspuren, vom Eingang gut zu erkennen, verlief eine Fährte mit Fußabdrücken. Eine Fährte, welche sich bei näherem Hinsehen als diejenige eines Tieres entpuppte.

Doch damit nicht genug.

Der Kirchendiener hielt den Atem an. Es war lange her, dass er auf die Jagd gegangen war. 18 Jahre, um es genau zu sagen. Das Spurenlesen hatte er aber trotzdem nicht verlernt. Und das, obwohl er den Kammerforst seit jenem verhängnisvollen Tag im November des Jahres 1405 nicht mehr betreten hatte. Ein Leichnam, welchen er erhängt aufgefunden hatte, war weiß Gott genug gewesen.

Hoffte er zumindest.

Dass dies Wunschdenken war, dämmerte ihm, als er die frische Fährte in Augenschein nahm. Was das betraf, kannte er sich nämlich aus. Wilderei wurde zwar streng bestraft, aber das bedeutete nicht, dass er sich als junger Mann auch nur einen Deut um die Drohungen der Herrschaft gekümmert hätte. Damals, noch zu Lebzeiten des alten Junkers, war er oft tagelang durch die umliegenden Wälder gestreift, zumeist auf der Suche nach Brennholz, zuweilen aber auch, um ein halbes Dutzend hungrige Mäuler zu stopfen. Er hatte gelernt, Spuren zu lesen, besser als jeder andere im Dorf.

Deshalb musste er auch nicht lange nachdenken, um herauszubekommen, von welchem Tier die Fährte vor dem Pfarrhaus stammte. Der Mesner schüttelte das ergraute Haupt. Ohne jeden Zweifel stammte die Spur von einem Wolf, von einem ausgewachsenen, im Gegensatz zu seinen Artgenossen nicht menschenscheuen Wolf. Daran, so Gisberts Fazit, gab es nichts zu rütteln.

Auf einmal hatte es der sonst so bedächtige Küster eilig. Sehr eilig sogar. Die Ereignisse begannen, ihm auf den Magen zu schlagen, und er ertappte sich bei dem Gedanken, dass er gut daran getan hätte, zu Hause zu bleiben. Verglichen mit dem, was ihm hier zuteilwurde, muteten die Standpauken seiner Chlothilde wie der Gesang der himmlischen Heerscharen an. Davon war er bereits jetzt, da er das Pfarrhaus betrat, überzeugt.

Ein Rückzieher kam nicht infrage. Gisbert ballte die Faust. Er würde herausfinden, was mit Vater Anselm geschehen war. Und wenn er das Haus auf den Kopf stellen musste.

Lange zu suchen hatte der Mesner nicht. Kaum trat er in die Stube, wurde er fündig.

Mit allem hatte Gisbert gerechnet. Aber damit nicht.

Wer tat so etwas?, fragte er sich, als sein Blick auf die sterblichen Überreste des Pfarrers fiel. Wer war so verrucht, so gewissenlos und abgebrüht, dass er die Kaltblütigkeit besaß, Vater Anselm zu töten, seinen Leichnam über den Hof zu schleifen und ihn am Deckenbalken seiner Wohnstube aufzuhängen?

Mit dem Kopf nach unten, wie ein Stück Vieh.

Wer in der Heiligen Namen war zu so etwas imstande? Wer brachte es fertig, das zu tun?

Ein Dämon in Menschengestalt, wer sonst. Ein Gebet

auf den Lippen, setzte sich der Mesner in Bewegung. Selbst wenn er gewollt hätte, er durfte jetzt nicht das Weite suchen. Wenn das Böse umging, durfte man nicht tatenlos zusehen. Weder als Christenmensch noch als Mitmensch noch als Nachbar. Und als Kreatur, die dem Willen Gottes gehorchte, schon gar nicht.

Nur eine Armlänge von dem sacht hin-und herschaukelnden Leichnam entfernt, hämmerte Gisberts Herz wie ein Schmiedehammer gegen die Rippen. So mancher, der den Mund gern zu voll nahm, wäre dem Anblick nicht gewachsen gewesen. Er aber zwang sich zum Hinsehen, ungeachtet der Ekelgefühle, die ihn überkamen.

Erlebt hatte er so etwas noch nie, den Tag, an dem er Maria fand, einmal ausgenommen. Im Gegensatz zu Hrodgars Schwester, an deren Selbstmord keinerlei Zweifel bestanden, hatte er es hier jedoch mit einer anderen Schandtat zu tun. Vater Anselm war nämlich nicht einfach nur getötet, sondern buchstäblich zerfleischt, aufgehängt und dem Anblick des Erstbesten, der die Stube betrat, preisgegeben worden.

Nackt, blutüberströmt und bis zur Unkenntlichkeit malträtiert.

Dennoch war dies kein Traum, sosehr sich Gisbert dies auch gewünscht hätte. Allein schon der Geruch, welchen der Kadaver verströmte, zeugte vom Gegenteil. Am schlimmsten war jedoch etwas anderes. Etwas, woran sich der Kirchendiener stets erinnern würde.

Zwischen Wut und Ekel schwankend, mobilisierte Gisbert die letzten Kräfte. Fürwahr, er hatte Dinge gesehen, an die er sich lieber nicht erinnerte. Hatte miterlebt, wie eine Dirne wegen Meineids an den Pranger gestellt worden war. Oder wie eine Kindsmörderin aufs Rad geflochten und so lange malträtiert wurde, bis sie starb. Oder wie der Vater des Junkers die Hunde auf drei Knaben gehetzt hatte, nur weil sie es gewagt hatten, auf Hasenjagd zu gehen.

Ein Mordopfer, dem die Zunge herausgeschnitten worden war, hatte er dagegen noch nie gesehen. Und würde es aller Wahrscheinlichkeit nach auch nie mehr sehen.

Er hatte genug, wollte nur noch weg.

Wieder im Freien, umklammerte der Küster den Pfosten, auf dem das schneebedeckte Vordach ruhte. Es dauerte lange, bis er einen klaren Gedanken fassen konnte, und noch länger, bis er zu einem Entschluss gelangt war. Gedankenfetzen wirbelten durch sein Gehirn, Bilder, von denen er sich nicht losreißen konnte. Am Ende war es eine Bö, welche ihn wachrüttelte, und selbst dann schien es, als sei er dem Leibhaftigen begegnet.

Eins stand für den Küster, dem es schwerfiel, einen kühlen Kopf zu bewahren, jedoch fest. Entgegen der Meinung, welche man über ihn besaß, würde er weder laut um Hilfe rufen noch den Versuch machen, unerkannt zu entkommen. Nein, er würde etwas anderes tun. Etwas, was nicht einmal er selbst für möglich gehalten hätte.

Er würde der Fährte, die sich im Schneegestöber zu verlieren drohte, folgen.

Jetzt gleich.

13

Rittersaal der Burg,
zu Beginn der neunten Stunde | 12:45 h

»Darf ich vorstellen, Hilpert: Leberecht von Marmelstein, Mitglied des Würzburger Domkapitels.«

»Freut mich, Euch kennenzulernen.« Die Floskel aus dem Mund von Bruder Hilpert hätte knapper nicht ausfallen können. Angehörige des hohen Klerus waren ihm suspekt, und das Erscheinungsbild des Würdenträgers war nicht dazu angetan, seine Meinung zu revidieren. Leberecht zu Marmelstein, Domkapitular und rechte Hand des Bischofs, sah nämlich nicht nur wie ein Aufschneider aus, sondern benahm sich auch so. Kein Freund hohler Phrasen, ging Bruder Hilpert automatisch auf Distanz. Der feiste und offenbar grenzenlos von sich überzeugte Würdenträger in der weinroten Robe schien es jedoch nicht zu bemerken, sondern gefiel sich darin, ein huldvolles Lächeln aufzusetzen. Dann wandte er sich an seine Gastgeberin, um sich zu seinem Platz am Kopfende der Tafel geleiten zu lassen.

»Der hat mir gerade noch gefehlt.« Wie stets, wenn er es mit Angehörigen des geistlichen Standes zu tun hatte, machte Berengar aus seiner Meinung über Gottes Diener keinen Hehl. Anders als sonst sprach der Vogt seinem Freund und Gefährten jedoch aus der Seele. Zeitgenossen wie der Domkapitular waren dem Bibliothekarius ein Dorn im Auge, und es fiel ihm schwer, seine Antipathie zu kaschieren. »Ein Dompfaffe – und das ausgerechnet jetzt!«

»Na, wenigstens sind wir komplett«, erwiderte Bruder Hilpert, nicht geneigt, den Ball aufzunehmen, wandte sich ab und nahm neben seinem Gefährten Platz. Nach Wildbret, Hammelkeule, gebratenen Wachteln oder Erbsensuppe stand ihm zwar nicht der Sinn, aber da er Gutta nicht kränken wollte, tat er so, als esse er mit Appetit. In Wahrheit war ihm Letzterer jedoch vergangen, und das lag nicht nur an den Vorkommnissen, über die ihn der Vogt in Kenntnis gesetzt hatte. In Anbetracht der Tatsache, dass der Kastellan vor wenigen Tagen ermordet und der Hausherr einem Anschlag auf sein Leben nur knapp entronnen war, empfand er die Gleichgültigkeit, mit der die Gäste auf den Vorfall reagierten, als zutiefst irritierend. Speziell Gutta wirkte äußerst abgeklärt und gefasst, andere, so zum Beispiel ihr Schwager, geradezu erleichtert. Zugegeben, Gutta war im Verlauf ihrer Ehe übel mitgespielt worden, aber was ihr Auftreten betraf, konnte Bruder Hilpert nur den Kopf schütteln. Als sei nichts gewesen, bot die Burgherrin dem schwergewichtigen Domherrn den Arm, scherzte, lachte und erweckte den Eindruck, hervorragend aufgelegt und gelaunt zu sein. »Oder sehe ich das falsch?«

Berengar schüttelte den Kopf. »Das siehst du völlig richtig – wie immer.«

Nicht in der Stimmung, um Berengars Frotzeleien zu parieren, genehmigte sich Bruder Hilpert einen Schluck Glühwein, bevor er sich an seinen Tischnachbarn zur Rechten wandte. »Hervorragend, findet Ihr nicht auch?«

Vater Pirmin, Burgkaplan und in etwa so alt wie er, reagierte mit einem geistesabwesenden Nicken. Nach mehr stand dem Griesgram, der bislang nur das Nötigste von sich gegeben hatte, offenbar nicht der Sinn.

Bruder Hilpert ließ sich jedoch nicht abwimmeln. »Schrecklich!«, ließ er in Erwartung einer Reaktion seitens des Burgkaplans verlauten und wurde dieses Mal nicht enttäuscht.

»Was denn?«

»Na, der Mordanschlag auf den Junker – oder was habt Ihr gedacht?« Bruder Hilpert war lange genug Detektiv, um zu spüren, dass der Seelsorger keineswegs so teilnahmslos war, wie er tat. Sieben Jahre in Diensten von Recht und Ordnung und eine Dekade in seiner Funktion als Inquisitor hatten ihre Spuren hinterlassen, zu viele, als dass die Hinhaltetaktik seines Nachbarn zum Erfolg geführt hätte. »Grauenvoll, einfach grauenvoll.«

»Findet Ihr?«

»Nehmt es mir nicht übel, Vater Pirmin: Aber wenn ich ehrlich bin, hätte ich von jemandem wie Euch erheblich mehr …«

»Mitgefühl erwartet?« Ohne Bruder Hilpert anzuschauen, brach der mit einem abgenutzten Talar bekleidete Kaplan ein Stück Schwarzbrot auseinander, um die Soßenreste auf seinem Teller aufzutunken. Wie beabsichtigt nahm die Prozedur geraume Zeit in Anspruch, doch auch davon ließ sich der Bibliothekarius nicht abschrecken. »Ist es das, was Ihr sagen wolltet, Bruder?«

»Gegenfrage: Sind wir in unserer Eigenschaft als Diener Gottes nicht verpflichtet, Barmherzigkeit gegen jedermann walten zu lassen?«

»Barmherzigkeit, wem Barmherzigkeit gebührt.«

»Darf man fragen, wie Ihr zu dieser Auffassung kommt?«

»Wie ich dazu komme, ist meine Sache.« Zum ersten Mal während des Gesprächs blickte der Burgkaplan nach links. »So, und jetzt wäre ich Euch verbunden, wenn wir uns über etwas anderes unterhalten könnten.«

»Wie Ihr wünscht, Vater.« Längst nicht so indifferent, wie er sich anhörte, leerte Bruder Hilpert seinen Becher, bevor er sich aufs Neue seinem Nachbarn zuwandte. Dass der hagere, schmallippige und introvertierte Mittvierziger etwas zu verbergen trachtete, war während des Zwiegesprächs mehr als klar geworden. Dennoch hielt Bruder Hilpert es nicht für angebracht, allzu offensiv vorzugehen. Je behutsamer man zu Werke ging, desto mehr konnte man seinem Gesprächspartner entlocken und desto bereitwilliger würde jener sein Wissen preisgeben. Im Vergleich zu der Zeit, als er für die Heilige Inquisition tätig gewesen war, hatte sich daran nichts geändert. »Wer bin ich, dass ich wagen würde, Euch Vorschriften zu machen!«

Im Begriff, Bruder Hilperts Ausspruch zu kommentieren, behielt der Burgkaplan seine Replik für sich und tat so, als sei die Angelegenheit erledigt.

»Köstlich, findet Ihr nicht auch?« Was das betraf, hatte er die Rechnung ohne den Bibliothekarius gemacht. »Apropos«, fuhr dieser mit vorgetäuschter Jovialität fort und bedeutete einem der beiden Pagen, ihm nachzuschenken, »wie lange lebt Ihr eigentlich schon hier?«

Die Reaktion auf seine Frage hätte auffälliger nicht sein können. »Lange genug, um zu wissen, dass Diskretion oberste Priorität hat!«, zischte der Kaplan, die Lider zu schmalen Schlitzen verengt. »Ich hoffe, das war deutlich genug, Bruder.«

»Damit Ihr Bescheid wisst, Vater Pirmin: Mein Freund Berengar und ich weilen nicht zu unserem Vergnügen hier.«

»So? Weshalb denn sonst?«

»Stellt Euch nicht dümmer, als Ihr seid, Vater. Oder zieht Ihr es vor, zu einem Gespräch unter vier Augen gebeten zu werden?« Bruder Hilpert versenkte den Blick in denjenigen seines Nebenmannes und sprach: »Wisst Ihr, mein Freund Berengar versteht es meisterhaft, jeden noch so verstockten Delinquenten zum Sprechen zu bringen.«

»Delinquent? Heißt das, Ihr verdächtigt mich, dem Junker nach dem Leben zu …«

»Wer hier wem nach dem Leben trachtet oder getrachtet hat, werden Berengar und ich herausbekommen. Dessen seid gewiss.«

»Viel Glück bei der Suche, Bruder.«

»Ihr versteht nicht, was ich sagen will, Vater Pirmin.«

»Ach nein?«

»Und da dem so ist, eine Bitte unter Kollegen: Solltet Ihr über Informationen verfügen, die meinem Freund Berengar und mir von Nutzen sein könnten, muss ich Euch bitten, mich umgehend davon in Kenntnis zu setzen.«

»Und was, wenn ich es nicht tue?«

»Dann macht Ihr Euch verdächtig, oder was meinst du, Berengar?«

Der Vogt setzte ein schadenfrohes Grinsen auf. »In der Tat!«, gab er postwendend zurück, auf dem besten Weg, die Liste seiner Gegner um einen Namen zu erweitern. »Wäre mir ein Vergnügen, den Herrn Kaplan ins Gebet zu nehmen. Am besten gleich. Dann wissen wir wenigstens Bescheid.«

»Gemach, gemach! Wir wollen nicht übertreiben.« Die Mundwinkel herabgezogen, hob Bruder Hilpert die Hand, überließ Berengar den Tafelfreuden und rückte so nah wie möglich an den Burgkaplan heran. »Lange Rede, kurzer Sinn: Seid Ihr imstande, sachdienliche Hinweise zu geben?«

»Nicht, dass ich wüsste.«

»Merkwürdig.«

»Was denn?«

»Nehmt es nicht persönlich, Vater Pirmin, aber je länger ich mich mit Euch unterhalte, desto mehr verstärkt sich meine Überzeugung, dass Ihr lügt.«

»Denkt meinetwegen, was Ihr wollt.«

»Warum so barsch, Herr Kaplan? Redet man so mit einem Bruder?«

»Erstens: Ich bin nicht Euer Bruder.« Hochrot vor Zorn, nahm der Geistliche seinen Tischnachbarn ins Visier. »Zweitens: Wenn Ihr denkt, Ihr könnt mich ausfragen, vergesst es. Bei mir seid Ihr an der falschen Adresse.«

»Apropos: Wann genau wurde der Kastellan zur letzten Ruhe gebettet?«

»Vor drei Tagen. Weshalb fragt Ihr?«

»Ach, nur so.« Bruder Hilpert setzte eine Miene auf, welche eines Heuchlers würdig gewesen wäre. Dann nahm er den Becher in Empfang, den der Page ihm überreichte. »Euch kann ich es ja sagen, Vater Pirmin: Der Mord am Kastellan und der Anschlag auf Euren Herrn sind nicht die einzigen Schandtaten, die mir Kopfzerbrechen bereiten.«

»Eure Angelegenheit, nicht meine.«

»Schon möglich. Dennoch liegt mir daran, Eure Meinung zu erfahren.« Bruder Hilpert sammelte sich und raunte: »Es sei denn, Ihr seid bereits im Bilde.«

»Im Bilde? Über was denn?«

»In etwa zur gleichen Zeit, als der Kastellan ums Leben kam, wurden in einem unweit von hier befindlichen Schweinepferch menschliche Überreste entdeckt.«

»Menschliche …«

»Ihr habt richtig gehört, Kaplan. Doch ich fürchte, es kommt noch schlimmer.« Bevor er fortfuhr, holte Bruder Hilpert tief Luft. »Vieles, wenn nicht gar alles, spricht dafür, dass der Leichnam aus dem Grab einer hochgestellten Persönlichkeit stammt. Und jetzt ratet, um wessen Ruhestätte es sich gehandelt hat.«

Der Kaplan zuckte die Achseln.

»Auf die Gefahr, mich zu wiederholen: Wie lange ist es her, seit Ihr Kaplan auf der Gamburg geworden seid?«

»Knapp 20 Jahre.«

»Alle Achtung. Das muss Euch erst mal jemand nachmachen.«

Der Geistliche verzog das Gesicht. »Und was soll daran so besonders sein?«

»Ich weiß ja nicht, wie Ihr darüber denkt, Vater Pirmin«, entgegnete der Bibliothekarius, verschränkte die Hände und lehnte sich zurück. »Aber was mich betrifft, kann ich mir nicht vorstellen, so lange an ein und demselben Ort zu leben. Es sei denn, die Menschen, mit denen ich zu tun habe, stünden mir nah.«

»Das tun sie, Bruder Hilpert, keine Sorge.«

»Gilt das auch für Junker Arnold?«

Die Zornesader auf der Stirn des Geistlichen schwoll an. »Jetzt hört mir mal gut zu, Bruder«, knurrte er, kurz davor, die Contenance zu verlieren, »und schreibt Euch das, was ich jetzt sage, hinter die Ohren. Ich werde einen Teufel tun und Euch Dinge anvertrauen, die Euch nichts angehen. Weder über den Junker noch über die Herrin und schon gar nicht über seinen jüngeren Bruder.«

»Wenn wir gerade bei Geschwistern sind: Habt Ihr eine Ahnung, was aus Martin von Stettenberg geworden sein könnte? Soweit ich weiß, handelt es sich bei ihm um den Erstgeborenen.« Um die gewünschte Wirkung zu erzielen, ließ Bruder Hilpert einige Augenblicke verstreichen. Dann fügte er hinzu: »Seit nunmehr 18 Jahren spurlos verschwunden. Zu einem Zeitpunkt, an dem Ihr, Vater Pirmin, bereits zwei Jahre lang Euren Dienst als Seelsorger versehen habt.«

»Und wenn Ihr Euch auf den Kopf stellt, Bruder: Von mir erfahrt Ihr kein Wort.«

»Wie Ihr wollt, Burgkaplan.« Am Ende mit seinem Latein, rückte Bruder Hilpert wieder nach links, fuhr mit dem Zeigefinger über den Nasenrücken und ließ den Blick durch den Raum schweifen, um die bei Tisch Anwesenden zu mustern. Auffällig war, dass auch nicht einer der Gäste einen Gedanken an die Ereignisse der vergangenen Nacht zu verschwenden oder zumindest so zu tun schien, als sei nichts gewesen. Am meisten tat sich dabei die Frau des Amtmanns hervor, ungeachtet der Miene, welche ihr grimmig dreinblickender Gatte aufsetzte. Um herauszufinden, was Melchior von Schweinitz die Laune verdarb, musste man indes kein Detektiv sein. Schuld daran war nämlich allein seine Frau, die dem jungen Stutzer, der rechts von ihr saß, schöne Augen machte. Dass es sich bei besagtem Gecken um Arnolds Vetter handelte, wusste er bereits, wobei Berengar im Verlauf seines Berichts keinen Zweifel daran gelassen hatte, was er von seinem Verwandten hielt. Auffällig, um nicht zu sagen verdächtig, erschien der aufgeblasene Galan allemal, weniger aufgrund der Tatsache, dass er der attraktiven Dame den Hof machte, sondern deshalb, weil er für die Tatzeit kein Alibi zu besitzen schien. Wo genau er sich aufgehalten hatte, war mehr als ungewiss, und Bruder Hilpert war lange genug Detektiv, um die Behauptung, er habe im Stettenberger Hof genächtigt, für bare Münze zu nehmen. Alibis waren dazu da, überprüft zu werden, und genau das würde er bei passender Gelegenheit tun.

Nicht minder verdächtig erschien ihm Arnolds jüngerer Bruder, der dem Wein in einer Weise zusprach, die Bruder Hilpert anstößig fand. Wenn ein Mitglied der Familie mit dem Tode rang, ziemte es sich nicht, so zu tun, als ginge einen all das überhaupt nichts an. Von Umgangsformen und Benehmen bei Tisch schien der Rotschopf mit der bleichen Haut ebenfalls noch nie etwas gehört zu haben. Nicht genug, dass er sich dadurch in ein schlechtes Licht rückte, hob Ruprecht von Stettenberg bei jeder sich bietenden Gelegenheit den Becher, brachte einen Trinkspruch nach dem anderen aus und fand offenbar nichts dabei, sowohl dem Domherrn als auch Vater Pirmin zuzuprosten. An Bruder Hilpert, der ihn mit gerunzelter Stirn musterte, schien er sich dabei ebenso wenig zu stören wie an der versteinerten Miene seiner Schwägerin. Gutta selbst gab sich alle Mühe, den Affront zu ignorieren, wobei Bruder Hilpert den Verdacht nicht loswurde, dass auch sie nicht mit offenen Karten spielte.

Ergo: Außer Berengar und Bruder Hilarius, dessen Spurensuche erfolglos geblieben war, schien jeder der zu Tisch Sitzenden etwas auf dem Kerbholz zu haben. Ob und inwiefern ein Mitglied der illustren Schar für den Mordanschlag verantwortlich war, konnte er jedoch nicht sagen. Nur wenn er Beweise in der Hand hatte, war es möglich, den Schuldigen zu überführen. War dies nicht der Fall, galt die Devise, dass Vorsicht oberste Priorität besaß.

»Einer merkwürdiger als der andere, oder was meinst du?«

»Das Gleiche, Berengar. Das weißt du doch.« Wortkarg wie selten, ließ Bruder Hilpert den Blick durch den mit Wandbehängen, Ahnenporträts und dem Geweih eines Zwölfenders ausstaffierten Saal schweifen. Fast automatisch blieb er dabei an den Wappenschilden haften, welche sich an der Schmalseite des Raumes befanden, unter anderem auch dasjenige derer von Stettenberg. Die rote Kanne auf silbernem Grund und der als Helmzier fungierende Rumpf eines Mannes muteten recht ungewöhnlich an, und Bruder Hilpert war vermutlich nicht der Einzige, dem die Motive auf dem Familienwappen Rätsel aufgaben.

Das Gleiche, wenn auch auf gänzlich andere Art, galt für das Motiv, welches beim Mordanschlag auf Arnold von Stettenberg im Vordergrund stand. Je länger er darüber nachdachte, desto unbehaglicher war ihm zumute, nicht zuletzt, weil Gutta dabei stets im Fokus stand. Wenn jemand Grund hatte, dem Junker nach dem Leben zu trachten, dann sie, sprach ihr Verhalten doch eine allzu deutliche Sprache. Auf seine Frage, wer sich um ihren Gatten kümmere, hatte er zunächst keine Antwort bekommen, und einmal mehr hatte es beharrlichen Nachfragens bedurft, um zu erfahren, dass Arnolds ehemalige Amme damit betraut worden sei. Dem Vernehmen nach handelte es sich dabei um eine gewisse Kathalin, offenbar selbst nicht mehr die Allerjüngste. Von Hilperts Angebot, Bruder Hilarius nach dem Rechten sehen zu lassen, hatte Gutta hingegen nichts wissen wollen, ein Umstand, der nicht dazu angetan war, die Zweifel an ihrer Unschuld zu zerstreuen.

»Einen Gulden für deine Gedanken, Bücherwurm.« Wie stets, wenn sich seine Stimmung trübte, war Berengar auch dieses Mal zur Stelle, verpasste ihm einen Rippenstoß und hob den Becher, um mit ihm anzustoßen. »Prosit, altes Haus – oder bist du etwa unter die Abstinenzler gegangen?«

Nein, das war er natürlich nicht. Wenngleich der Galgenhumor, den Berengar kultivierte, noch nie sein Fall gewesen war. »Ehrlich gesagt: Deine Ruhe wollte ich haben.«

»Jetzt hab dich doch nicht gleich so – man wird ja noch einen Schluck trinken dürfen!«

»Was das betrifft, vergeht mir allmählich die Lust.« Eher aus Zufall denn mit Absicht blieb Bruder Hilperts Blick in diesem Moment an Ruprecht von Stettenberg haften, der einmal mehr auf sich aufmerksam machte. Im Gegensatz zu vorhin, als er um die Zuwendung des Domherrn gebuhlt hatte, war mittlerweile sein Vetter Peter an der Reihe. Die Linke auf dem Handgelenk des Vogtes, um einer launigen Replik vorzubeugen, spitzte der Bibliothekarius die Ohren. Aufgrund des Stimmengewirrs konnte er zwar nicht alles verstehen, aber immerhin so viel, um den Schluss zu ziehen, dass sich das Gespräch um die Gattin des Amtmanns drehte. Klug genug, um das Feld den beiden Streithähnen zu überlassen, wandte sich Letztere daraufhin ihrem Gatten zu. Dieser wiederum war so erfreut darüber, dass er ihr förmlich an den Lippen hing, nicht ahnend, was der Grund für den Gunstbeweis war.

Von dem, was sich neben ihr anbahnte, bekam Eleonore von Schweinitz folglich nicht viel mit. Bruder Hilpert, dem Böses schwante, dagegen umso mehr. Kaum war er auf die ungleichen Vettern aufmerksam geworden, nahm das Unheil auch schon seinen Lauf.

Zuerst sah es so aus, als handle es sich um harmlose Hänseleien, doch damit war es im Handumdrehen vorbei. »Noch ein Wort, du Kanaille, und du kannst was erleben!« Das war deutlich gewesen, mehr als deutlich. Von Stettenberg, ein notorischer Heißsporn, zögerte denn auch keine Sekunde, sprang auf und zückte den Dolch, den er an seinem Gürtel trug.

Einen Hauch schneller als der Vogt, fuhr Bruder Hilpert in die Höhe. An dem, was unweit von ihm geschah, konnte jedoch auch er nichts mehr ändern.

Weder an der Tatsache, dass der Rotschopf zustieß, noch daran, dass der Stutzer auswich, nach einem Tranchiermesser griff und zum Gegenangriff überging.

Auch daran nicht, dass eine Messerstecherei begann, in deren Verlauf Peter von Stettenberg den Kürzeren zog und mit einem lauten Aufschrei zu Boden sank.

14

Rittersaal der Burg, zur gleichen Zeit | 13:00 h

Weiter so. Bringt euch gegenseitig um. Dann muss ich mir wenigstens nicht die Finger schmutzig machen.

Und jetzt zu dir, Hilpert. Was glaubst du eigentlich, wer du bist? Einer, der Wunder wirken, wie der Retter in der Not auftauchen, sich mit mir anlegen kann? Denkst du vielleicht, du bist unfehlbar? Imstande, jeden noch so vertrackten Fall zu lösen?

Imstande, meine Pläne zu durchkreuzen?

Ein Rat unter Freunden: Gib es auf. Je früher du einsiehst, dass du mir nicht das Wasser reichen kannst, desto besser. Niemand, auch du nicht, ist so gewieft, sich mit mir messen zu können. Egal, was noch geschieht: Ich werde mein Vorhaben in die Tat umsetzen. Und kein Mensch, schon gar nicht der tumbe Tor von einem Vogt, wird mir in die Quere kommen.

Zuerst der alte Junker, dessen Überreste den Schweinen zum Fraß vorgeworfen wurden. Anschließend der Kastellan, ein Mitläufer, der jeden noch so verbrecherischen Auftrag ausgeführt hat. Und dann, als krönender Abschluss, ein gewisser Arnold von Stettenberg, der das Glück hatte, dem Tod von der Schippe zu springen.

Der, wie ich zugeben muss, mehr Glück als Verstand besaß.

Vor dem Schicksal, welches ihm zugedacht ist, wird ihn dies jedoch nicht bewahren. Ein Moment der Unachtsam-

keit, und es ist um ihn geschehen. Wie pflegen die Ungläubigen doch zu sagen: »Rache ist eine Speise, die man am besten kalt genießt.« Was mich betrifft, wäre dem nichts hinzuzufügen.

Die Rache ist mein, und ich werde weder rasten noch ruhen, um für das, was mir angetan wurde, Vergeltung zu üben. So wahr ihr alle, die ihr von meiner Identität nichts ahnt, meine Zeugen seid: Weder dieser greise Narr, den ihr Gott nennt, noch irgendwelche Skrupel und schon gar nicht dieser Aufschneider namens Hilpert werden mich davon abhalten, die Schuld, welche die Vipernbrut derer von Stettenberg auf sich geladen hat, zu begleichen.

So wahr mir der Leibhaftige helfe.

15

Dorfmühle, Ende der neunten Stunde | 13:20 h

»Was hast du hier zu suchen, Schnüffler?«

Erwischt. Das hatte er nun davon. Vor Schreck kreidebleich, brachte Gisbert kein Wort heraus.

Auf eigene Faust Detektiv spielen wollen. Das konnte nicht gut gehen.

»Raus mit der Sprache – sonst bist du ein toter Mann.« Der Atem des Küsters beschleunigte sich, und da die Klinge an seiner Kehle eine deutliche Sprache sprach, rührte er sich nicht von der Stelle. »Mach die Klappe auf, oder hörst du schlecht?«

Nein, das konnte er nun wirklich nicht behaupten. Obwohl ihn einige Gebrechen plagten, sein Gehör funktionierte recht gut. Das Gleiche galt für seinen Verstand. Obwohl er allen Grund hatte, daran zu zweifeln.

»Ich zähle jetzt bis drei. Wenn du dann nicht auspackst, bist du die längste Zeit Kirchendiener gewesen.« Das war deutlich. Deutlich genug, um ihm den Schweiß aus den Poren seines gichtgeplagten Körpers zu treiben. Und um ihm klarzumachen, dass er sich genau überlegen musste, was er sagte.Sonst konnte er sein Testament machen. »Eins …«

So dumm, in die Falle zu tappen, konnte auch nur er sein. Am besten, er wäre zu Hause geblieben. Oder er hätte die Sakristei, in der Vater Anselm niedergestochen worden war, wenigstens nicht betreten. Oder er hätte die Fährte, die vor der Tür des Pfarrhauses endete, ignoriert.

Einfach ignoriert.

»Zwei ...«

An dem, was gerade geschah, war somit er selbst schuld. Er ganz allein. Es war töricht gewesen, auf eigene Faust loszuziehen und der Spur zu folgen, welche zur Dorfmühle, über den Hof und in Hrodgars Geräteschuppen führte. Und es grenzte an Selbstmord, die Tür zu öffnen und einen Ort auszuspähen, wo er nichts zu suchen hatte.

Aber auch rein gar nichts.

»Jetzt ... jetzt hör' mir doch erst mal zu, Hrodgar. Es ist nicht so, wie du denkst.«

»Nicht so, wie ich denke, aha.« Der Griff um Gisberts Hals verstärkte sich, und als sei das noch nicht genug, drückte sein Widersacher ihm das Kinn nach oben. »Soll ich dir sagen, was ich denke, du Pantoffelheld? Du tust gut dran, deine Nase nicht in fremde Angelegenheiten zu stecken. Sieh lieber zu, dass du zu Hause für Ordnung sorgst. Und hör auf, hinter mir herzuspionieren. Sonst kommst du in Teufels Küche, kapiert?«

»Und du auf den Schindanger, Hinkebein.«

»Was hast du gerade gesagt?«

»Tu nicht so, Hrodgar. Du weißt genau, was ich gesagt habe.« Gisbert war zwar nicht mehr der Jüngste, beinahe doppelt so alt wie der Bär von einem Mann, gegen den er absolut nichts ausrichten konnte. Aber das hieß noch lange nicht, dass er kein Ehrgefühl besaß. Vom berüchtigtsten Schandweib im Dorf herumschikaniert zu werden, war eine Sache. Damit aufgezogen, verhöhnt und dem Spott preisgegeben zu werden, war dagegen etwas anderes. Das ging zu weit, entschieden zu weit sogar. Das würde Gisbert nicht auf sich sitzen lassen.

Auch dann nicht, wenn er Gefahr lief, sich Ärger aufzuhalsen.

»Hältst dich wohl für ziemlich schlau, was?«

Die Augenlider zusammengepresst, harrte Gisbert der Dinge, die da kamen. Er war klug genug, um zu wissen, dass er den Bogen überspannt hatte. Und zu alt, um sich vor dem Tod zu fürchten.

»Wirst schon sehen, wohin das führt, du alter Tölpel!«

»Tu, was du nicht lassen kannst, Hrodgar.« Na, wenn schon, sollte er doch zustechen, wenn ihm der Sinn danach stand. »Aber bilde dir nicht ein, du kommst damit durch.«

»Halt deine große Klappe, sonst ...«

»Sonst was? Denkst du vielleicht, ich habe Angst vor dir? Nur weil du zwei Fuß größer und kräftiger bist als ich? Denkst du vielleicht, ich weiß nicht, weshalb du Vater Anselm umgebracht hast?«

»Gegenfrage: Erinnerst du dich an den November vor 18 Jahren? Denk nach, Pfaffenknecht – so verblödet bist nicht einmal du!«

An den November vor 18 Jahren? Gisbert verstand. Auf einmal passte alles zusammen. Das Gerede, das Grab des alten Junkers sei geschändet und sein Leichnam den Schweinen zum Fraß vorgeworfen worden. Das Gerücht, ein Wolf sei über seinen Sohn hergefallen. Der Mord am Kastellan, der aus Gründen, die niemand kannte, in der Tauber ertränkt worden war. Das gewaltsame Ende von Vater Anselm, der wie Schlachtvieh aufgehängt wurde.

Von wem, musste man Gisbert nicht extra sagen. Er wusste es auch so. Und er wusste, aus welchem Grund dies geschehen war.

Alles passte zusammen. Ohne Naht, ohne Fugen, ohne Wenn und Aber.

Zweifel ausgeschlossen.

»Warum erst jetzt, Hrodgar – warum hast du das getan?«

»Du stellst die falschen Fragen, Gisbert.«

»Und du bist dabei, einen Riesenfehler zu …« Weiter als bis hier kam der Küster nicht. Der Tritt in die Kniekehle war so schmerzhaft, dass ihm die Luft wegblieb, und ehe er es sich versah, wurde er in die Mitte des Schuppens bugsiert. »He, was soll das – was machst du da?«

»Etwas, worum dich niemand beneiden wird, Einfaltspinsel!«, höhnte die Stimme, welche der Kirchendiener aus Dutzenden hätte heraushören können. »Schade, Gisbert, ich hätte dich wirklich für klüger gehalten. Aber du willst ja nicht hören. Spielst den Großkotz und denkst, ich lasse mich von dir einschüchtern. Vergiss es, Pfaffenknecht. Mich kannst du damit nicht beeindrucken.« Gelächter, gefolgt von einem Knurren, das Gisbert bis ins Mark erschauern ließ. »Wer weiß, vielleicht hätten wir beide zu einer Übereinkunft kommen können. Geld stinkt ja bekanntlich nicht. Dumm nur, dass du so neugierig und geschwätzig bist. So leid es mir tut, Gisbert, damit hast du dir sämtliche Chancen verbaut.«

»Warum, Hrodgar – warum hast du …?«

»Warum ich Rache nehmen will, Gisbert? Da fragst du noch? Du weißt doch, was passiert ist, oder muss ich dir auf die Sprünge helfen?«

Nein, auf die Sprünge helfen musste ihm dieser Mordbube wirklich nicht. Halb ohnmächtig von dem Geruch, der ihm in die Nase stieg, rang der Küster nach Worten. Damals, als der alte Junker zusammen mit seinem Sohn und dem Kastellan in die Dorfmühle eingedrungen war, hatte die Nachricht von den Geschehnissen in Windeseile die Runde gemacht. Nicht genug, dass Hrodgars Vater am Mühlrad festgezurrt und wie ein gewöhnlicher Strauchdieb gemartert worden war, hatte die Rache derer von Stettenberg keine Grenzen gekannt. Die Schmach, welche ihnen durch die Verbindung des Erstgeborenen mit der Müllerstochter zugefügt worden war, musste getilgt werden. Stück um Stück, Zug um Zug, Zoll um Zoll. Zuerst der Müller, traktiert wie ein Straßenräuber. Dann das Neugeborene von Hrodgars Schwester, von den Eindringlingen verschleppt und Gerüchten zufolge ermordet. Und kurz darauf der Freitod von Maria, erhängt aus Gram über das Verschwinden ihres Geliebten und des neugeborenen Kindes. Die Weigerung von Vater Anselm, der Selbstmörderin ein christliches Begräbnis zuteilwerden zu lassen, nicht zu vergessen. Das war mehr, als man ertragen konnte.

Viel mehr, als auch er, Gisbert, hätte ertragen können.

»Da vergeht einem die große Klappe, was?«

In Gedanken bei der Tragödie, von deren Schatten auch er eingeholt wurde, traf es Gisbert wie der Blitz. Angenommen, der Knabe war gar nicht tot. Und er war zurückgekehrt, um Rache zu nehmen. Rache an seinem Großvater, seinem Oheim und dem Kastellan, der sich einen Spaß daraus gemacht hatte, den Müller aufs Rad zu flechten. Vergeltung an dem Dorfpfarrer, der getan hatte, was eines Christenmenschen unwürdig war.

Wahrhaftig, alles, aber auch alles passte zusammen.

»Komm her, Luzifer – schnapp ihn dir!«

Allein, es sollte dem Küster nichts mehr nützen. Kaum hatte er die Worte vernommen, die sich von hinten in seinen Gehörgang bohrten, war es auch schon um ihn geschehen. Ein Schubs, der ihn aus seiner Erstarrung riss, wie einen Betrunkenen vorwärtstaumeln und ins Bodenlose fallen ließ.

Und ein Knurren, welches ihm unwiderruflich klarmachte, was die Stunde geschlagen hatte.

VIERTES KAPITEL

Die Guten verdanken es den Bösen, dass sie kämpfen müssen und also kämpfend sich gut erhalten.

(Bernhard von Clairvaux)

16

Herrengemächer der Burg, kurz vor Beginn der zehnten Stunde | 13:50 h

Auf einmal war es wieder so wie früher. Wie damals, wenn der Knabe, aus dem niemand schlau wurde, vom Fieber, einem Ausschlag oder Übelkeit geplagt wurde. Dann war sie es, die für ihn sorgte, ihn hegte und pflegte, Kräutersud braute, selbst gemachte Salben auftrug und nichts unversucht ließ, um ihn gesund zu pflegen. Sie war es, der das Verdienst zukam, dass der Zweitgeborene des Hauses noch am Leben und nicht wie so viele im Säuglingsalter gestorben war. Nicht selten geschah es, dass lediglich einer von drei Sprösslingen das Kindesalter überstand, und selbst wenn nur einer überlebte, konnten sich die Eltern glücklich schätzen.

Kathalin, vom Gesinde kurz und bündig *die alte Kattel* genannt, stieß einen langen und vom Grund der Seele kommenden Klagelaut aus. Wie oft, wie lange und mit wie viel Bangigkeit sie am Krankenlager ihres Schützlings verweilt, seine Hand gehalten und Trost gespendet hatte, konnte sie beim besten Willen nicht sagen. Aber das war auch nicht wichtig. Wichtig war allein, dass der Knabe, dessen Amme sie gewesen war, wieder auf die Beine kam. Und was für den Knaben gegolten hatte, galt auch für den Mann.

Dass dieser Mann einen zweifelhaften Ruf genoss, focht Kathalin, welche die 60 längst überschritten hatte, nicht im

Geringsten an. Für sie würde der Mann, vor dem kein Rock sicher war, stets der zur Kränklichkeit neigende Knabe bleiben, der seine Mutter nur vom Hörensagen kannte. Mochte er auch leicht reizbar, Händeln gegenüber nicht abgeneigt oder bis über die Ohren verschuldet sein: Arnold war und blieb ihr Kind, bei allem Unglück, in das er sich und andere gestürzt hatte.

Schuld daran, dass es so weit gekommen war, waren andere. Davon war Kathalin zutiefst überzeugt. Für Arnolds Mutter war ihr Erstgeborener stets wichtiger gewesen als Arnold und Ruprecht, mit welchem Ergebnis, war hinlänglich bekannt. Ihr Schützling konnte noch nicht richtig laufen, als er sich mit Martin erbitterte Fehden geliefert hatte, und so war es gekommen, wie es hatte kommen müssen. Im Wettstreit um die Gunst der Mutter war Arnold auf der Strecke geblieben, beim Ringen um diejenige des alten Junkers nicht. Um sich in den Vordergrund zu spielen, schreckte der Zweitgeborene vor nichts zurück, nicht einmal davor, den Nebenbuhler aus dem Weg zu räumen.

»Bist du es, Mutter?« In Gedanken bei den feindlichen Brüdern, fuhr die alte Kattel zusammen, ergriff die Hand ihres Schützlings und drückte sie. Wahrhaftig, der Mann im Alkoven hatte Schuld auf sich geladen, große Schuld. Aber das bedeutete nicht, dass sie ihm die Treue kündigen würde. Solange noch ein Funke Leben in ihm steckte, würde sie für ihn sorgen, egal, was geschehen war oder noch geschehen würde.

Amen.

»Oder du, Martin?« Also doch. Kathalins Gesicht, in welchem das Alter unauslöschliche Spuren hinterlassen hatte, erstarrte zu einer Maske des Entsetzens. Also stimmte es doch, worüber in der Gesindestube getuschelt wurde.

Arnold von Stettenberg, ebenso gefürchtet wie verhasst, war dabei, den Verstand zu verlieren.

Kathalins Körper straffte sich, und ihre Miene, von grauen Strähnen gesäumt, nahm einen entschlossenen Ausdruck an. Wer weiß, machte sie sich selbst Mut, vielleicht war es gar nicht so schlimm, wie es den Anschein hatte. Vielleicht lag es auch am Fieber, dass ihr Augapfel von einst nicht bemerkte, wer es war, der seine Hand hielt, ihm Kräutersud einflößte, die Verbände wechselte und einen feuchten Lappen auf die schweißgetränkte Stirn drückte. Wer weiß, vielleicht würde alles wieder so werden, wie es war.

Wie es war?

Nein, daran glaubte selbst sie nicht mehr. »Wasser – gib mir Wasser!« Zu viel war geschehen, als dass man die Schuld, die ihr Zögling auf sich geladen hatte, hätte tilgen können. Das Kainsmal auf der Stirn Arnolds von Stettenberg ließ sich nicht entfernen, ganz gleich, wie sehr er dafür büßen musste.

Brudermord blieb Brudermord, und Schuld blieb Schuld.

Daran führte kein Weg vorbei.

Rittersaal, zur gleichen Zeit | 13:50 h

»Wer gibt Euch überhaupt das Recht, uns festzuhalten? Aus dem Weg, Mönch, sonst bekommt Ihr es mit mir zu tun!«

»An Eurer Stelle, Herr Amtmann, würde ich mir genau überlegen, was ich sage.« Es gab Momente, in denen Bruder Hilpert es zu schätzen wusste, wenn Berengar in der Nähe war. Wie jetzt, wo er dringend der Hilfe bedurfte. Da der Vogt jedoch die Aufgabe übernommen hatte, das Gesinde zu befragen, musste er wohl oder übel allein zurechtkommen. Darum war er gewiss nicht zu beneiden, umso mehr, da die Anwesenden mit verdeckten Karten spielten.

Harsch ausgedrückt: Jeder log, dass sich die Balken bogen. »Sonst seid Ihr es, dem Konsequenzen drohen.«

»Konsequenzen? Wollt Ihr mir etwa drohen, Bruder?«

»Nennt es, wie Ihr wollt, Herr von Schweinitz«, erwiderte Bruder Hilpert, der keinen Zweifel daran ließ, wer hier seiner Meinung nach das Sagen hatte. »Für den Fall, dass Ihr es noch nicht bemerkt habt: Arnold von Stettenberg, an dessen Tafel Ihr Euch gütlich getan habt, ist Opfer eines Verbrechens geworden. Und solange dieses Verbrechen nicht aufgeklärt ist, bleibt Euch nichts weiter übrig, als Euch zur Verfügung zu halten.« Kurz davor, aus der Haut zu fahren, verzog Bruder Hilpert dennoch keine Miene. »Darüber hinaus stelle ich mir die Frage, warum Ihr es so eilig habt. Weit würdet Ihr bei diesem Wetter ohnehin nicht kommen, oder sehe ich das falsch?«

»Das werdet Ihr noch bereuen, Mönch. Darauf gebe ich Euch mein Wort.«

»Und ich Euch das meinige, dass ich alles tun werde, um den oder die Schuldigen dingfest zu machen.« Um Zweifel an seiner Entschlossenheit erst gar nicht aufkommen zu lassen, hielt Bruder Hilpert dem Blick seines Kontrahenten stand. Dann fügte er hinzu: »Ob es Euch in den Kram passt oder nicht.«

»Bei aller Anerkennung für Eure Reputation, Bruder: Mir scheint, Ihr schießt über das Ziel hinaus.«

»Darf man fragen, wie Ihr darauf kommt, Eminenz?« Als Einziger der Gäste saß Leberecht von Marmelstein, Domkapitular zu Würzburg, immer noch auf seinem Lehnstuhl, streckte die Beine aus und tat so, als gäbe es nur ihn und die Hammelkeule, auf der er seit geraumer Zeit herumkaute. Einem Asketen wie Bruder Hilpert war dies naturgemäß zuwider, was die Antipathie, die er ohnehin schon gegen ihn hegte, noch vertiefte. Es waren Zeitgenossen wie der Domherr, die dazu beitrugen, dass die Kirche immer mehr in Misskredit geriet, und das lag nicht nur an der Art, wie er sich hier aufführte. Alles an diesem Schwergewicht ging ihm gegen den Strich, in der Hauptsache der violette Prälatenhut, von dessen Krempe ein Dutzend Quasten herabhing. Angefangen bei der Robe, über das mit Diamanten verzierte Brustkreuz aus reinem Silber, bis hin zu dem mit Spitzen besetzten Schweißtuch, mit dem er sich Stirn und Wangen betupfte, schien ihm nichts zu teuer oder gar unangebracht zu sein. Dass er auch noch Schuhe trug, für die andere ein Jahr oder länger arbeiten mussten, fiel angesichts des Eindrucks, den der Würdenträger hinterließ, gar nicht mehr ins Gewicht. »Nur so aus Interesse, meine ich.«

»Wie ich darauf komme, wollt Ihr wissen?« Ohne aufzublicken, schlug der Domkapitular seine Zähne in die Hammelkeule, warf den Fleischbrocken kurz danach auf den Teller und fand offenbar nichts dabei, Fasern zu entfernen, welche zwischen den Zähnen klebten. »Ganz einfach: weil jeder der hier Anwesenden ein Alibi hat. Und weil es ein Unding ist, Anschuldigungen zu erheben, die man nicht beweisen kann.«

»Bedaure, Herr Domkapitular, aber ich muss Euch widersprechen.« Ohne sich den Unmut, welcher in ihm emporkeimte, anmerken zu lassen, gab sich Bruder Hilpert betont lässig, drehte sich um und verriegelte die Tür. Aufseiten des Amtmanns stieß dies auf wenig Gegenliebe, und es war einem Stirnrunzeln seiner Gattin zu verdanken, dass er nicht erneut aufbegehrte. »Und zwar entschieden.«

Bereinigt war die Lage jedoch noch lange nicht. »Und ich muss Euch darauf hinweisen, dass Ihr mir Gehorsam schuldet«, keifte der Kleriker, angriffslustig wie ein gereizter Eber. »Egal, wie berühmt Ihr mittlerweile seid!«

»Gehorsam?«, echote Bruder Hilpert. »Was das betrifft, bin ich gänzlich anderer Meinung.«

»Ihr wagt es, mir die Stirn zu bieten, Mönch?«

»Für den Fall, dass Ihr es noch nicht begriffen habt, Hochwürden: Ich bin hier, um Ermittlungen durchzuführen, nicht etwa, um die Zeit totzuschlagen. Und noch etwas: Auf Erden gibt es nur einen, dem ich Gehorsam schuldig bin, nämlich meinem Abt.«

»Wollt Ihr damit sagen, Ihr …«

»Ich will damit sagen, dass Einschüchterungsversuche bei mir nichts bringen. Je früher Ihr das einseht, desto besser.«

»Es wird Zeit, dass Ihr von Eurem hohen Ross herunterkommt, Bruder. Auf die Art macht man sich keine Freunde.«

»Das war auch nicht meine Absicht, Herr Domkapitular.« Die Hände über einem Kohlebecken, welches in unmittelbarer Nähe des Eingangsportals stand, gefror die Miene des Bibliothekarius zu Eis. »Einstweilen geht es mir nur darum, den oder die Schuldigen zu finden. Und der Frage nachzugehen, ob Euer Alibi wasserdicht ist.«

»Natürlich – was habt Ihr denn gedacht?«

»Tut mir leid, Herr von Marmelstein: So klar, wie die Sachlage erscheint, ist sie allem Anschein nach nicht.«

»Was soll das heißen, Mönch? Ihr sprecht in Rätseln.«

»Keineswegs.« Rein äußerlich die Ruhe selbst, rieb sich der Bibliothekarius die Hände. »Auf den Punkt gebracht, Eminenz: Weder Ihr noch Herr von Schweinitz noch irgendeiner der hier Anwesenden kann nachweisen, wo er sich zur Tatzeit – will heißen: circa zwei Stunden vor Sonnenaufgang – aufgehalten hat.«

»In meinem Bett, Bruder, wo denn sonst?«

»Ergo: Solange Ihr Behauptungen aufstellt, die ich nicht überprüfen kann, steht Ihr unter Verdacht, für den Anschlag auf das Leben Arnolds von Stettenberg verantwortlich zu sein.«

»Sehe ich das richtig, Bruder? Ihr behauptet allen Ernstes, die Attacke auf den Gatten meiner Gastgeberin sei kein Zufall gewesen?«

»Allerdings.«

»Dann erklärt mir doch, wie so etwas passieren kann.« Der Domkapitular erhob sich, trank seinen Becher aus und schlenderte auf Bruder Hilpert zu. Die Gelassenheit, welche er vorschützte, war jedoch nur Fassade, und Bruder Hilpert war erfahren genug, um ihm nicht über den Weg zu trauen. Leute wie dieser Ränkeschmied waren eminent gefährlich, vor allem, wenn man den Fehler beging, sie zu unterschätzen. »Wie bringt man einen Wolf dazu, dass er einen Widersacher zerfleischt, ohne dabei in Erscheinung treten zu müssen? Etwa, indem man ihn dressiert?« Der Domkapitular schnitt eine gelangweilte Grimasse. »Oder indem man ihn lehrt, auf Kommando zu töten? Hand aufs Herz, Bruder: Daran glaubt Ihr doch wohl selbst nicht!«

»Was ich glaube oder nicht, tut nichts zur Sache!«, konterte Bruder Hilpert, im Wissen, wo der Schwachpunkt der Beweiskette lag. »Die Attacke auf den Vetter meines Freundes war kein Zufall. Daran gibt es nichts zu rütteln.«

»Dann beweist es mir, Bruder. Beweist, dass die Attacke des Wolfs ein Mordanschlag war.«

»Wenn Ihr glaubt, den Spieß umdrehen zu können, seid Ihr auf dem Holzweg.« Es war nicht seine Art, die Flucht nach vorn anzutreten, aber immerhin besser, als sich vor aller Augen zu blamieren. »Nicht ich bin es, der sich hier zu verantworten hat, sondern Ihr, Herr von Marmelstein. Damit wir uns nicht falsch verstehen: Es gibt Anhaltspunkte, aus denen man schließen kann, weshalb Euer Gastgeber die Burg mitten in der Nacht verließ.«

»Ein galantes Abenteuer, wie aufregend!«

»Ich wüsste nicht, was daran witzig ist, Herr von Marmelstein!«, fuhr Bruder Hilpert den sichtlich konsternierten Domherrn an, welcher seinerseits einen flüchtigen Blick mit der Frau des Amtmanns wechselte. »Aber lassen wir das. Kurzum: Arnold von Stettenberg wurde in eine Falle gelockt, und die Frage ist, wer sich dafür hergab, als Lockvogel zu fungieren.«

Die Antwort kam prompt, wenn auch von anderer Seite.

»Ihr meint doch nicht etwa mich?«

»Doch, Frau von Schweinitz«, entgegnete Bruder Hilpert und wandte sich an die Fragestellerin, die so tat, als studiere sie die Wappenschilder an der Wand. »Könnt Ihr Gedanken lesen?«

»Sagen wir mal so: Wer anders als ich käme denn infrage?«

»Niemand, edle Dame«, lautete die lakonische Replik, zum Ärger des Amtmanns, der es nicht abwarten konnte,

Bruder Hilpert bloßzustellen. »Freut mich, dass wir einer Meinung sind!«

Eleonore von Schweinitz blieb die Antwort schuldig. »Das ist ja wohl der Gipfel der Unverfrorenheit!«, giftete stattdessen ihr Gemahl, das Gesicht zu einer Furcht einflößenden Fratze verzerrt. »Erst hindert Ihr mich daran, die Burg zu verlassen, dann spielt Ihr den Ordnungshüter, und dann, als sei dies immer noch nicht genug, bezichtigt Ihr meine Frau, den Junker auf dem Gewissen zu haben. Wenn das kein Grund ist, Euch von dannen zu jagen, will ich nicht Melchior von Schweinitz heißen!«

Nicht in der Stimmung, sich auf ein Wortgefecht einzulassen, würdigte Bruder Hilpert den Amtmann keines Blickes, verzog das Gesicht und hielt ihm den Pergamentstreifen mit der Nachricht an den Junker unter die Nase.

Dann rezitierte er mit lauter Stimme: »Mein Verlangen nach dir ist so groß, dass ich an nichts anderes mehr denken kann. Darum komm heute Nacht in den Kammerforst, damit ich weiß, ob du meine Gefühle teilst.«

Aschfahl im Gesicht, rang der Amtmann nach Worten.

Nicht so Bruder Hilpert, der seinen Triumph weidlich auskostete. »Das zum Thema Unverfrorenheit«, vollendete er mit Blick auf den Amtmann, der nicht wusste, wohin er den seinigen richten sollte. »Oder zum Thema Untreue, je nachdem.«

So leicht wie erhofft gab die Beschuldigte jedoch nicht auf. »Ist das alles, was Ihr gegen mich vorzubringen habt, Bruder?«, höhnte die verführerische Venus, nur um sich umzudrehen und sich den Wappen zwischen den Doppelarkaden zuzuwenden. »Ich muss gestehen, ich hätte Euch für klüger gehalten.«

»Man lernt eben nie aus, edle Frau.«

Eleonore von Schweinitz seufzte theatralisch auf. »Anschuldigungen in die Welt setzen, die nicht stimmen – an Eurer Stelle würde ich mir etwas Besseres einfallen lassen.«

»Nichts leichter als das.« Ohne auf die Provokation einzugehen, wandte sich der Bibliothekarius dem Amtmann zu. »Erlaubt, dass ich Euch eine kurze Frage stelle.«

»Tut, was Ihr nicht lassen könnt.«

»Kennt Ihr diese Schrift?«, fragte Bruder Hilpert, den Pergamentstreifen zwischen Zeigefinger und Daumen beider Hände. »Wenn Ihr meinen Rat hören wollt, Herr Amtmann: Ihr tätet gut daran, zu kooperieren.«

»Tut mir leid, Euch enttäuschen zu müssen, Bruder.« Kaum wiederzuerkennen, ließ der Amtmann die Handflächen über das Gesicht gleiten, atmete tief durch und setzte sich. Dann senkte er die Stimme und sprach: »Eleonore kann weder lesen noch schreiben.«

Bruder Hilpert glaubte, sich verhört zu haben. »Wie bitte?«, stieß er mit ungläubigem Staunen hervor, die Frau, von der die Rede war, genau im Blick. »Ihr wollt mich glauben machen, Eure Gattin könne nicht …«

Weiter kam Bruder Hilpert nicht. »Ich wüsste nicht, was Euch das angeht, Bruder!«, zischte Eleonore von Schweinitz, an deren Blick man ablesen konnte, dass sie den Amtmann in den finstersten Schlund der Hölle wünschte. »Muss ja nicht jeder so ein Schlauberger sein wie Ihr.«

»Zu viel der Ehre, Frau von Schweinitz«, konterte Bruder Hilpert und nahm sich vor, der Sache möglichst rasch auf den Grund zu gehen. Dass eine Frau halb so alt wie ihr Gatte war, kam in den besten Kreisen vor. Aber dass sie Analphabetin und mit einem erzbischöflichen Amtmann verheiratet war, forderte Fragen nach dem Warum geradezu heraus. »Hättet Ihr nicht andere Interessen, wärt Ihr mindestens so weit gekommen wie ich.«

»Findet Ihr nicht, das geht zu weit?«, mischte sich von Schweinitz jetzt ein.

»Ich bitte um Vergebung, Herr Amtmann. Soll nicht wieder vorkommen.«

»Heißt das, wir beide können jetzt gehen?«

»Gegenfrage: Was führt Euch eigentlich hierher?«

»Die Pflicht, Bruder.«

»Na, wenn das kein Zufall ist – mich auch!«

»Mir ist nicht nach Scherzen zumute, Bruder.« Um keine ungebetenen Mithörer zu haben, nahm Melchior von Schweinitz den Bibliothekarius beiseite. »Denkt bloß nicht, ich bin zu meinem Vergnügen hier.«

»Wozu dann?«

Der Amtmann warf einen Blick über die Schulter und flüsterte: »Ich weiß ja nicht, wie Ihr über den Herrn des Hauses denkt. Mein Herr, der Erzbischof, ist jedenfalls momentan nicht gut auf ihn zu sprechen.«

»Aufgrund seiner Frauengeschichten?«

»Das auch.« Von Schweinitz trat von einem Bein aufs andere, hüstelte und vergewisserte sich erneut, dass niemand in der Nähe war. »Aber nicht nur.«

»Sondern?«

»Arnold von Stettenberg ist so arm wie eine Kirchenmaus, Bruder.«

»Ja und? Was das betrifft, kann er sich mit etlichen hohen Herren die Hand reichen.«

»Schon möglich. Aber mein Herr meint, was genug sei, sei nun genug. Im Klartext: Mir wurde aufgetragen, den Junker in die Pflicht zu nehmen.« Aus Angst, seine Frau könne etwas aufschnappen, rückte der Amtmann bis auf wenige Zoll an den Bibliothekarius heran. »Er steht mit mehr als 1.700 Gulden in der Kreide, müsst Ihr wissen. Zahlungsverpflichtungen gegenüber der kurmainzischen Rentkammer und seinem Vetter Peter nicht mit eingerechnet.«

»Summa summarum?«

»Knapp 3.000 Fränkische Gulden, Bruder.«

Bruder Hilpert pfiff überrascht durch die Zähne.

»Just aus diesem Grund bin ich hier, nicht etwa, weil mir der Junker so sympathisch ist.« Von Schweinitz hob entschuldigend die Hände. »Ich weiß, was Ihr jetzt sagen wollt: So redet man nicht über einen Mitmenschen, der im Sterben liegt.«

Bruder Hilpert zog die Braue hoch und schwieg.

»Es klingt vielleicht hartherzig, Bruder. Aber was mich angeht, hält sich mein Mitleid in engen Grenzen.«

»Etwa, weil er Eurer Frau den Hof gemacht hat? Auf eine Art, die eines Edelmannes unwürdig ist?«

Der Amtmann errötete bis in die Haarspitzen. »Woher wisst Ihr das?«

»Von meinem Gefährten«, gab Bruder Hilpert gänzlich unbeeindruckt zurück, wandte sich ab und trat unter eines der insgesamt acht Bogenfenster, durch die das spärliche Tageslicht in den Raum sickerte. Obwohl es noch drei Stunden dauern würde, bis es Nacht wurde, war der Festsaal in rätselhaftes Zwielicht getaucht und es schien, als blieben die Kandelaber, Fackeln und die unweit der Tafel aufgestellten Kohlebecken ohne Wirkung. »Oder denkt Ihr, ich bin ein Hellseher?«

Nicht der Typ, der sich von Äußerlichkeiten beeindrucken ließ, wurde Bruder Hilpert von einem Schauder erfasst. Beileibe nicht zum ersten Mal war er in einen Fall verstrickt, der ihm alles abverlangen und obendrein jede Menge Verdruss bescheren würde. Wie er ihn lösen und die Schuldigen überführen sollte, wusste er nicht, nur, dass er nichts unversucht lassen würde, um Recht und Gesetz zum Sieg zu verhelfen. Ohne sie, Grundpfeiler der Zivilisation, standen ihre Befürworter auf verlorenem Posten, waren die Versuche, das Wort Gottes in die Tat umzusetzen, dem Walten des Leibhaftigen schutzlos preisgegeben. Dieser Tatsache war er sich stets bewusst gewesen, und sie war es auch, die ihn davon abhielt, das Heil im Rückzug in sein Mutterkloster zu suchen.

Ein Ruck ging durch Bruder Hilperts Körper, und obwohl ihm die Kälte zusetzte, wankte und wich er nicht. Dass er auf keinen grünen Zweig kam, setzte ihm zu, am meisten jedoch, dass sich Gutta unter den Verdächtigen befand. Wer von ihnen mehr und wer demgegenüber weniger Argwohn in ihm erweckte, vermochte er nicht zu sagen, fest stand jedoch, dass alle, Eleonore von Schweinitz mit inbegriffen, mit der Wahrheit auf Kriegsfuß standen.

Ihr Gatte, der sich auf leisen Sohlen näherte, bildete da keine Ausnahme. »Es ist nicht so, wie Ihr denkt«, beteuerte der Amtmann und schielte in die Richtung seiner Frau, die so tat, als ginge sie das Gespräch nichts an. »Wir waren angeheitert, da kann so etwas leicht passieren.«

»Berengar sagt, Ihr und der Junker hättet Euch angeschrien, dass die Wände gewackelt haben. Haltet Ihr das für normal?«

Von Schweinitz schlug die Augen nieder. »Und wenn schon – hinterher haben wir uns wieder vertragen.«

»Ihr verlangt doch nicht etwa, dass ich Euch das abnehme?« Bruder Hilpert fuhr herum und grollte: »Haltet Ihr es für alltäglich, wenn man sich bei Tisch anschreit, mit Schmähungen überhäuft und damit droht, den Rivalen ins Jenseits zu befördern? Wenn das normal ist, Herr von Schweinitz, weiß ich auch nicht mehr.«

»Natürlich nicht, aber …«

»Wisst Ihr, was ich nicht ausstehen kann? Wenn man versucht, mich hinters Licht zu führen.«

»Ich Euch hinters Licht führen? Und aus welchem Grund?«

»Weil Ihr Dreck am Stecken habt, Herr Amtmann, darum.«

»Wie darf ich das verstehen?«

»Jetzt tut doch nicht so, von Schweinitz. Oder bestreitet Ihr, dass der Junker Euch bezichtigt hat, in die eigene Tasche zu wirtschaften?«

»Das … das ist ja wohl die Höhe!«, empörte sich der Beamte, das Gesicht puterrot vor Zorn. »Und das aus dem Mund eines Mönchs! Kommt hierher, denkt, er könne Gottvater spielen und mischt sich in Dinge ein, die ihn nichts angehen. Ich will Euch jetzt mal was sagen, Bruder: Entweder Ihr kümmert Euch um Euren eigenen Kram, oder Ihr lernt mich kennen!«

»Wie heißt es doch gleich? Getroffene Hunde bellen.« Bruder Hilpert lächelte in sich hinein. »Aber seid unbesorgt: Ob und wie tief Ihr in die Schatulle Eures Herrn gegriffen habt, interessiert mich nicht. Mich interessiert allein, was am gestrigen Abend geschehen ist. Und wer hinter dem Anschlag auf den Junker steckt.«

»Stellt Euch vor: Ich nicht!«

»Sagt Ihr.«

»Was zum Henker soll denn das schon wieder heißen?«

Die Stirn in Falten, richtete sich Bruder Hilpert zu voller Größe auf. »Wisst Ihr, was ich mich schon die ganze

Zeit frage: Seid Ihr wirklich so einfältig oder tut Ihr nur so? Angenommen, Ersteres träfe zu, sollte Euch bewusst sein, dass Ihr zu den Verdächtigen zählt.«

»Verdächtig? Sagt mal, Bruder, habt Ihr eigentlich den Verstand ver...«

»Aber, aber, Herr Amtmann – wo ist denn Eure Kinderstube geblieben?« Kühl bis ins Mark, ließ sich Bruder Hilpert nicht aus der Ruhe bringen. »Erlaubt, dass ich den Versuch mache, Euer Gedächtnis aufzufrischen. Kurz gefasst: Laut Aussage meines Freundes Berengar habt Ihr Euch nach der Auseinandersetzung mit dem Hausherrn aus dem Staub gemacht. Stante pede. Im Gegensatz zu den Gästen, die Zeuge Eures überstürzten Aufbruchs werden, nimmt Eure Frau jedoch kaum Notiz davon und amüsiert sich auf das Trefflichste. Schade nur, dass es im Folgenden zu einem höchst unersprießlichen Disput zwischen zwei Ehrenmännern kommt, die um ihre Gunst buhlen. Eure Frau genießt es, im Mittelpunkt zu stehen, wird des Gezänks jedoch rasch überdrüssig und rüstet zum Aufbruch. Wer glaubt, Zank und Hader seien beendet, sieht sich indes getäuscht. Ohne sich an der Gegenwart seiner Frau und der übrigen Gäste zu stören, geht der Streit zwischen den beiden Vettern erst richtig los. Kurzum: Es scheint, als sei der Disput um die Gunst Eurer Frau nur der Anlass gewesen, um im Beisein der Gäste alte Rechnungen zu begleichen. Unnötig zu erwähnen, dass die beiden kein Blatt vor den Mund nehmen. Kurzum: Vater Anselm, der Peter von Stettenberg in den Arm fällt, gebührt das Verdienst, dass es bei Drohungen, Unflat und wüsten Beschimpfungen bleibt.« Bruder Hilpert ließ die angestaute Atemluft entweichen. »Was im Anschluss passiert, ist schnell erzählt. Zwei Stunden nach Mitternacht erhebt sich der Herr des Hauses von seinem Platz, weshalb, überlasse ich Eurer Fantasie. Gefolgt von seinem Vetter, welcher behauptet, die Burg Hals über Kopf verlassen und im Stettenberger Hof Quartier genommen zu haben. So weit alles korrekt, Herr Amtmann?«

»Wenn Ihr es sagt, Bruder, muss es ja wohl stimmen.«

»Ergo: Weder Ihr, edler Herr, noch Peter von Stettenberg noch Eure Frau seid in der Lage, ein wasserdichtes Alibi zu präsentieren.«

»Wenn Ihr Euch da mal nicht irrt, Bruder!«

Die Köpfe der Anwesenden, allen voran Bruder Hilpert, fuhren wie auf Geheiß herum.

In der Obhut von Bruder Hilarius, der letzte Hand an seinen Schulterverband legte, biss Peter von Stettenberg die Zähne zusammen und umklammerte die Armlehne des Scherenstuhls, auf dem er saß. »Tja, Mönch – so kann's gehen. Niemand ist unfehlbar, nicht einmal Ihr.«

»Sagt, was Ihr zu sagen habt – ich bin ganz Ohr.«

Assistiert von seinem Wohltäter richtete sich der sichtlich mitgenommene Stutzer auf. »Eure Weisheiten schiebt Euch sonst wohin, Bruder«, knurrte er, wovon sich der Infirmarius, der ihm ein frisches Hemd überstreifte, gänzlich unbeeindruckt zeigte. »Was mein Alibi betrifft, seid Ihr auf dem Holzweg.«

»So, meint Ihr.«

»Ja, meine ich.« Der Geck sprühte nur so vor Häme. »Wenn Ihr einen Sündenbock braucht, sucht Euch jemand anderen. Ich war mit Eleonore zusammen, falls Ihr versteht, was ich meine.«

»Heißt das, Ihr …«

»Überrascht, Bruder? Kopf hoch, das kann jedem mal passieren!« Ohne die Person, von der die Rede war, eines

Blickes zu würdigen, genoss der Stutzer seinen Hieb in vollen Zügen. »Sieht so aus, als seien wir aus dem Schneider, was?«

Bruder Hilpert verzog keine Miene. »Nicht so voreilig, Herr von Stettenberg. Ihr wisst doch: Hochmut kommt vor dem Fall.«

»Denkt meinetwegen, was Ihr wollt.« Der Angesprochene lachte höhnisch auf. »Zum Mitschreiben, Bruder: Von dem Moment, als ich das Bankett verlassen habe, war ich ununterbrochen mit der Dame meines Herzens zusammen.«

»Und wo, wenn die delikate Frage gestattet ist?«

»Na, im Stettenberger Hof – wo denn sonst! Zu irgendwas muss der Schuppen ja wohl gut sein.« Der Geck griente selbstzufrieden vor sich hin. »Soll ich Euch etwas verraten, Bruder? Man muss weit laufen, um mit jemandem wie Eleonore das Lager zu teilen.«

»Wie heißt es doch so schön: einmal Dirne, immer Dirne.« Vorbei an der Geschmähten, für die er nicht einmal einen Seitenblick übrig hatte, bewegte sich Ruprecht von Stettenberg auf die beiden Kontrahenten zu. »Glaubt mir, Bruder, ich weiß, wovon ich spreche.«

»Ach, wirklich?«

Der Rotschopf hob die Brauen und nickte. »Wenn ich es nicht genau wüsste, würde ich die Klappe halten.«

»Behauptungen sind eine Sache, Beweise eine andere.«

»Was, wenn ich Euch sagte, dass die Dame, von der die Rede ist, als Hübschlerin von Henkers Gnaden tätig gewesen ist?«

»Und wo, wisst Ihr das auch?«

»In Würzburg, Bruder, und das mehr als drei Jahre lang.« Ruprecht machte eine abwehrende Geste. »Habt

Verständnis, wenn ich meine Quelle nicht preisgeben will. Es sei denn, Ihr besteht darauf.«

Bruder Hilpert schüttelte den Kopf. »Darauf, werter Herr, kommt es momentan nicht an«, beschied er Guttas Schwager, sichtlich angewidert von seinem Atem, der nach Wein, Zwiebeln und Knoblauch roch. »Es gilt, den oder die Schuldigen zu überführen, und nicht, Klatsch und Tratsch breitzutreten.«

»Aha, so ist das!«, zischte der Rotschopf, außer sich vor Wut und verletztem Ehrgefühl. »Dann ist es Euch also egal, ob die Gebote, die Ihr tagtäglich predigt, auch eingehalten werden. Und ob es dieser Hurenbock, der zu allem Unglück mein Vetter ist, mit einer verheirateten Frau getrieben hat.«

»Dafür wirst du mir büßen, rote Atzel, das schwör ich dir!« Wäre Bruder Hilarius nicht gewesen, der ihn am Aufstehen hinderte, hätte sich der Geck auf seinen Vetter gestürzt, mit welchem Ergebnis, war unschwer vorauszuahnen. »Dann setzt es eine Abreibung, die sich gewaschen hat.«

»Aufhören, und zwar sofort!«, herrschte Bruder Hilpert die beiden Streithähne an, den Zeigefinger drohend in die Höhe gereckt. Dann trat er auf Guttas Schwager zu, gerade rechtzeitig, um ihn am Zücken seines Dolches zu hindern. »Und dann noch an der Tafel Eurer Schwägerin – Ihr solltet Euch was schämen, von Stettenberg!«

»Lass gut sein, Hilpert – von meinen Verwandten bin ich nichts Besseres gewohnt.« Begleitet von Vater Pirmin, der ihr nicht von der Seite wich, erhob sich Gutta von ihrem Platz und bewegte sich auf ihre Gäste zu, die Bruder Hilpert von allen Seiten umringten. »Hör zu, was ich dir zu sagen habe!«, herrschte sie ihren Schwager an, der sie mit einer Mischung aus Hohn und Herablassung musterte. »Solange ich das Sagen habe, wirst du die Burg nicht mehr betreten. Dass du kein Benehmen hast, ist hinlänglich bekannt. Aber dass du dich mit meinen Gästen anlegst und den eigenen Vetter niederstichst, ist schlichtweg unverzeihlich. Du hast den Burgfrieden gebrochen, deiner Familie Schande gemacht und das Recht verwirkt, dich innerhalb dieser Mauern aufzuhalten.« Das Gesicht hart wie Granit, sah Gutta von Stettenberg wie eine Rachegöttin aus einem Drama der alten Griechen aus. »Verschwinde, ich kann dich nicht mehr sehen!«

Die Reaktion ihres Schwagers, der aus seiner Geringschätzung keinen Hehl machte, ließ nicht lange auf sich warten. »Wenn hier jemand verschwindet, dann *Ihr*, über alles geliebte Schwägerin!«, höhnte der Rotschopf. »Apropos: Darf man fragen, wie Ihr auf die Idee kommt, *Ihr* hättet hier das Sagen?«

»Was soll die Frage? Dein Ablenkungsmanöver kannst du dir sparen.«

»Ich fürchte, Ihr versteht nicht, was ich sagen will.« Auge in Auge mit der Frau, um deren Gunst er in jungen Jahren gebuhlt hatte, ließ sich der Hitzkopf mit dem ungebärdigen Haar nicht beirren. »Nicht ich bin es, den der Bannstrahl treffen wird, sondern Ihr. Tut mir leid, Schwägerin, aber so sieht die Realität nun einmal aus.«

»Heb dich von dannen, Nichtswürdiger, mehr gibt es nicht zu sagen!«

Der Feuerkopf brach in schallendes Gelächter aus. »Wenn wir gerade bei der Realität sind, Schwägerin«, tat er kund und genoss den sich anbahnenden Triumph in vollen Zügen, »wie wär's, wenn Ihr einen kurzen Blick in dieses Dokument werfen würdet? Damit Ihr wisst, wie Ihr Euch mir gegenüber zu benehmen habt!«

Im Begriff, etwas zu erwidern, griff Gutta von Stettenberg dennoch zu, entrollte die Schriftrolle, welche der verhasste Schwager ihr darbot, überflog den Inhalt, studierte ihn im Detail – und erbleichte. »Das … das kannst du doch nicht machen!«

»Und wieso nicht? Nenne mir einen Grund, weshalb ich darauf verzichten sollte, von meinem verbrieften Recht Gebrauch zu machen.« Die Daumen zwischen Gürtel und Wams, blickte sich der Rotschopf um. »Um Euch ins Bild zu setzen, werte Anwesende: In diesem Dokument, beglaubigt durch die Unterschrift von Zeugen und besiegelt durch den erzbischöflichen Notarius zu Bischofsheim, werde ich mit allen nötigen Vollmachten für den Fall betraut, dass mein Bruder tot, handlungsunfähig oder zum fraglichen Zeitpunkt abwesend sein sollte. Wie in Abschnitt vier festgehalten, schließt dies nicht nur administrative Belange, sondern auch finanzielle Transaktionen ein, sprich: Dank weiser Voraussicht seitens meines Bruders werde ich mit sofortiger Wirkung ermächtigt, seine finanziellen und sonstigen Interessen wahrzunehmen, die Oberaufsicht über diese Burg mit eingeschlossen. Auch obliegt es mir, die zur Wahrung des Burgfriedens notwendigen Maßnahmen zu treffen, Geschäfte zu tätigen, Vermögen zu erwerben und zu veräußern, Grundbesitz zu akquirieren und dafür Sorge zu tragen, dass sein Ansehen keinen Schaden nimmt.«

»Das … das ist Betrug – infamer, hinterhältiger Betrug!«

»An Eurer Stelle, hochwohlgeborene Schwägerin, würde ich mir genau überlegen, was ich sage!«, antwortete der Feuerkopf, nahm Gutta die Schriftrolle weg und verwahrte sie in seinem Wams. »Sonst könnte ich auf die Idee kommen, Euch an die frische Luft zu setzen.«

»Das wirst du nicht wagen, Ruprecht!«

»Steigt von Eurem hohen Ross herab und seht der Realität ins Auge.« Von Stettenberg setzte eine diabolische Miene auf. »Wie jedermann bekannt ist, steckt Arnold bis über beide Ohren in Schulden. Dass ich ihm unter die Arme gegriffen habe, versteht sich von selbst. Verständlich, dass ich Sicherheiten eingefordert habe, umso mehr, als die Beträge, welche mein Bruder erbat, mit der Zeit zu einer ansehnlichen Summe angewachsen waren.«

»Betrüger, Dieb, Erbschleicher!«

»Aber, aber, liebste Schwägerin, wer wird denn gleich so vulgär werden.« Die Mundwinkel des Rotschopfs kräuselten sich, und seine Stimme triefte nur so vor Hohn. »Ob Ihr es wahrhaben wollt oder nicht – alles ist rechtens, verbrieft, besiegelt und beurkundet. Oder was meint Ihr, Bruder?«

»Ich?« Die Augen weit aufgerissen, ließ es Bruder Hilpert bei der knappen Replik bewenden. Anders als sonst, wo ihm nichts entging, hatte er nur mit einem Ohr zugehört, und das, wie ihm schlagartig bewusst wurde, aus gutem Grund. »Verzeiht, aber …«

»Aber was? Kann es sein, dass es Euch an der nötigen Konzentration mangelt?«

Nein, dachte der Bibliothekarius bei sich, damit hat es nichts zu tun.

Sondern *damit*.

»Hört Ihr mir überhaupt zu, Bruder?«

Bleich vor Schreck, rührte sich der Bibliothekarius nicht von der Stelle, schalt sich einen Narren und richtete den

Blick auf die Familienporträts, welche die Wand zwischen den Arkaden auf der Hofseite zierten.

Dann wandte er sich ab und verließ den Raum.

17

Gesindestube,
kurz nach Beginn der zehnten Stunde | 14:10 h

»DAMIT EINS KLAR ist, ihr Tagediebe: Wenn ihr mich zum Narren halten wollt, habt ihr euch geschnitten.« Berengar war um seine Aufgabe nicht zu beneiden. Es war nicht leicht, die um ihn versammelten Knechte, Mägde, Stallburschen und Pagen zum Sprechen zu bringen, und so gut wie unmöglich, verwertbare Indizien zusammenzutragen. In Anbetracht der Tatsache, dass es keine Zeugen des Verbrechens gab, war dies auch kein Wunder, hinzu kam, dass ihnen der Schreck noch in den Gliedern saß.

Gerade einmal zwölf Stunden war es her, seit die Nachricht von der Attacke die Runde gemacht hatte, und es gab nicht wenige, die der Meinung waren, es sei Zauberei im Spiel gewesen. Ein Wolf in Sichtweite der Burg? Äußerst unwahrscheinlich. Wenn überhaupt, war dies im Januar der Fall, und dann auch nur, wenn der Winter besonders streng und die Nächte klar, frostig und mondhell waren. Dann freilich, zwischen Dreikönig und Lichtmess, konnte es vorkommen, dass sich ein Rudel bis an den Rand des Kammerforstes wagte. Weiter als bis dorthin trauten sich Wölfe aber nie, nicht einmal dann, wenn sie der Hunger oder die Gier nach Beute plagte. »Macht den Mund auf, sonst könnt ihr was erleben!«

Die Warnung des Vogtes verhallte ohne Wirkung, und da ihm bewusst war, dass Drohungen zu nichts führten, zügelte er sein Temperament. Ein Blick genügte, um ihm zu zeigen, dass sich Angst breitgemacht hatte, wovor, war unschwer zu erraten. Wer die Leute kannte, wusste, dass sie abergläubisch waren, und wie so oft, wenn man keine Erklärungen parat hatte, kam der Leibhaftige ins Spiel. Ändern konnte man daran freilich nichts, und wenn Berengar ehrlich war, konnte er die Dienerschaft verstehen. Beweise, dass es sich um einen Mordanschlag handelte, waren dünn gesät, kein Wunder also, dass allerlei Spukgeschichten, Gerüchte und Spekulationen kursierten.

»Bitte versteht uns nicht falsch, Vogt. Aber wir haben Angst.« Wie um Berengars Vermutung zu bestätigen, meldete sich der Torwächter zu Wort. »Die Leute glauben, hier geht es nicht mit rechten Dingen zu.«

»Was du nicht sagst, Heiner!«

»Es steht mir nicht zu, Euch zu belehren, aber …«

»Ich höre.«

»Meint Ihr nicht auch, dass … Was ich sagen will, ist: Wölfe tun so etwas nicht. Seit ich hier bin, habe ich noch nie erlebt, dass sie sich bis auf Rufweite an die Burg heranwagen.«

»Will heißen?«

Die Filzkappe in der Hand, trat der Torwächter von einem Bein aufs andere. »Das war Teufelswerk, Herr Vogt. Da sind sich alle einig.«

»Ja, wenn das so ist, können wir uns die Mühe sparen.« Mit der Geduld am Ende, ließ Berengar seinem Hang zum Sarkasmus freien Lauf. »Vorschlag zur Güte: Du und ich trommeln ein paar Kriegsknechte zusammen, drücken ihnen Streitkolben, Äxte und Knüppel in die Hand und sehen nach, ob der Tatverdächtige – will heißen der Leibhaftige – zu Hause ist. Falls ja, legen wir ihn in Ketten, machen ihm den Prozess und brummen ihm eine Strafe auf, die sich gewaschen hat. Falls nicht, schwärmen wir aus und heften uns an seine Fersen. Kann ja nicht so schwer sein, den alten Halunken aufzuspüren. Vorausgesetzt, man hält sich an die Spielregeln. Merke: Wenn es nach Schwefel riecht, ist Vorsicht angesagt!«

»Ich meinte ja nur, dass …«

»Nun, werte Anwesende: Wie wär's, wenn wir endlich zur Sache kämen? Auf die Art kommen wir nämlich nicht weiter.« Berengar sah sich suchend um. »Noch einmal von vorn. Wer von euch ist imstande, sachdienliche Angaben zu machen – mit Betonung auf ›sachdienlich‹!«

Schweigen.

»Wie ihr wollt. Dann sitzen wir eben morgen früh noch hier.«

»Mit Verlaub, Herr, mir scheint, ich kann Euch weiterhelfen.« Plötzlich, als Berengar schon nicht mehr mit einer Antwort rechnete, meldete sich Heiners Zechkumpan zu Wort. »Das heißt, ich bin mir ziemlich sicher.«

»Warum denn so zögerlich, junger Mann?«, entgegnete der Vogt, welcher den Torwächter mit hochgezogenen Brauen musterte. »Vor mir brauchst du keine Angst zu haben.«

Frieder, einer der drei Wächter, die zur Tatzeit Dienst geschoben hatten, sah dies offenbar anders. »Mit Verlaub, Herr Vogt …«

»Du wiederholst dich, Bursche.«

In allem das exakte Gegenteil seines Kameraden, zog der rotwangige, kahlköpfige und mit einem beträchtlichen Leibesumfang gesegnete Bursche den Kopf ein und winselte: »Bitte um Vergebung, Herr Vogt – soll nicht wieder vorkommen.«

»Du möchtest eine Aussage machen?«

Der Torwächter nickte pflichtschuldigst mit dem Kopf.

»Dann lass hören.«

»Es ist nämlich so, Herr: Ich hab gesehen, wie die Frau des Amtmanns und … äh … herrje, ich weiß nicht, wie ich das erklären soll!«

»Raus mit der Sprache, Frieder: Was hast du gesehen?«

»Ich habe beobachtet, wie sie sich klammheimlich aus dem Staub gemacht hat.«

Der Vogt glaubte, sich verhört zu haben. »Verstehe ich das richtig, Frieder«, grollte er, auf dem besten Weg, endgültig die Geduld zu verlieren, »du warst Zeuge, wie sie die Burg zu später Stunde verließ?«

Der Gnom senkte den Kopf und bejahte.

»Und warum sagst du das nicht gleich?«

»Bei allem Respekt, Herr: Ich … ich …«

»Den ›Herrn‹ kannst du dir sparen, Nichtsnutz.« Kurz davor, den Torwächter am Kragen zu packen, rang Berengar die schwarze Galle nieder. »So, und jetzt pack gefälligst aus, oder ich sorge dafür, dass du auf halbe Kost gesetzt wirst!«

Die Drohung wirkte. »Ich bin gerade beim Pin… äh … dabei, mich zu erleichtern«, stammelte Frieder, der Berengars zornigen Blick für bare Münze nahm, »da sehe ich, wie die vornehme Dame über den Hof Richtung Burgtor schleicht. Nichts wie hinterher!, denke ich, beeile mich, mein Geschäft zu beenden und nehme die Verfolgung auf.«

»Klingt aufregend, Frieder – und dann?«

»Da ging die Sache erst richtig los.«

»Will heißen: Urplötzlich taucht noch ein weiterer Nachtschwärmer auf. Ein Ehrenmann, den hierzulande jeder kennt.« Der Vogt schnitt eine vielsagende Grimasse. »Mit Betonung auf ›Ehre‹.«

»Woher wisst Ihr das, Herr?«

»Stell dir vor – ich kann eins und eins zusammenzählen.«

»Dann wisst Ihr sicher auch, dass …«

»Dass es sich um des Junkers fein geschniegelten Vetter gehandelt hat? Du sagst es.« Dem Vogt entrang sich ein gequältes Seufzen. »Und weiter?«

»Wie gesagt, Herr: Euer Vetter …«

»Auf dem Papier vielleicht!«

»… folgt der Dame auf dem Fuß, tuschelt mit ihr, sperrt die Notpforte auf und macht sich mit ihr aus dem Staub.«

»Moment mal: Heißt das, du hast die beiden Turteltauben nicht verfolgt?«

»Verfolgen – ich?« Der Bursche machte ein verständnisloses Gesicht. »Ist das Euer Ernst?«

»Damit du Bescheid weißt, Schnellpinkler: Es war mir selten zuvor so ernst wie heute. Nebenbei bemerkt: Wie kommt es eigentlich, dass mein nach Zweisamkeit dürstender Vetter einen Schlüssel besitzt?«

»Weil … äh … Könnte es nicht sein, dass er ihn gestohlen hat?«

Der Vogt pfiff anerkennend durch die Zähne. »Donnerwetter, Frieder!«, rief Berengar aus und verpasste seinem Gegenüber einen Klaps, der diesen ums Haar von den Beinen geholt hätte. »Du bist mir ja ein ganz Schlauer!«

Empfänglich für Lob, doch immun gegen Ironie, strahlte der Gnom über beide Wangen.

»Und wie kann das sein?«

»Keine Ahnung, wie er drangekommen ist«, antwortete Frieder, wieder zurück auf dem Boden der Realität. »Von mir hat er ihn jedenfalls nicht!« Leicht pikiert, deutete er auf den Schlüsselbund, welchen er an seinem Schnallengürtel trug. »Sonst hätte ich es ja wohl gemerkt.«

»Aber klar doch!«, frotzelte Berengar und musste sich zusammennehmen, um nicht übers Ziel hinauszuschießen. »Was nichts daran ändert, dass der junge Tunichtgut in den Besitz eines Schlüssels gelangt ist. Fragt sich nur, wie.«

»Na, wie denn wohl!«, grantelte der Torwächter, bahnte sich eine Gasse und sperrte den Wandschrank auf, der sich unmittelbar neben der Hoftür befand. »Hier, wo er hin…« Weiter als bis hierhin, wo er mit betretener Miene stehen blieb, kam der Aufschneider allerdings nicht.

»Macht nichts Frieder«, bilanzierte Berengar, dem die Lust an launigen Bemerkungen vergangen war. »Jetzt weiß ich wenigstens Bescheid.«

»Ganz ehrlich, Herr von Gamburg, ich versteh das nicht!«

»Ich schon, Frieder.« Die Stirn in Falten, war der Vogt bemüht, so wenig Aufhebens wie möglich zu machen. »Mach dir deswegen aber keine Sorgen.«

»Und was jetzt, Herr?« Frieder ließ jedoch nicht locker. »Wisst Ihr schon, wer es war?«

»Du verlangst doch nicht, dass ich dir eine Antwort gebe, oder?« Weit entfernt, voreilige Schlussfolgerungen zu ziehen, geriet Berengar ins Grübeln. Wie pflegte Hilpert, der stets das passende Bonmot parat hatte, doch zu sagen: A solis occasu, non ab ortu, describe diem. Damit lag er gewiss nicht falsch, sosehr er es vermied, dem gelehrten Freund recht zu geben. Wie immer, wenn alles zusammenzupassen schien, waren Zweifel angebracht. Zweifel, ob er die richtigen Schlussfolgerungen zog, ob er nicht doch etwas übersehen hatte.

Die Arme vor der Brust verschränkt, setzte der Vogt eine nachdenkliche Miene auf. Gut möglich, dass alles so simpel war, wie es schien. Um den Junker ins Verderben zu locken, verfasst die Gattin des Amtmanns eine Nachricht, von der sie weiß, dass ihre Liebesbeteuerung auf fruchtbaren Boden fallen wird. Wie erwartet zögert der Junker keinen Augenblick, lässt sie wissen, wann und wo er die Angebetete zu treffen wünscht. Als der verabredete Zeitpunkt naht, sagt Eleonore von Schweinitz dem Bankett Lebewohl, gefolgt vom Drahtzieher des Komplotts, der, wie gemunkelt wird, mit dem Hausherrn noch eine Rechnung offen hat. Hintergrund: das liebe Geld. Nicht erst seit gestern steht der Junker bei seinem Vetter in der Kreide, hinzu kommen Erbansprüche, welche Letzterer seit geraumer Zeit erhebt. Die Rede ist von Besitzansprüchen, unter anderem solche, welche die Burg selbst betreffen. Vetter Arnold, Opfer des von langer Hand vorbereiteten Komplotts, ahnt freilich nicht das Geringste. Nicht willens, auf das bevorstehende Stelldichein zu verzichten, begeht er den verhängnisvollen Fehler, die Burg zu verlassen, um sich bei Wind und Wetter zum verabredeten Treffpunkt zu begeben. Bei seiner Rückkehr wird er dann von einem Wolf angefallen und derart übel zugerichtet, dass es schwer sein wird, ihn wieder gesund zu pflegen.

So weit, so gut?

Aber da war noch einiges, das ihm merkwürdig vorkam. Angenommen, der Geck und die Kurtisane hatten wirklich vorgehabt, Vetter Arnold zu töten, warum dann ein derart komplizierter Plan? Berengar stieß einen unterdrückten Seufzer aus. Es gab einfachere Methoden, sich eines missliebigen Verwandten zu entledigen, und je länger er nachdachte, desto mehr geriet er in Zweifel.

Eine Prise Gift nach Art der Medici, und schon wäre es um Arnold von Stettenberg geschehen gewesen. Um einen Menschen, dem kaum jemand eine Träne nachgeweint hätte.

Dumm nur, dass die Sache einen Haken hatte. Die Erfahrung lehrte, dass sich Schuldner ihrer Gläubiger entledigten. Und nicht, wie von ihm vermutet, die Gläubiger ihrer Schuldner. Einen Fluch auf den Lippen, den er sich wohlweislich verkniff, blickte Berengar durch die Anwesenden hindurch. Vorausgesetzt, der Junker hatte den Weg zur Jagdhütte eingeschlagen: Wieso war er dann nicht erdolcht, erschlagen oder anderweitig beseitigt worden? Warum war er bereits auf dem Rückweg gewesen, als er von dem Wolf angefallen und so schwer verletzt worden war, dass sein Leben an einem seidenen Faden hing?

Mit einem Wort: Was nützte die abgefeimteste Intrige, wenn man den Intimfeind, der zum Opfer auserkoren war, wieder entwischen ließ?

Fragen über Fragen, Antworten Mangelware.

Zufall oder nicht, feststand, dass Vetter Arnold von einem Wolf angefallen worden war. Berengar atmete geräuschvoll aus. Wie brachte man es fertig, ein wildes Tier quasi auf Kommando auf einen Menschen zu hetzen? Bei Hunden konnte er sich dies noch vorstellen, aber was Wölfe betraf, ließ ihn seine Fantasie im Stich.

Und zwar vollständig.

Ergo: Vielleicht war es wirklich so, wie es die Abergläubischen in den Reihen der Burgbewohner vermuteten. Vielleicht war bei der nächtlichen Attacke Zauberei im Spiel gewesen. Und vielleicht hatte er Frieder, den er zuvor in die Mangel genommen hatte, ja auch unrecht getan.

Unwahrscheinlich, aber nicht vollends auszuschließen.

»Sonst noch was, das von Bedeutung wäre?« Überzeugt, dass Spekulationen zu nichts führten, wandte sich Berengar den Umstehenden zu. »Nur keine Scheu, ich beiße nicht.«

Wie nicht anders zu erwarten, verfehlte der Scherz seine Wirkung. Doch Berengar gab nicht auf. Er war es nicht gewohnt, die Flinte ins Korn zu werfen, und wenn, dann erst, wenn die Lage völlig aussichtslos war. Außer Frieder, der mit betretener Miene auf einem Schemel kauerte, hatte sich noch niemand zu Wort gemeldet, und solange dies nicht der Fall war, bestand kein Anlass, das Feld zu räumen.

Die Rechnung des Vogtes ging auf. »Ich weiß nicht, ob es von Bedeutung ist, Herr«, brach eine korpulente, rotwangige und allem Anschein nach resolute Dienstmagd das lang anhaltende Schweigen, drängte sich nach vorn und nestelte an ihrer schlecht sitzenden Flügelhaube herum, »aber es gibt da etwas, das mich stutzig gemacht hat.«

»Dein Name?«

»Edeltraut, Herr«, posaunte die Mittvierzigerin, auf dem besten Weg, den Trompeten von Jericho Konkurrenz zu machen. »Edeltraut Stellmacher.«

»Heraus damit, Edeltraut, ich bin ganz Ohr.«

»Also, das war so, Hochwohlgeboren«, begann die Magd, sichtlich geschmeichelt, im Mittelpunkt zu stehen, »vor genau acht Tagen stehe ich in aller Herrgottsfrühe auf, um mich für den Kirchgang fertig zu machen, ziehe mein Sonntagskleid an und wasche mir das Gesicht. Ich bin ziemlich penibel, müsst Ihr wissen. Schließlich will man ja nicht ausgerichtet werden. Schrecklich, diese Tratschweiber, die wie Krähen vor der Kirche hocken und sich die Mäuler zerreißen, wenn man …«

»Zur Sache, Edeltraut. Was gibt es zu berichten?«

»Verzeiht, Herr. Aber ich rede nun einmal so, wie mir der Schnabel gewachsen ist.«

»Zum Leidwesen aller«, warf ein hagerer Fuhrknecht ein, worauf die Anwesenden in Gelächter ausbrachen. »Wenn man dich nicht sieht, hört man dich.«

»Jetzt hör mir mal gut zu, du Hanswurst«, begann die Matrone, kurz davor, den Spaßvogel in Grund und Boden zu stampfen, »wenn wir unter uns wären, würde ich dir eine Abreibung verpassen, die sich …«

»Gewaschen hat, kann ich mir vorstellen!«, vollendete Berengar, trat ihr in den Weg und setzte einen Blick auf, der dafür sorgte, dass sich die Rachegelüste der Magd in nichts auflösten. »Also: Was ist dir aufgefallen – raus damit!«

»Der Herr hat nach seinem Wams gefragt.«

»Wie darf ich das verstehen?«

»Er kann es auf den Tod nicht ausstehen, wenn sich seine Gewandung nicht an Ort und Stelle befindet, müsst Ihr wissen. Und ich armer Tropf habe alles abgekriegt.« Die Matrone setzte eine Leidensmiene auf, wobei sich das Mitgefühl unter den Zuhörern in Grenzen hielt. »Wisst Ihr, der Junker kann ziemlich ungemütlich werden.«

»Und ich auch, wenn du dich nicht kurzfasst.«

Die Dienstmagd lief vor Scham rot an. »Wie gesagt: Der gnädige Herr hat getobt, da war alles zu spät. Gottlob hat er sich wieder abgeregt, ein anderes Wams angezogen und sich getrollt.«

»Das war's?«

»Nicht ganz, Herr, das Merkwürdige kommt noch.« Um sich der Aufmerksamkeit der Umstehenden zu versichern, hielt die Dienstmagd inne, räusperte sich und trat so nah wie möglich an Berengar heran. »Gestern früh werfe ich einen kurzen Blick in die Wäschetruhe. Ratet mal, was ich da sehe?«

»Doch nicht etwa das Wams?«

»Sonntagswams, wenn ich bitten darf.« Die Matrone konnte ihren Triumph nicht verhehlen. »Und wisst Ihr, was das Beste ist? Es lag genau an Ort und Stelle.«

»Merkwürdig, in der Tat.« Das Kinn zwischen Daumen und Zeigefinger, gab Berengar ein anerkennendes Nicken von sich. »Eine Frage noch, Edeltraut.«

»Zu Euren Diensten, Herr.«

»Kannst du das Wams näher beschreiben?«

»Aber natürlich, Herr. Es ist schwarz, wattiert, mit Silberfäden durchwirkt. Ach ja, bevor ich es vergesse: Auf der rechten Brustseite ist das Familienwappen eingenäht. Dass es ein Heidengeld gekostet hat, muss ich wohl nicht betonen. Bei seiner Gewandung hat der gnädige Herr nicht gespart, müsst Ihr wissen.«

Und ob er das wusste. »Sei bedankt, Edeltraut – du hast mir einen wichtigen Dienst erwiesen.« Kein Zweifel, hier stimmte etwas nicht. Berengar kratzte sich hinterm Ohr. Ob und inwieweit die Angelegenheit mit dem Komplott zusammenhing, stand zum jetzigen Zeitpunkt zwar nicht fest. Merkwürdig, um nicht zu sagen verdächtig, war sie jedoch allemal. »Hm.« Um einige Informationen reicher, wenngleich nicht rundum zufrieden, wandte sich Berengar an sein Publikum. »Sonst noch was, von dem ich nichts weiß?«

»Es … es ist alles meine Schuld, Herr Vogt.«

Auf seinen Reisen, die er im Auftrag des Grafen unternommen hatte, war Berengar weit herumgekommen, unlängst sogar bis nach Nürnberg, wo er zwei Nächte verbracht und die Zeit genutzt hatte, um sich umzusehen. In welcher der zahlreichen Kirchen er auf die Muttergottes aufmerksam geworden war, der die Dorfschönheit zu seiner Linken bis aufs Haar glich, konnte er beim besten Willen nicht sagen. Dass die Ähnlichkeit frappierend und er selbst zunächst sprachlos war, ließ sich jedoch nicht leugnen.

»Dein Name, Jungfer?«

Die Bedienstete, Berengars Schätzung zufolge höchstens 18 Jahre alt, lief vor Verlegenheit rot an. »Agnes, Herr.«

»Schieß los, Agnes – was hast du auf dem Herzen?« Kaum hatte er die junge Maid zum Sprechen aufgefordert, wich sie einen Schritt zurück. Ein Grund hierfür war anscheinend sein forscher Ton, der, wie Berengar im Stillen einräumte, wahrhaftig nicht jedermanns Sache war. Dessen ungeachtet schien die Dienstmagd Angst zu haben, wovor, würde sich demnächst herausstellen. »Hab keine Angst, Kind, ich tu dir nichts!«

»Das weiß ich, Herr.«

Im Lauf der Jahre und im Zuge der Ermittlungen an der Seite seines Freundes waren Berengar Frauen jedweder Art über den Weg gelaufen. Die einen scheu, die anderen keck und andere wiederum so hübsch, dass ihnen die Mannsbilder buchstäblich zu Füßen lagen. Sie alle, insbesondere Letztere, konnten der Maid nicht im Entferntesten das Wasser reichen. Gerade erst dem Kindesalter entwachsen, glich sie den Gestalten, wie man sie auf Altarbildern, Medaillons oder an den Wänden von Kapellen oder Klosterkirchen fand. Es grenzte zwar an Blasphemie, die dunkelblonde Schönheit mit der Muttergottes zu vergleichen, worüber sein Freund Hilpert alles andere als erbaut gewesen wäre. Zutreffend war es jedoch allemal. Nicht nur, dass ihre Züge weich, ebenmäßig und einprägsam waren, strahlte die Magd mit dem Heiligenantlitz etwas aus, das sich nur schwer in Worte kleiden ließ.

Um ihr die Angst zu nehmen, schlug Berengar einen rücksichtsvollen Tonfall an. »Wie alt bist du, Agnes?«

»17.«

»Hier geboren?«

»Ja, Herr.«

»Name der Mutter?«

»Ich habe keine Mutter mehr, Hochwohlgeboren.«

»Das tut mir leid, Agnes.« Der Vogt legte eine kurze Pause ein. Es war zwar nicht seine Art, die Leute mit Samthandschuhen anzufassen, doch sagte ihm sein Instinkt, dass die eingeschlagene Marschroute fruchten würde. »Etwas anderes: Worin genau besteht deine Aufgabe?«

»Dafür zu sorgen, dass es meiner Herrin an nichts fehlt.« Die Dorfschönheit hob den Kopf, strich eine Haarsträhne aus dem Gesicht und ergänzte: »Ich bin ihre Kammerjungfer, wenn man so will.«

»Bemerkenswert.«

Die Magd mit dem Madonnenantlitz stockte. »Wie … wie darf ich das verstehen, Herr Vogt?«

»Erst 17 und schon Kammerjungfer. Deine Herrin muss ja eine Menge Vertrauen zu dir haben.«

Die Maid senkte den Kopf und schwieg.

»Sonst hätte sie dir die Aufgabe bestimmt nicht übertragen.«

»Ihr seid zu gütig, Herr.«

Da die Bemerkung offenbar ernst gemeint war, verkniff sich Berengar einen Kommentar. »Zur Sache, Agnes: Du warst dabei, mir etwas mitzuteilen.«

Anstatt zu antworten, sah sich die Kammerjungfer voller Argwohn um. Dann senkte sie die Stimme und flüsterte: »Wenn, dann aber unter vier Augen, Herr.«

Der Vogt horchte überrascht auf. »Na, dann wollen wir mal!«, antwortete er, bedeutete den Anwesenden, den Raum zu verlassen, und ließ sich auf einem Schemel neben der Feuerstelle nieder. »So, Agnes«, begann der Gesetzeshüter, legte die Hände auf die Oberschenkel und sah die Magd, welche unschlüssig auf der Stelle verharrte, mit erwartungsvoller Miene an, »jetzt sind wir unter uns. Von mir hast du nichts zu befürchten. Nimm Platz, mein Kind, und sag, was du auf dem Herzen hast!«

Dazu sollte es jedoch nicht kommen.

»Fragt mich, Vogt, nicht sie.« Im Bann der anmutigen jungen Frau, hatte Berengar nicht bemerkt, wie die Amme seines Vetters auf der Türschwelle erschienen, auf ihn zugegangen und mit versteinerter Miene stehen geblieben war, die Hand auf einen knorrigen Gehstock gestützt. »Wer weiß, vielleicht kann ich Euch weiterhelfen!«

18

Haus des Küsters, kurz darauf | 14:30 h

»Du sagst uns jetzt, wo der Gisbert steckt, sonst …«

»Sonst was? Noch ein Wort, du Großmaul, und ich hetze dir den Hund auf den Hals!« Chlothilde, tatkräftige Gattin des Kirchendieners, war nicht der Typ Frau, welcher mit sich spaßen ließ. »Dann kannst du von Glück sagen, wenn du außer deinem Bein nicht was anderes verlierst.«

Das Gelächter der Dorfbewohner, die sich vor dem Haus des Küsters zusammengerottet hatten, klang so schnell ab, wie es aufgebrandet war. Mittlerweile waren knapp fünf Zoll Schnee gefallen, und nichts deutete darauf hin, dass Petrus ein Einsehen mit ihnen haben würde.

»Pack dich, sonst kannst du was erleben, Bartel!«

So leicht wie erhofft ließ sich der ehemalige Soldknecht jedoch nicht einschüchtern. »Wenn ich du wäre, Mannweib, würde ich die Klappe nicht so weit aufreißen!«, hielt der alternde Trunkenbold dagegen, stützte sich auf seine Krücke und dachte nicht daran, das Feld zu räumen. »Oder willst du dich mit dem ganzen Dorf anlegen?«

Nein, ganz bestimmt nicht. Zwar fehlte es Chlothilde nicht an Mut, Körperkraft und den entsprechenden Pfunden, aber das bedeutete nicht, dass die streitbare Wäscherin eine Närrin war. Ein Blick genügte, um ihr zu zeigen, dass die aus Häckern, Korbflechtern, Hausknechten, Stallmägden und einem halben Dutzend Halbwüchsigen bestehende Rotte nicht umsonst hier war. »Na schön. Sag, was es zu sagen gibt.« Worin der Grund für die allgemeine Aufregung bestand, war ihr ein Rätsel, und sie fragte sich, wer ihr den Schlamassel eingebrockt hatte. »Und mach es kurz. Ich habe zu tun.«

»Ob's dir passt oder nicht, du wirst dir die Zeit nehmen müssen.« Der Torwächter, nach allgemeiner Überzeugung der Einzige, welcher Gisberts Eheweib das Wasser reichen konnte, verzog keine Miene, sammelte seinen Speichel und beförderte ihn im hohen Bogen in den Schnee. »Es geht nämlich um deinen Mann.«

»Was sagst du da? Um meinen …«, brach es aus dem von Barthärchen gesäumten Mund der Küstersgattin hervor, bevor ihr dämmerte, aus welchem Grund Gisbert am Vormittag das Weite gesucht hatte. Dann unterbrach sie sich und blaffte: »Und – ist er wieder mal besoffen?«

»Ich wünschte, es wäre so.« Die Stimme des Torwächters ließ an Unhöflichkeit nichts zu wünschen übrig, und das traf, wie Chlothilde bemerkt hatte, auch auf die Gesichter der Umstehenden zu. »Jetzt sag schon, alte Vettel – wo hat sich der alte Knacker verkrochen?«

Um ihm die in ihren Augen passende Antwort zu erteilen, holte Chlothilde tief Luft – und verstummte abermals. Wenn der größte Tunichtgut im Dorf wagte, ihr Frechheiten ins Gesicht zu sagen, musste dies einen guten Grund haben.

Oder es war Ärger im Verzug, je nachdem.

»Wieso? Hat er dir deinen Weinschlauch geklaut?«

»Nein, aber er hat den Pfarrer umgebracht.« Der Torwächter konnte seine Häme nicht verbergen. »Harmlos ausgedrückt.«

»Umgebracht – bist du von Sinnen? Jeder weiß doch, dass der Gisbert keiner Fliege etwas zuleide tut.«

»Wenn du dich da mal nicht irrst, Chlothilde«, entgegnete der Torwächter in süffisantem Ton, sah sich Beifall heischend um und spie seiner Kontrahentin vor die Füße. »Weißt du, der Gisbert ist nicht so harmlos, wie du denkst. Sonst hätte er sich nicht in die Sakristei geschlichen, Vater Anselm abgemurkst und die Leiche durch den Schnee geschleift, um sie anschließend im Pfarrhaus an einen Querbalken in der Wohnstube zu hängen. *Nackt*. Wer so was tut, du Großmaul, tut es mit voller Absicht, der denkt sich was dabei. Jetzt tu doch nicht so überrascht! Jeder weiß doch, dass der Herr Pfarrer und deine schwächere Hälfte auf Kriegsfuß gestanden sind. Und das nicht erst seit gestern. Kein Wunder, dass deinem Alten der Kragen geplatzt ist. Hat ja bekanntlich einiges einstecken müssen, nicht zuletzt von dir.«

»Verschwinde. Ich sag's nur einmal.«

»Einen Scheißdreck werde ich tun, Hausdrachen.«

»Verschwinde, sonst hetze ich dir den Hund auf den Hals.«

»Du wiederholst dich, schöne Frau.« Als sei Chlothilde Luft für ihn, drehte sich der Wortführer der Dorfbewohner um, tippte mit dem Zeigefinger an die Stirn und winkte eine Stallmagd zu sich heran, die das Geschehen mit verkniffener Miene verfolgt hatte. »Aber keine Bange: Lisbeth wird dir erzählen, was passiert ist. Damit du von deinem hohen Ross runterkommst.«

»Ich hab ihn gesehen.«

»Wen hast du gesehen, Lisbeth?«, drängte Bartel und eskortierte die ganz in Grau gekleidete Magd mit dem Pferdegesicht zur Haustür, um sie der Küstersgattin zu präsentieren. »Sprich lauter, sonst versteht dich kein Mensch.«

Die Stallmagd, jenseits der 30 und nach landläufiger Überzeugung nicht ganz richtig im Kopf, nickte wie ein gehorsames Kind. »Ich hab gesehen, wie er aus dem Haus gekommen ist«, entgegnete sie, bemüht, es dem Torwächter recht zu machen. Anders als sonst, wo sie Hohn und Spott ausgesetzt war, blieben die üblichen Hänseleien jedoch aus. »Aus dem Haus, in dem der Herr Pfarrer wohnt.«

»Und dann?«

Die Stallmagd bewegte den Kopf hin und her, wischte den Schnee von ihrem Wollkleid und flüsterte: »Dann hat er sich aus dem Staub gemacht.«

»Das heißt, du bist ihm nicht gefolgt.«

Lisbeth, auch Gänse-Liesel genannt, schüttelte das längliche Haupt. »Nein.«

»Sondern?«

Rot bis zu den Ohren, senkte die Stallmagd den Blick. »Es war furchtbar«, wimmerte sie, die Hände vor ihrem Gesicht. »Einfach …«

»Was denn?«, mischte sich Bartel ein, kaum imstande, seine Ungeduld zu zügeln. »Lauter, Lisbeth, man kann dich ja kaum hören!«

»Das kann doch nicht sein, denk ich. So was … so was kann einfach nicht sein.« Kurz davor, in Tränen auszubrechen, wandte sich die Stallmagd ab, barg das Gesicht in der Schürze und schluchzte: »Der Herr Pfarrer hat doch niemandem etwas getan, oder? Und dann hängt er einfach da, nackicht, verkehrt rum, voller Blut! Das werde ich mein Lebtag nicht vergessen, egal, was passiert. So wahr ich die Gänse-Liesel aus Gamburg bin.«

»Noch Fragen, Frau Gernegroß?«

Restlos bedient, gab Chlothilde, bis dato eher gefürchtet als geliebt, ihren Widerstand auf und ließ den Blick über die im Schneegestöber ausharrenden Dorfbewohner gleiten. Diese wiederum, unter ihnen Nachbarn, Bekannte und Verwandte, verzogen keine Miene. Standen einfach nur da, starrten zurück und warteten. Warteten, bis entweder sie oder Bartel den nächsten Schritt machen würden.

Aber nicht mit ihr. Nicht mit Chlothilde Büttner. Gerade eben noch am Boden zerstört, ging ein Ruck durch den Körper der resoluten Frau. Gisbert, ihr willfähriger Gatte, war ein Nichtsnutz, darin war sie sich mit den Umstehenden einig. Aber das bedeutete nicht, dass er imstande war, einen Mord zu begehen. Das stand für sie außer Frage – und das würde sie auch nicht auf sich sitzen lassen.

Was also tun? Eher zufällig denn mit Absicht blieb Chlothildes Blick an dem Müller haften, der ein wenig abseits stand und die Szene mit unbewegter Miene verfolgte. Die Küstersgattin stutzte, kniff die Augen zusammen, um die Züge des Einzelgängers zu studieren. Irgendwie war er ihr unheimlich, besonders jetzt, wo die Andeutung eines Lächelns über sein kantiges Gesicht huschte.

Komischer Kauz, dachte Chlothilde und beeilte sich, den Blick wieder abzuwenden. Außer Agnes, ihrer Nichte, gingen ihm sämtliche Dorfbewohner aus dem Weg, und nicht nur sie stellte sich die Frage, weshalb der menschenscheue Rüpel einen Narren an dem jungen Ding gefressen hatte. Einzig Agnes, deren Mutter unlängst einem Fieber zum Opfer gefallen war, durfte einen Fuß auf sein Grundstück setzen, eine Tatsache, welche nicht nur sie als merkwürdig empfand.

Merkwürdig oder nicht, Schneetreiben oder nicht, Einbildung oder Wirklichkeit: Irgendetwas stimmte an der ganzen Sache nicht.

Die Frage war lediglich, was.

Eine Frage, welcher sie ab sofort nachgehen würde.

19

Rittersaal der Burg, zu Beginn der elften Stunde | 14:45 h

»Das Beste ist, wir schwingen keine großen Reden, schnappen uns den Kerl und quetschen ihn aus, dass ihm Hören und Sehen vergeht. Oder willst du, dass er noch mehr Unheil anrichtet?«

»Gott bewahre – natürlich nicht.«

»Dann lass uns Nägel mit Köpfen machen.« Anders als Bruder Hilpert, der sich vom Anblick der Ahnengalerie nicht losreißen konnte, sprühte Berengar nur so vor Tatendrang. »Der Fall ist klar, oder sehe ich das falsch?«

»Keineswegs, alter Freund.« Um sich zu vergewissern, dass ihm die Sinne keinen Streich spielten, zog Bruder Hilpert seine Augengläser hervor, setzte sie auf und richtete seine Aufmerksamkeit auf die Porträts, die an der Hofseite des menschenleeren Palas-Saales hingen. Dann atmete er erleichtert auf. Kein Zweifel, die Lösung des Falles war ein bedeutsames Stück näher gerückt, wie nah, würde sich demnächst herausstellen. »Bleibt zu klären, warum er das getan hat. Und wie es kommt, dass ein Christenmensch zu einem reißenden Wolf werden kann.«

»Du erwartest doch nicht, dass ich dir eine Antwort gebe, oder?«

»Nein, Berengar, nicht wirklich.« Bruder Hilpert seufzte aus tiefster Seele. Der Mensch war nun einmal des Menschen größter Feind, und niemand, gleich welchen Standes, vermochte etwas daran zu ändern. »Dafür kenne ich dich zu gut.«

»Und ich dich, Mönch.« Der Vogt setzte ein verschmitztes Lächeln auf. »Du guckst wie drei Tage Regenwetter. Darf man erfahren, was dir im Kopf rumspukt?«

»Die Frage nach dem Motiv, Berengar. Und jede Menge weitere Fragen.« Nachdenklicher denn je, fixierte Bruder Hilpert das Porträt, welches ihn auf die richtige Spur gebracht und für die unerwartete Wendung der Ereignisse gesorgt hatte. Zugegeben, im Vergleich zu den Kunstwerken, die aus den Gefilden südlich der Alpen stammten, ließ seine Qualität zu wünschen übrig. Aber darauf kam es weiß Gott nicht an. Was zählte, war, welche Wirkung das Konterfei des jungen Mannes gehabt hatte, und was das betraf, bestand für den Bibliothekarius kein Grund zur Klage.

»Fragen? Welche denn?«

»Unter anderem, ob in jedem von uns ein Mörder steckt. Oder nur in manchen.« Die Stirn in Falten, hielt Bruder Hilpert inne. »Oder, so steht zu hoffen, nur in ganz wenigen.«

»Ojemine! Jetzt wird's philosophisch.«

»Sag mal, musst du alles gleich ins Lächerliche ziehen?«

»Mein Gott, man wird doch mal einen Scherz machen dürfen!« Berengar verrollte die Augen. »Na schön, wenn du darauf bestehst: Was dein Problem betrifft, habe ich eine simple Antwort parat.«

»Ich höre.«

»Fragt sich, ob sie dir behagt.«

»Weißt du was, Berengar? Du bist und bleibst ein Pessimist.«

»Und du, mein Freund, schwebst in höheren Sphären.«

Der Vogt atmete geräuschvoll aus. »Frage: Wie viele Fälle haben wir mittlerweile gelöst?«

»Fünf. Kann es sein, dass du allmählich vergesslich wirst?«

»Nächste Frage: Welche Lehren ziehst du daraus?«

»Dass das Gute und die Gerechtigkeit stets die Oberhand behalten werden.«

»Das ist doch wohl nicht dein Ernst, oder?«

»Doch. Wieso fragst du?«

»Jetzt hör mir mal gut zu, alter Freund.« Die Hände an den Hüften, holte der Vogt tief Luft. »Ich war lange genug Vogt, um zu wissen, dass …«

»Es auf Erden vor Halunken nur so wimmelt?«

»Legst du Wert auf meine Meinung – ja oder nein?«

Bruder Hilpert machte eine abwehrende Geste.

»Um auf den Punkt zu kommen, Federfuchser: Ich bin fest davon überzeugt, dass in jedem – unter anderem in uns beiden – ein Mörder steckt. Da können wir noch so schlau daherreden, noch so oft in die Kirche gehen oder uns einbilden, ein guter Mensch und über jeden Zweifel erhaben zu sein. Entscheidend ist, ob wir willens und imstande sind, den Halunken in uns zu bekämpfen.«

»Mit anderen Worten: Gelegenheit macht Mörder.«

»Du sagst es.« Nicht willens, die Diskussion fortzuführen, streifte Berengar seine Handschuhe ab, klemmte sie hinter den Gürtel und trat an eines von vier Kohlenbecken, um sich aufzuwärmen. »Merke: Die Welt ist weder schwarz noch weiß.«

»Sondern grau – verstehe.« Das Porträt im Blick, versank Bruder Hilpert in tiefes Brüten. Die Ähnlichkeit von Vater und Sohn war frappierend, und je länger er es betrachtete, desto mehr erhärtete sich sein Verdacht. »Gut möglich, dass du recht hast, Berengar.«

Jugendliches Alter, volle Lippen, geschwungene Brauen, blaue Augen, ebenmäßige, um nicht zu sagen weiche Züge – die Ähnlichkeit war nicht nur frappierend, sondern geradezu erdrückend.

»Und was hast du jetzt vor, Bücherwurm?«

»Gute Frage.« Die Stirn in Falten, ließ Bruder Hilpert die Hände in die Ärmel seiner Kukulle gleiten, verschränkte die Arme und wanderte ruhelos auf und ab. »Was schlägst du vor?«

»Auf die Gefahr, mich zu wiederholen: Wir greifen uns den Kerl und quetschen ihn aus, bis er quietscht.« Zu allem entschlossen, setzte Berengar ein grimmiges Lächeln auf. »Ich weiß, was du gleich sagen wirst, Menschenfreund: ›Ich finde, das geht ein bisschen weit.‹ Mag sein. Aber wenigstens ist es wirkungsvoll.« Der Vogt schnitt eine ungehaltene Grimasse. »Vorschlag: Überlass den Bastard ruhig mir. Ich werde ihm zeigen, wo der Bartel den Most holt – verlass dich drauf.«

»Und die Beweise?«

»Auf die können wir getrost schei… äh … pfeifen, alter Freund. Eine Viertelstunde in meiner Obhut, und es wird nur so aus ihm heraussprudeln. Darauf kannst du wetten. Wie heißt es doch so schön: Jeder kriegt, was er verdient. Oder, um die Heilige Schrift zu bemühen: Auge um Auge, Zahn um Zahn.«

»Und was, wenn wir uns irren?«

»Auf gut Deutsch: Aus Mangel an Beweisen bist du dafür, noch zuzuwarten.«

Bruder Hilpert nickte. »Falls es sich so verhält, wie wir beide vermuten, wird es uns gelingen, ihn zu überführen. Aber wenn, dann bitte nicht aufgrund von Mutmaßungen. Was wir brauchen, sind Beweise. Stichhaltige, unwiderlegbare Beweise.«

»Und wenn er uns durch die Lappen geht, was dann?«

»Das wird nicht geschehen, keine Bange.«

»Dein Wort in Gottes Gehörgang, alter Knabe.«

»Kopf hoch, edler Recke!« Die Zuversicht in Person, klopfte Bruder Hilpert dem Vogt auf die Schulter. »Mit Gottes Hilfe werden wir es schon schaffen.«

Im Begriff, etwas zu erwidern, besann sich Berengar eines Besseren. In Bezug auf seinen Glauben, der ihm Halt und Lebensmut verlieh, verstand sein Gefährte keinen Spaß, auch dann nicht, wenn er genau wusste, dass es sich um einen Scherz handelte. »Apropos Hilfe: Soll ich die Frau, von der ich dir erzählt habe, hereinbitten?«

»Nur keine Umstände, Herr – ich bin schon da.«

Kalt erwischt, fuhren die beiden Freunde herum. »Und wie lange schon?«, fragte Bruder Hilpert, der die Greisin, die wie aus dem Nichts aufgetaucht war, um mehr als zwei Köpfe überragte.

»Lange genug, um zu wissen, um was es geht«, erwiderte die alte Kathalin, die Hand auf dem Stockknauf und den Rumpf vornübergebeugt. »Ihr seid gekommen, um alte Wunden aufzureißen, hab ich recht?«

»Alte und neue, wie man's nimmt!«, gab der Bibliothekarius zurück, nahm die Brille ab und beäugte die schwarz gewandete Frau. »Erlaubt, dass ich mich vorstelle. Mein Name ist Hilpert, Bruder Hilpert. Den Herrn an meiner Seite kennt Ihr ja bereits.«

»Ihr könnt ruhig Du zu mir sagen, Bruder. Das machen hier alle so.«

»Ganz wie du willst, gute Frau – wie war doch gleich dein Name?«

»Kathalin.«

»Freut mich, deine Bekanntschaft zu machen.« Die Fingerkuppen aneinandergelegt, deutete Bruder Hilpert ein Nicken an. »Berengar behauptet, niemand kennt sich hier so gut aus wie du.«

»Kann sein.«

»Und er behauptet weiterhin, du seist bereit, eine Aussage zu machen.«

»Drücken wir es mal so aus, Herr: Ich bin gekommen, um Euch eine Geschichte zu erzählen.«

»Interessant. Und über wen?«

»Ihr wisst genau, wen ich meine, Bruder!«, krächzte die Alte verstimmt, ließ Bruder Hilpert stehen und humpelte auf die Wand zu, an der die Bildnisse derer von Stettenberg hingen. Das Klacken ihres Gehstocks hallte durch den Saal, und je näher sie dem Kohlebecken kam, desto mehr wuchs ihr Schatten, der sich wie ein Leichentuch über dem Stammbaum ausbreitete. »Oder muss ich Euch erst auf die Sprünge helfen?«

Der Bibliothekarius tat so, als störe ihn der barsche Tonfall nicht. »Was weißt du über Martin von Stettenberg, Kathalin?«, warf Bruder Hilpert geistesgegenwärtig ein, nachdem der Blick der Alten an dessen Porträt haften geblieben war. »Du kennst ihn doch, oder?«

»Das könnt Ihr aber laut sagen. Schließlich war ich seine Amme.«

»Und was war mit seiner Mutter?«

Die Greisin lachte verächtlich auf. »Was mit ihr war, wollt Ihr wissen? Sie hat geheiratet, drei Kinder in die Welt gesetzt und den Rest ihrer Tage damit verbracht, ihren Mann zu schurigeln. Ich sag's ja nicht gern, aber was ihre Sprösslinge betrifft, konnte die gnädige Frau nicht viel mit ihnen anfangen. Vor allem nicht mit Arnold.«

»Kommt mir irgendwie bekannt vor!«, murmelte Bruder Hilpert vor sich hin, eine Bemerkung, die ihm im Nachhinein peinlich war.

»Tatsächlich? Sagt bloß, Ihr habt ähnliche Erfahrungen gemacht!«

Und ob er die gemacht hatte. Von Erinnerungen heimgesucht, wich der Angesprochene einer Antwort aus. An Liebkosungen seiner Eltern konnte er sich nicht erinnern, an die Gefühlskälte, die ihm entgegengeschlagen war, dagegen umso mehr. »Was zählt, ist die Liebe Gottes, findest du nicht auch?«

»Keine Antwort ist auch eine Antwort«, scherzte die Alte, ohne den Blick vom Bildnis des Erstgeborenen des Hauses abzuwenden. »Leider kann man sich nichts davon kaufen.«

»Sagst du.« An seinem wunden Punkt getroffen, behielt Bruder Hilpert seine Meinung wohlweislich für sich. »Mit anderen Worten: Der Junker und seine Brüder waren sich selbst überlassen.«

»So würde ich das nicht sagen. Was mich betrifft, hab ich getan, was ich konnte.«

»Mit wechselndem Erfolg.«

»Ihr sagt es, Bruder.« Die Alte stieß einen kummervollen Seufzer aus. »Aus Ruprecht wurde man nicht so recht schlau, und Arnold geriet nach seinem Vater.«

»Und der Älteste?«

»Na, Ihr fragt vielleicht Sachen.«

»Ich wüsste nicht, was daran so ungewöhnlich ist.«

»Schon gut, Bruder, war nicht so gemeint!«, wiegelte die Greisin ab, ob aus Einsicht oder Berechnung, war nicht zu erkennen. »Martin? Der war völlig aus der Art geschlagen. Hatte kein Interesse an der Jagd, am Reiten oder an

Händeln, wie sie unter Gleichaltrigen an der Tagesordnung sind.«

»Kurzum: Er hatte es mehr mit Büchern.«

»Erinnert Euch an etwas, hab ich recht, Bruder?« Die Alte griente zufrieden vor sich hin. »Sei's drum, es stimmt. Soweit ich mich entsinnen kann, hat Martin niemals eine Armbrust oder einen Streitkolben oder eine Schleuder angerührt. Das war nichts für ihn, hat ihn nicht interessiert.«

»Und sein Vater?«

»Der hat Rot gesehen, wenn er ihn mit einem Buch erwischt hat. Kein Wunder, Lesen und Schreiben waren nicht seine Stärken. Nehmt es mir nicht übel, Bruder: Für Euresgleichen hat der gnädige Herr nicht viel übrig gehabt – genau wie sein Zweitgeborener.«

»Das heißt, die beide waren sich spinnefeind.«

»Arnold und Martin? Das könnt Ihr aber laut sagen.« Kathalin setzte eine kummervolle Miene auf, untermalt von einem Ächzen, das sich wie ein Schmerzenslaut anhörte. »Kein Tag, an dem die beiden nicht aneinandergeraten sind. Anfangs konnte sich Martin noch durchsetzen, aber dann, als sein Bruder älter wurde, hat er zumeist den Kürzeren gezogen.«

Bruder Hilpert stutzte. »Zwei Jahre älter und nicht in der Lage, sich seiner Haut …«

»Aber natürlich war er in der Lage, sich seiner Haut zu erwehren. So banal dies klingt: Martin war nicht nur älter, sondern auch gewandter – und obendrein erheblich kräftiger. Wenn Martin ernst gemacht hätte, wäre sein kleiner Bruder reif für den Medicus gewesen. Wer weiß, vielleicht hätte ihm eine Tracht Prügel gutgetan.«

»Aber auch nur vielleicht.«

»Wie dem auch sei – es kam, wie es kommen musste. Ich erinnere mich noch genau, wie der gnädige Herr und sein Ältester eine Auseinandersetzung hatten. Und wisst Ihr auch, warum? Martin hat verkündet, er wolle Mönch werden, von jetzt auf nachher, ohne Vorankündigung. Heilige Muttergottes, da ist vielleicht was los gewesen. Der alte Junker hat getobt, dass man es noch in fünf Meilen Entfernung gehört hat. Ein Glück, dass ich in der Nähe gewesen und im letzten Moment auf den Plan getreten bin. Ich weiß nicht, was sonst passiert wäre.«

»Bruder gegen Bruder, Sohn gegen Vater, Mann gegen Eheweib. Wenn das kein Grund ist, das Weite zu suchen, weiß ich auch nicht mehr.«

»Ich wünschte, es wäre so gewesen, Bruder.«

Der Bibliothekarius horchte auf. »Wie darf ich das verstehen, Kathalin?«

Die Alte ließ sich mit ihrer Antwort Zeit. »Sie sind ihm zuvorgekommen«, murmelte sie, wandte sich ab und starrte unverwandt ins Leere. »Und es gab nichts, was ich hätte tun können.«

Bruder Hilpert ließ nicht locker. »Wer ist wem zuvorgekommen?«, hakte er nach und konnte dem Drang, die Stimme zu heben, nur mit Mühe widerstehen. »Sprich, Kathalin, was ist vor 18 Jahren geschehen?«

Die Antwort, mit der Bruder Hilpert nicht gerechnet hatte, kam prompt. »Ich bin nicht gekommen, um eine Aussage zu machen«, sprach Kathalin, heilfroh, nach beinahe zwei Jahrzehnten reinen Tisch machen zu können, ließ sich auf die Knie sinken und beugte das zerfurchte Haupt. »Ich bin gekommen, um meine Sünden zu offenbaren!«

»Da bleibt einem die Spucke weg, was, Bücherwurm?«

Ein Nachgeborener, der nichts unversucht lässt, dem älteren Bruder zu schaden. Ein Vater, der nicht zögert, den ungeliebten Erben um der Familienehre willen bei lebendigem Leib einmauern zu lassen. Der keine Skrupel hat, dessen schwangere Braut hinter Gitter zu bringen, um die Schmach einer unstandesgemäßen Verbindung zu tilgen. Der, um ein Exempel zu statuieren, ihren Vater, weiland Müller zu Gamburg, einer Tortur unterwirft, die er nicht überlebt. Der das Gerücht ausstreut, der Älteste und Erbe sei aus Gründen, die er nicht kenne, bei Nacht und Nebel verschwunden.

Einfach so, ohne Spuren zu hinterlassen.

»Sag mal, hörst du mir überhaupt zu?«

Und dann, fast zwei Jahrzehnte später, die Vergeltung. Blindwütig, grausam und bar jeglicher Skrupel. Wider Erwarten noch am Leben, zerrt der Enkel den Leichnam des Großvaters aus dem Grab und lässt seinen Hassgefühlen freien Lauf, indem er ihn den Schweinen auf dem Dorfanger zum Fraß vorwirft. Indem er dem Kastellan auflauert, der den Großvater mütterlicherseits auf dem Gewissen hat, nicht etwa, um ihn an Ort und Stelle zu töten, sondern um ihn zu fesseln, einen Knebel in den Mund zu stopfen und unterhalb des Mühlenwehrs in die Tauber zu werfen. Indem er den Oheim, um zwei Jahre jünger als sein Vater, mithilfe eines perfiden Plans in die Falle zu locken versucht.

Ein Versuch, welcher indes misslingt.

»Schluss mit den Grübeleien, jetzt geht's ihm an den Kragen!«

»Und was, wenn er alles abstreitet?«

Der Vogt glaubte, sich verhört zu haben. »Na und?«, fuhr er Bruder Hilpert an, kurz davor, einen Streit vom Zaun zu brechen. »Wen kümmert's? Wenn das, was die Alte dir gesteckt hat, nicht ausreicht, dann …«

»Dann was? Begreif doch, Berengar: Wir können es drehen und wenden, wie wir wollen – was fehlt, ist ein eindeutiger Beweis.« Müde und abgekämpft ließ Bruder Hilpert die Handflächen über sein Gesicht gleiten. »Solange wir den nicht haben, wird es ein Leichtes sein, alles abzustreiten. Man stelle sich vor, wir müssten beweisen, wie er es fertiggebracht hat, deinem Vetter Arnold einen Wolf auf den Hals zu hetzen. Du verstehst, was ich damit sagen will?«

»Stell mich nicht für dumm hin, Betbruder. Du weißt genau, dass ich das nicht ausstehen kann.«

»Und du weißt, dass mir nichts ferner läge, als dies zu tun.« Bruder Hilpert atmete tief durch. »Vergessen wir nicht: Du und ich haben es nicht nur mit einem skrupellosen, sondern gewieften und mit allen Wassern gewaschenen Widersacher zu tun. Mit einem Schurken, der vor nichts, aber auch rein gar nichts zurückzu…«

»Bruder Hilpert, Herr Vogt – Ihr müsst kommen, und zwar schnell!«

»Was zum Henker ist denn jetzt schon wieder los!«, rief Berengar aus, nachdem die Tür krachend ins Schloss gefallen und der Torwächter namens Frieder in den Saal gestürmt war. »Was Hiobsbotschaften angeht, ist mein Bedarf gedeckt.«

»Meiner auch!«, stieß der Torwächter hervor, rang nach Luft und stammelte: »Bei … bei allem schuldigen Respekt, Herr Vogt: Ich muss Euch bitten, mir umgehend zu folgen. Und Euch auch, ehrwürdiger Bruder!«

»Ehrwürdig, hört, hört. Halsstarrig wäre vermutlich passender.« Drauf und dran, seinem Ärger Luft zu machen, bezwang Berengar seinen Zorn. »Aber lassen wir das. Was liegt an, Frieder, raus mit der Sprache!«

»Es geht um den Junker, Herr. Genauer gesagt um seinen Bruder.«

»Ruprecht? Was ist mit ihm? Hat er einen über den Durst getrunken?«

»Nein, Herr, viel schlimmer.« Kreidebleich im Gesicht, rang der Torwächter nach Worten, senkte den Blick und ließ ihn zwischen seinen schlammverkrusteten Stiefeln hin- und herpendeln. »Er … er …«

»Wie schlimm?«

»Er ist tot, Herr«, lautete die Antwort, worauf die beiden Freunde einen flüchtigen Blick wechselten. »Sieht so aus, als sei ihm ein Quaderblock auf den Kopf gefallen!«

20

Burghof, zur gleichen Zeit | 15:10 h

Lebtest du noch, Vater, wärst du stolz auf mich. Und auch du, Großvater, und auch du, Mutter. Lebtet ihr alle noch, würdet ihr mir Lob spenden, mich preisen ob der Dinge, welche ich zuwege gebracht habe.

Arnolds Vater – tot, den Schweinen auf dem Dorfanger zum Fraß vorgeworfen. Der Kastellan, Peiniger meines Großvaters, ebenfalls tot. Mein Oheim, Ruprecht mit Namen, nicht mehr am Leben – Opfer eines Quaderblocks, der seinen rothaarigen Säuferschädel zu Brei zermalmte. Arnold selbst – dem Tode nahe.

Noch am Leben, aber nicht mehr lange.

Der junge Geck, welcher sich Mitglied des Hauses schimpft, mit eingeschlossen.

Euch beiden, die ihr mir noch im Wege steht, wird meine ganze Aufmerksamkeit zuteilwerden. Und auch dir, Hilpert von Maulbronn, der du dich erdreistest, mir in die Quere zu kommen. Der du deine Nase in Dinge steckst, die dich, oh Zierde des Zisterzienserordens, nicht das Geringste angehen. Von denen du nichts, aber auch gar nichts verstehst.

Was weißt du schon darüber, was es bedeutet, ein Verfemter zu sein. Herumgestoßen, missachtet und als nicht ebenbürtig betrachtet zu werden. Behandelt zu werden, als sei man weniger wert als ein Stück Vieh.

Hältst dich wohl für sehr schlau, was? Denkst, du seist über alles und jeden erhaben. Bist dir sicher, mir und mei-

nem Helfershelfer auf die Schliche zu kommen. Denkst, dir sei niemand gewachsen, was?

Weit gefehlt, Hilpert, du befindest dich im Irrtum. Der Tag der Rache neigt sich dem Ende zu und was für ihn gilt, Nichtswürdiger, gilt auch für dein Leben. Und für dasjenige deines Gefährten, tumb, einfältig und ungehobelt, wie er nun einmal ist. Denn siehe, noch ehe sich der Tag dem Ende zuneigt, werde ich obsiegen – auf dass all jenen, denen Unrecht geschah, Genugtuung zuteilwerde.

Jetzt und immerdar.

Amen.

21

Burghof, zu Beginn der zwölften Stunde | 15:20 h

»Und wie kommst du darauf, es sei kein Zufall gewesen?«, fragte Bruder Hilpert, dessen Blick zwischen dem Leichnam und dem jugendlichen Infirmarius hin- und herwechselte. »Du weißt, ich bin für jeden Hinweis dankbar.«

Bruder Hilarius setzte eine betretene Miene auf. »Wer bin ich, der ich Euch Ratschläge erteilen könnte, Bruder!«, tat er im Brustton der Überzeugung kund, beugte das Knie und breitete ein Leinentuch über dem Toten aus, dessen Schädel wie ein Holzscheit gespalten worden war. Der Quaderblock, Ursache allen Übels, lag neben ihm im Schnee, umgeben von Blutspritzern, die den Ort der Tat markierten. Auf den Infirmarius, für den die Begegnung mit dem Tod nichts Neues war, schien dies jedoch keinen Eindruck zu machen. Er tat, was er schon häufig getan hatte, murmelte ein Gebet, schlug ein Kreuz und erhob sich wieder, um sich nach einem Moment des Schweigens dem Bibliothekarius zuzuwenden. »War nur so ein Gedanke, mehr nicht.«

»Nur so ein Gedanke, aha«, echote Bruder Hilpert, hob den Kopf und richtete seinen Blick auf das Gerüst, welches unweit von ihm in die Höhe ragte. »Und wie kommst du auf die Idee?«

Der Infirmarius senkte den Blick. »Gesetzt den Fall, es handelt es sich um kein Unglück, dann …«

»Dann was, Bruder?«

»Könnte es nicht sein, dass der Mörder auf das Gerüst geklettert und so lange auf der Lauer gelegen ist, bis sein Opfer den Palas verlassen, den Hof überquert und sich in sein Quartier begeben hat? Und noch etwas: Als ich ihn gefunden habe, waren nirgendwo im Hof Spuren zu erkennen – außer seinen eigenen, wohlgemerkt.«

»Meine Hochachtung, Infirmarius: Mir scheint, an dir ist ein Kriminalist verloren gegangen«, gab Bruder Hilpert zur Antwort und wandte sich seinem Freund Berengar zu. »Oder was meinst du, Ordnungshüter?«

Der Angesprochene schloss sich dem Lob seines Freundes an. »Ganz deiner Meinung, Herr Inquisitor«, tat er im Beisein der Burgbesatzung kund, welche den Tatort in respektvollem Abstand umringte. »Frage, Bruder Hilarius: Wo wart Ihr, als der Unglücksfall passierte?«

»Im Gesindehaus, Herr Vogt«, erwiderte Bruder Hilarius ohne Zögern und wies mit dem Kopf auf die korpulente Matrone, welche unweit von ihm Position bezogen hatte. »Edeltraut war so freundlich, mir einen Kräutersud zu kredenzen. Und ich war froh, mich ein wenig aufwärmen zu können.«

»Was das betrifft, kann ich das gut nachfühlen, Bruder.« Der Bibliothekarius ließ seinen Blick durch den Burghof schweifen. Entgegen seinen Hoffnungen hatte das Schneetreiben weiter zugenommen, und mit ihm der Wind, welcher ihm bereits die Kapuze vom Kopf gerissen hatte. Es war ein Tag, wie er ihn schon lange nicht mehr erlebt hatte, und somit auch ein Tag, der ihm noch lange im Gedächtnis bleiben würde. Nicht genug, dass er alle Hände voll zu tun hatte, um des Bösen Herr zu werden, schien es, als hätten sich auch noch die Elemente gegen ihn verschworen. Beinahe steif vor Kälte, fegte eine Bö nach der anderen über ihn hinweg, wirbelte Schnee, Eiskristalle und gefrorene Schlammbrocken durch die Luft.

Die Kapuze wieder tief ins Gesicht gezogen, wandte sich Bruder Hilpert erneut dem Leichnam zu. »Bei diesem Wetter wirkt ein Kräutersud oft Wunder. Ein Becher Kräutersud und die Hoffnung, der Himmel möge uns allen Schutz gewähren.«

»Amen.« Ein Leuchten im Blick, das Bruder Hilpert nicht zu deuten wusste, richtete der Infirmarius den Blick auf den Quaderblock, über dem sich eine dünne Schneeschicht ausbreitete. »Es geht mich zwar nichts an, Bruder, aber …«

»Aber?«

»Ich frage mich, aus welchem Grund man dem edlen Herrn nach dem Leben getrachtet hat.«

»Na, so edel war er nun auch wieder nicht!«, warf Berengar belustigt ein, nur um sich einen strafenden Blick seines Freundes einzuhandeln. »Die Herren mögen mir meine ungehobelte Ausdrucksweise verzeihen: Gründe, um meinen Vetter ins Jenseits zu befördern, gab es genug.«

»Tatsächlich? Und welche?«

»Kannst du dir das nicht denken, Bruder?«, schaltete sich Bruder Hilpert ein, in der Absicht, die Neugierde des Fragestellers zu dämpfen. »Oder muss ich dir erst auf die Sprünge helfen?«

»Kann es sein, dass wir beide das Gleiche im Sinn haben, Bruder?«

»Wenn du so scharfsinnig bist, wie ich annehme – ja.«

Bruder Hilarius stutzte. »Aber … aber warum unternehmt Ihr dann nichts?«, beharrte er und machte aus seiner Verwunderung keinen Hehl. »Wenn Ihr wisst, wer der Täter ist, dürfen wir keine Zeit verlieren.«

»Omnia tempus habent, Infirmarius!«, wehrte Bruder Hilpert lächelnd ab. »Je mehr Beweise wir in Händen halten, desto besser.«

»Wie recht du doch hast!«, pflichtete Berengar grollend bei, den Blick zum Tor gewandt, wo sich lautes Gezeter und Geschrei erhoben. »Was zum Teu… äh … was in des Allmächtigen Namen ist denn jetzt schon wieder los?«

Die Antwort ließ nicht lange auf sich warten. »Schlechte Nachrichten, Herr!«, rief ihm Heiner schon von Weitem zu, gefolgt von einer Weibsperson, die sämtliche Zankteufelinnen dieser Welt in den Schatten stellte. »Chlothilde sagt, ihr Mann sei verschwunden.«

»Verschwunden, so, so.« Eine Bemerkung auf den Lippen, welche auf die Flucht vor dominanten Ehegesponsen abzielte, riss sich Berengar im letzten Moment am Riemen, warf Bruder Hilpert einen zuckersüßen Seitenblick zu und fragte: »Und was, bitte schön, habe ich damit zu tun?«

»Ich fürchte, das war noch nicht alles, Herr«, fügte der Torwächter mit leidgeprüfter Miene hinzu, nur um kurz darauf beiseitegeschoben zu werden. »Stellt Euch vor: Der Herr Pfarrer ist …«

»Aus dem Weg, halbe Portion!«, fiel die Küstersgattin dem leidgeprüften Torwächter ins Wort, baute sich vor Berengar und Bruder Hilpert auf und keuchte: »Tot ist das falsche Wort, Herr – er wurde ermordet, der Herr Pfarrer, abgeschlachtet wie ein Stück Vieh!«

22

Wachstube, eine Viertelstunde später | 15:30 h

»Und wie kommst du darauf, dieser … Wie hieß der merkwürdige Geselle doch gleich?«

»Hrodgar, Hochwohlgeboren.«

»Nur nicht übertreiben, gute Frau«, wies Berengar die Küstersgattin zurecht, »Herr Vogt tut es auch. Aber zurück zum Thema: Wie kommst du darauf, der Müller könne etwas mit dem Mord zu tun haben?«

»Weil er so komisch aus der Wäsche geguckt hat, Herr. Als wolle er sagen: ›Geschieht dir recht, alte Vettel!‹«

Da dies weder die Zeit, noch der Ort und schon gar nicht der passende Moment für launige Bemerkungen war, kämpfte Berengar seinen ironischen Impuls erneut nieder. Dann verschärfte er seinen Tonfall und sagte: »Ich wäre dir dankbar, wenn du dich darauf beschränken könntest, meine Fragen zu beantworten. Sonst kommen wir auf keinen grünen Zweig. Also: Was genau ist nach dem Wortwechsel mit diesem Bartel passiert?«

»Das kannst du unmöglich auf dir sitzen lassen, hab ich mir gedacht. Der Gisbert tut so was nicht. Der ist fromm wie ein Lamm, kann keiner Fliege was zuleide tun.«

»Ergo?«

»Da steh ich nun vor dem Pfarrhaus, umringt von einer Horde Schafe, die mich anglotzt, als ob ich des Satans bessere Hälfte wär. Na wartet, schießt es mir durch den

Kopf, euch Blödianen werd ich's zeigen.« Angriffslustig wie ehedem, ballte die Küstersgattin die Faust. »Und siehe da – plötzlich kommt mir diese Idee.«

»Die da wäre?«

»Irgendwo muss mein Göttergatte ja stecken, denk ich mir, mache, dass ich nach Hause komme, und hole seinen grauen Rock aus dem Schrank.«

»Seinen … seinen was?«, entfuhr es Berengar, nur um einen erstaunten Blick mit Bruder Hilpert zu wechseln, der dem Gespräch mit wachsendem Interesse folgte. »Und zu was sollte das gut sein, wenn man fragen darf?«

»Na, zu was denn wohl – damit Wibolt ihn beschnuppern kann!«

»Wibolt, wer zum Henker ist das?«

»Unser Hund. Dumm wie Bohnenstroh, faul wie ein Welscher und gefräßig wie ein Mönch. Verzeihung, Bruder, Anwesende selbstredend ausgeschlossen.« Die Frau des Küsters errötete vor Scham. Und fügte kleinlaut an: »Wie gesagt: Der Wibolt ist vielleicht nicht der Hellste und hat schon ein paar Jährchen auf dem Buckel. Aber was seinen Geruchssinn angeht, kann ihm kein anderer Köter das Wasser reichen.«

»Verstehe ich das richtig, Chlothilde«, schaltete sich Bruder Hilpert ein, der es bisher vermieden hatte, einen Kommentar abzugeben, »du behauptest, dein Hund sei imstande, die Fährte deines Gatten aufzunehmen?«

»Und ob er dazu imstande ist, Bruder. Man muss nur ein bisschen nachhelfen. Wibolt kann so dämlich sein, wie er will, aber was sein Näschen angeht, ist …«

»… auf ihn Verlass. Verstehe.« Die Miene, welche Bruder Hilpert aufsetzte, sprach Bände, und es bedurfte keines Kommentars, um Berengar mit seinen Gedanken vertraut zu machen. Wieder einmal war es der Zufall, der ihm und dem Vogt in die Hände gespielt hatte, ein Zufall mit weitreichenden Konsequenzen. Unklarheiten gab es zwar noch genug, aber was den Anschlag auf Arnold von Stettenberg betraf, war die Frage nach dem Wie geklärt. »Anders ausgedrückt: Alles, was du brauchst, um deine bessere Hälfte aufzuspüren, ist ein Kleidungsstück deines Mannes, der Rest erledigt sich dann von selbst.«

»So ist es, Bruder.«

»Und dann? Was ist passiert, nachdem das Prachtexemplar Witterung aufgenommen hat?«

»Ganz ehrlich, Herr Vogt: Ich hatte Mühe, ihm zu folgen. Was ist bloß in den lahmarschigen Köter gefahren!, denk ich, während ich die Tür der Sakristei aufschließe, damit Wibolt die Fährte meines Mannes aufnehmen kann. Soll ich Euch was sagen, Herr? So wild habe ich den alten Kläffer noch nie erlebt. Ehrlich! Knurrt, raunzt, bellt und zerrt an der Leine, als sei der Leibhaftige in ihn gefahren.«

»Aber, aber, man muss ja nicht gleich mit dem Schlimmsten rechnen.«

»Ich also nichts wie raus aus der Kirche, so schnell, dass ich um ein Haar ausgerutscht wäre.« Kaum zu beruhigen, schnappte die Küstersgattin nach Luft. »Und ratet mal, wohin!«

»Doch nicht etwa …«

»Genau, Bruder. Ich habe mich noch nicht richtig auf die Socken gemacht, da kapiere ich, wohin es den guten alten Wibolt zieht.« Um die Wirkung ihrer Aussage zu erhöhen, hielt die Frau des Kirchendieners inne. »Nämlich zur Dorfmühle – zu Hrodgar, falls Ihr versteht, was ich damit sagen will, Bruder.«

Der Bibliothekarius, der sehr wohl verstand, worauf seine Kronzeugin anspielte, verzog keine Miene. »Und dann?«

»Ich darf gar nicht dran denken, Bruder!«, lamentierte seine Gesprächspartnerin und sah ihn händeringend an. »Da denkt man, der dumme Köter taugt etwas, und dann dies.«

»Auf gut Deutsch: Die Spur war nicht so heiß wie zunächst angenommen.«

»Ganz im Gegenteil, Bruder.« Das Häuflein Elend namens Chlothilde schlug die Hände vors Gesicht und beteuerte: »Ich kann nichts dafür, Bruder Hilpert – das müsst Ihr mir glauben. Ich ... hatte Angst, schreckliche Angst.«

»Du und ängstlich? Das ist doch wohl nicht dein Ernst, oder?«

»Berengar, bitte.« Um seinem Freund den Wind aus den Segeln zu nehmen, hob der Bibliothekarius die Hand. »Was ist passiert, Chlothilde – sprich! Nur keine Scheu, wir wollen dir doch nur helfen.«

»Wirklich?«

»Mein Wort darauf. So, und jetzt erzählst du uns, was dir widerfahren ist.«

Kalkweiß im Gesicht, willigte die Küstersgattin ein. »Wie gesagt: Ich hatte mir schon so was gedacht. Dass dieser Hrodgar nicht ganz richtig im Kopf ist, weiß doch jeder. Kapselt sich ab, redet nur das Nötigste, tut so, als seien wir alle Luft für ihn und droht jedem Prügel an, der es wagt, die Mühle zu betreten.«

»Mit anderen Worten: Du hast dich aus dem Staub gemacht.«

»Später, Bruder – aber nicht gleich. Zuerst bin ich nur dagestanden, hab gerufen, ans Tor geklopft, geschimpft, gedroht, geflucht – umsonst. Von Hrodgar keine Spur. Die alte Bruchbude war wie ausgestorben, zumindest dem Anschein nach.«

»War sie aber nicht.«

Der Blick starr und leer, richtete sich die Küstersgattin auf, beugte sich über den Tisch und flüsterte: »So wahr mein Name Chlothilde ist, Herr Vogt: So etwas wie vorhin hab ich noch nicht erlebt. Da stehst du vor der Dorfmühle, denkst dir nichts dabei und hoffst, alles werde sich zum Guten wenden. Und dann, urplötzlich, hörst du dieses Heulen, so laut, dass dir das Blut in den Adern gefriert. Nichts wie weg!, fährt es dir durch den Sinn, doch sosehr dir dein Verstand dazu rät, desto lauter meldet sich die Neugierde zu Wort. Und so rührst du dich nicht vom Fleck, spürst den Wind nicht, der heulend und tosend über die Giebel fegt, bemerkst die Schneeflocken nicht, die er dir ins Gesicht weht, hörst deinen Hund nicht, der jaulend und kläffend an der Leine zerrt und nichts lieber täte, als augenblicklich Fersengeld zu geben. Kurzum: Außer dem Heulen, das dir durch Mark und Bein geht, kriegst du nicht das Geringste mit. Stehst da und fragst dich, ob du träumst oder dabei bist, den Verstand zu verlieren.«

»Und dann?«

»Schaut mich nicht so an, Vogt. Ich sage die Wahrheit, ob Ihr mir nun glaubt oder nicht.« Chlothilde setzte eine trotzige Miene auf. »Das Schlimmste, Ihr Herren, sollte indes noch kommen. Etwas, womit ich nie und nimmer gerechnet hätte.«

»Lass mich raten: Der Teufel hat dich zu einem Tänzchen eingeladen.«

»Macht Euch nur über mich lustig, Herr Vogt. Ich bin mir sicher, Eure Scherze werden Euch noch vergehen.«

»Nimm es ihm nicht übel, Chlothilde. Er kann nicht anders.« Die Stirn in Falten, erhob sich Bruder Hilpert von seinem Schemel, umrundete den Tisch und ließ die Hand auf der breiten Schulter seiner Kronzeugin ruhen. »Du warst dabei zu erzählen, was dir widerfuhr.«

Die Küstersgattin nickte wie ein artiges Kind. »War ich, Bruder, war ich. Stellt Euch vor: Da stehe ich und weiß weder ein noch aus, als ich plötzlich eine Hand auf meiner Schulter spüre. Keine wie Eure, Bruder, sondern eine Pranke, behaart, verdreckt und mit Fingernägeln, die wie die Klauen eines Bären aussehen.«

»Hrodgar?«

»Ihr sagt es, Bruder. Himmelherrgottsakrament, denk ich und mache mir vor Angst fast ins Unterkleid, wo kommt denn der auf einmal her? Sei's drum: Vor Angst habe ich kein Wort herausgebracht.«

»Verständlich – und weiter?«

»Jetzt kannst du dein Testament machen, denke ich. Viel gefehlt hat wahrscheinlich nicht.«

»Hat er dich bedroht?«

»I wo, Bruder, hat er nicht. Gereicht hat's mir aber auch so. Dieser Blick, diese … diese Wolfsaugen, diese Aura, die ihn umgibt – zum Fürchten, kann ich da nur sagen, zum Fürchten.«

»Kurzum: Du hast die Beine in die Hand genommen und bist getürmt.«

»Getürmt ist nicht der richtige Ausdruck, Herr Vogt!«, bekannte Gisberts Frau, über dessen Schicksal sie sich offenbar keine Illusionen machte. »Ich bin gerannt, als wäre Luzifers Großmutter hinter mir her.«

»Scheint so, als seist du noch gut bei Fuß.«

»Wieso?«

»Sonst hättest du sie nicht abgehängt.« Der Vogt grinste über beide Backen. »Liegt wahrscheinlich daran, dass die alte Dame Ziegenfüße hat.«

»Jetzt ist es aber genug, Berengar!« Der Blick, mit dem Bruder Hilpert die launige Bemerkung quittierte, hätte einschüchternder nicht ausfallen können. »Und nun zu uns beiden, Chlothilde«, fuhr er nach einer kurzen Atempause fort und klopfte seiner Gesprächspartnerin auf die Schulter, »verbunden mit der Hoffnung, dass … dass deinem Gatten nichts zugestoßen ist: Wir beide, Berengar und ich, sind dir zu großem Dank verpflichtet.«

»Und was jetzt?«

»Gute Frage, Berengar.« Die Arme unter seinen Ärmeln verschränkt, ging Bruder Hilpert neben dem Tisch auf und ab. »Der Älteste des Hauses, der von einem auf den anderen Tag verschwindet, ein Fall von Grabschändung, bei dem einem schon beim bloßen Gedanken schaudert, ein Mordanschlag, der zum Perfidesten zählt, das mir während meiner Laufbahn als Kriminalist begegnet ist, einer deiner Vettern, der von einem herabstürzenden Quaderblock erschlagen wird – wenn das keine niederschmetternde Bilanz ist, will ich nicht mehr Hilpert heißen.«

»Du vergisst den Kastellan, Bücherwurm.«

»Genau – den hätte ich um ein Haar vergessen.«

»Verzeiht, Bruder, wenn ich störe, aber wenn es Euch nichts ausmacht, würde ich Euch gern sprechen – unter vier Augen.«

Bruder Hilarius war der Erste, der die Sprache wiederfand. »Das würde dir so …«, stieß er mit zusammengepressten Lidern hervor, gegenüber vorhin, als er die Demut in Person abgegeben hatte, nicht mehr wiederzuerkennen. Und beeilte sich, den Gefühlsausbruch abzumildern: »Du siehst doch, dass der Herr Inquisitor zu tun hat, oder?«

Allen Einwänden zum Trotz gab Agnes, die junge Kammerfrau, nicht klein bei. »So merkwürdig es auch klingen mag, Bruder: Die Angelegenheit, derentwegen ich mich an Euch wende, duldet keinen Aufschub.«

»Und worum dreht es sich, Agnes?«, mischte sich Berengar in das Zwiegespräch ein, wider sonstige Gewohnheiten äußerst milde gestimmt. »Apropos: Tut mir leid, dass wir vorhin unterbrochen worden sind. Wer weiß, vielleicht kann ich dir weiterhelfen.«

»Bei allem Respekt, Vogt: Wenn es Euch nichts ausmacht, würde ich gern mit Eurem Gefährten sprechen.«

»Schon gut, Berengar, lass mich nur machen.« Hellhörig geworden, bedeutete Bruder Hilpert der jungen Frau, sie möge sich setzen. Dann wandte er sich an Bruder Hilarius, dessen Unmut ebenso rasch abgeklungen zu sein schien, wie er Augenblicke zuvor aufgebrandet war. »Seid bitte so gut und tut mir einen Gefallen, Bruder.«

»Euer Wille geschehe, Inquisitor.«

»Inquisitor? Das war einmal.« Das Gesicht hart wie Granit, trat der Bibliothekarius seinem Ordensbruder gegenüber. »Wenn ich mich nicht irre, ist der Umgang mit Leichen nichts Neues für dich. Habe daher die Güte und kümmere dich um diejenige von Herrn Ruprecht, auf dass er gewaschen, frisch bekleidet und entsprechend hergerichtet vor den Richterstuhl des Herrn trete. Der, wie ich wohl nicht eigens betonen muss, sich seiner annehmen und seiner Seele allzeit gnädig sein möge.«

»Wie Ihr wünscht, Bruder.«

»Und ich?«

»Du, Berengar, sorgst dafür, dass wir so schnell wie möglich Verstärkung bekommen. Je mehr Bewaffnete du auftreiben kannst, desto besser.«

»Schon passiert!«, verkündete der Vogt lapidar, die Andeutung eines Lächelns im Gesicht. »Wird mir eine Freude sein, gewissen Herrschaften Feuer unterm …«

»Wie ich sehe, denkst du mit!«, würgte Bruder Hilpert, der es plötzlich eilig hatte, den Redefluss seines Gefährten ab. »Und nicht vergessen: Ohne meine ausdrückliche Erlaubnis setzt niemand einen Fuß vor das Tor. Kann ich mich darauf verlassen, alter Freund?«

»Aber klar doch!«, antwortete der Vogt, ließ Chlothilde und Bruder Hilarius den Vortritt und verkündete: »Glaub mir: Es gibt nichts, was ich lieber täte!«

FÜNFTES KAPITEL

Recht zu leben, glaubst du, sei etwas Geringes? Nein, das ist etwas Großes, ja, das Höchste.

(Bernhard von Clairvaux)

23

Kloster Bronnbach,
eine halbe Stunde vor der Komplet | 15:35 h

Johannes IV. Siegemann war seit sieben Jahren Abt, und im Gegensatz zu Amtsbrüdern, die nach fetten Pfründen schielten, hatte er für weltliche Belange nichts übrig. Er war Oberhirte mit Leib und Seele, strafte nur dann, wenn es unumgänglich war, und stand im Ruf, ein zwar pflichtbewusster, zumeist jedoch nachsichtiger und die Sorgen und Nöte der ihm anvertrauten Brüder teilender Klostervorsteher zu sein. Überdies galt er als ungemein bescheiden, wenn nicht gar bedürfnislos, weniger an Grundstücksverkäufen, Pachtgebühren oder Steuererträgen als am Studium antiker Literatur und an der Herstellung und Illustration von Büchern interessiert. Besonders Letzteres hatte ihn schon als Novize in den Bann gezogen, und obwohl ihm kaum Zeit blieb, war er seiner Passion auch als Abt treu geblieben.

Die Leidenschaft für Bücher war indes eine Sache, die Notwendigkeit, über genug Pergament zu verfügen, eine andere. Eine Handschrift von knapp 400 Seiten zu beschriften, bedeutete, dass über 150 Schafe, Ziegen und Kälber geschlachtet werden mussten. Ein Aderlass, den längst nicht alle Klöster verkraften konnten. Doch war das erst der Auftakt, nur ein erster Schritt, bis der Kodex fertiggestellt war. Angefangen bei den Rubrikatoren, welche Ränder, Hilfslinien und Zeilen markierten, bis hin zu

Tintenmischern, Kopisten, Restauratoren, Illuminatoren und Illustratoren war mindestens ein Dutzend Brüder an der Herstellung eines Kodex beteiligt. Besonders wichtig waren in diesem Zusammenhang die Illustratoren, denn es bedurfte großen Geschicks, die aus Lapislazuli, rotem Harz, Ocker, Karmin und Grünspan gewonnene Tinte so zu verwenden, dass die Handschriften in Gelb, Blau, Grün oder leuchtendem Rot erstrahlten. Illustratoren waren gesuchte Spezialisten, dafür zuständig, die Pergamentbögen mit Blütenranken, Bildnissen oder Zeichnungen zu versehen, oft in Zusammenarbeit mit den Illuminatoren, die für das Ausmalen der Initialen verantwortlich waren. Allein schon deshalb war Abt Johannes froh, einen anerkannten Fachmann in seinen Reihen zu haben, umso mehr, da der Betreffende auch als Arzt tätig war. So viel Talent auf einem Fleck war selten, und man musste kein Hellseher sein, um ihm eine große Zukunft zu prophezeien.

»In nomine patris et filii et spiritus sancti – gehet hin in Frieden, Brüder.« Das Ende der Vesper war gekommen, und wie so häufig, wenn ihn das Bedürfnis nach Zerstreuung überkam, schlug Johannes Siegemann den Weg ins Skriptorium ein. Bis zur Komplet, dem letzten Gebet des Tages, war zwar nicht mehr viel Zeit, aber das hieß noch lange nicht, dass man sie vertrödeln musste.

Da war es wieder, das Gefühl, welches ihn stets aufs Neue beflügelte, mochte sich der Tag auch dem Ende zuneigen, das Skriptorium schlecht beheizt und die Kälte so durchdringend sein, dass die Fratres vor Kälte zittern. Dieses überwältigende Gefühl, hier und nirgendwo anders zu sein. Umgeben von Schreibpulten, auf denen Tintenhörner, Federhalter und Messer lagen. Umweht vom Geruch, welche Kerzen, Pergamentbögen und Farbtöpfe verströmten. Umgeben von Codices, Folianten und Büchern, so weit das Auge reichte. Hier, und nur hier, fühlte er sich rundum wohl, und er hätte etwas dafür gegeben, wieder ein Mönch unter vielen zu sein.

Vielleicht lag es daran, dass der Platz seines Vertrauten leer und dass der Codex, an dem der Illustrator arbeitete, aufgeschlagen war. Die Neugierde des Abtes war auf jeden Fall geweckt, und so kam es, dass er zu Kerze und Lesestein griff, an das einzige noch freie Stehpult trat und sich nach vorn beugte, um einen Blick auf die unvollendete Handschrift zu werfen.

Wie auf Anhieb erkennbar, handelte es sich um einen Ausschnitt aus dem Buch Jesaja, um einen Passus, der zu seinen Lieblingsstellen gehörte: Wolf und Schaf sollen beieinander weiden; der Löwe wird Stroh fressen wie das Rind, aber die Schlange muss Erde fressen. Sie werden weder Bosheit noch Schaden tun auf meinem ganzen heiligen Berge, spricht der Herr.

Kein Zweifel, der Mann besaß Talent. Und das war noch untertrieben. Keiner der hier Anwesenden konnte ihm das Wasser reichen, weder in Bezug auf seine Akribie noch bezüglich seiner Kreativität, und schon gar nicht hinsichtlich seiner schier unerschöpflichen Fantasie. Der Abt kam aus dem Staunen nicht mehr heraus. In seinem Leben war er weit herumgekommen, unter anderem bis nach Italien, wo er ein halbes Dutzend Skriptorien, Bücher zuhauf und einige der besten Buchmaler kennengelernt und deren Werke bewundert hatte. Auf einen Künstler wie seinen Mitbruder, der die Einfälle nur so aus dem Ärmel schüttelte, war er jedoch nirgendwo gestoßen. Im Vergleich zu ihm nahmen sich die Fähigkeiten der übrigen

Fratres geradezu kümmerlich aus, unter anderem, was die Ausschmückung der ihm anvertrauten Werke betraf. Eine Seite prächtiger, eine Blütenranke naturgetreuer und eine Verzierung opulenter als die andere. Wohin der Klostervorsteher auch blickte, nichts als Farben, bunte Kringel und verspielte Schnörkel. Ohne jeden Zweifel war hier ein Genie am Werk, ein veritabler Meister seines Fachs. Kein anderer, der es so trefflich verstand, die Realität wiederzugeben, kein anderer, der Schlange, Rind, Löwe und Schaf mit einer derartigen Detailtreue auf die Pergamentbögen bannte. Fast schien es, als ob man Mensch und Tier in natura vor sich sähe, als hätten sie dem 18-Jährigen, der sie geschaffen, Modell gestanden.

Wie berauscht von dem farbenfrohen Spektakel, richtete sich Johannes Siegemann auf. Wieder einmal hatte sich der Weg ins Skriptorium gelohnt, wenngleich seine Zeit knapp bemessen war. Und wieder einmal hätte er liebend gern selbst zur Feder gegriffen, wäre er nicht Abt, sondern ein Mönch wie jeder andere gewesen.

Hätte, wäre, könnte – ein Blick auf die Sanduhr zu seiner Rechten, und er wusste, was die Stunde geschlagen hatte. Es war Zeit, zum Aufbruch zu rüsten, es sei denn, es gab Dringlicheres zu tun, als sich zur allabendlichen Komplet in die Klosterkirche zu begeben.

Dass genau dies der Fall sein würde, konnte Abt Joannes IV. Siegemann nicht ahnen. Schuld daran, dass er weder an der Komplet noch an den Vigilien oder an den Laudes teilnahm, war ein winziges Stück Pergament, das aus dem Schubfach unter dem Stehpult des Illustrators herausragte. Es war nur wenige Quadratzoll groß, mit bloßem Auge kaum auszumachen. Aber es hatte es in sich, wie ein Blick auf den vollgekritzelten Bogen bewies.

Dass selbst die versiertesten Kopisten, Rubrikatoren und Illustratoren Fehler machten, wusste jeder Novize. Bekannt war aber auch, dass Pergament einen enormen Wert besaß, und so verwunderte es nicht, dass es untersagt war, die Bögen wegzuwerfen. Wer es dennoch tat, lief Gefahr, während des Kapitels gemaßregelt zu werden, eine Demütigung, nach der es nicht einmal die Pflichtvergessensten gelüstete. Wie pflegte der Heilige Benedikt doch zu sagen: Die höchste Form der Demut besteht darin, allzeit Gehorsam gegenüber dem Abt zu üben. Ein Ausspruch, der immer noch Gültigkeit besaß. Und der den Fratres, die hier arbeiteten, in Fleisch und Blut übergegangen war.

Sein Schützling, so der Eindruck des Abtes, bildete da keine Ausnahme. Davon war er auch dann noch überzeugt, als er einen Blick in das Schubfach des verwaisten Stehpultes warf. Mit Ausnahme des Bogens, auf den der Abt per Zufall aufmerksam geworden war, befand sich ein knappes Dutzend Pergamentrollen darin, die einen beschriftet, die anderen in zwei Hälften geteilt, andere wiederum mit Skizzen, Probezeichnungen oder Kritzeleien versehen. Und alle, so schien es, vom oberen bis zum unteren Rand beschrieben.

Alle, bis auf eine Ausnahme.

Der Abt, zu dessen wichtigsten Grundsätzen der Glaube an das Gute im Menschen gehörte, hielt den Atem an. Was er da sah, war geeignet, sämtliche Grundsätze über Bord zu werfen, so ungeheuerlich, dass er glaubte, einem Trugbild zu erliegen.

Dass dem nicht so war, wurde ihm alsbald klar, wenngleich das Entsetzen, welches ihn ergriff, nicht von ihm weichen wollte. Ihm war, als beginne sich der Raum um ihn zu drehen, und wäre das Stehpult nicht gewesen, an dem er Halt fand, wäre er ins Taumeln geraten.

Die Linke auf dem Pult und den Bogen, der mit Tiermotiven übersät war, in der rechten Hand, rang der Abt nach Luft. Wahrlich, dies waren keine Tiere, keine Schlangen, Rinder oder Schafe, keine Geschöpfe, welche über Gottes Erdboden wandelten. Dies waren Ungeheuer, Bestien und Dämonen, Wesen, wie sie außer dem Illustrator nur noch der Leibhaftige ersinnen konnte. Wesen mit Hauern, Reißzähnen, Hörnern und Schuppenpanzern, kurzum: Kreaturen aus dem innersten Kreis der Hölle.

Nein, dies waren keine realen Wesen. Nein und abermals nein!

Und dies war kein Wolf, sondern ein Abgesandter Luzifers.

Gekommen, um das Menschengeschlecht zu verderben.

24

Dorfmühle, kurz vor Sonnenuntergang | 16:05

»Sei bedankt, Schultheiss – der Herr sei mit dir!« Es tat gut, frische Luft zu schnappen, und obwohl Bruder Hilpert erbärmlich fror, ließ er sich ein Windlicht aushändigen und trat ins Freie. Besser hier draußen, wo man bis zu den Knöcheln im Schnee versank, als drinnen in der Kirche, wo er einen Blick in den Sarg geworfen hatte, in dem der Leichnam des getöteten Dorfpfarrers ruhte. Der Bibliothekarius seufzte gequält auf. Aber was hieß hier überhaupt »getötet«. Davon konnte nun wirklich nicht die Rede sein. Vater Anselm, Opfer eines blindwütigen Rachefeldzuges, war dahingemetzelt, von der Sakristei ins Pfarrhaus geschleift und wie ein Stück Vieh am Deckenbalken aufgehängt worden. So weit die Fakten, so niederschmetternd, dass beschönigende Ausdrücke fehl am Platz waren.

Blieb die Frage, was einen Christenmenschen so weit trieb, dass er wie ein Berserker wütete. Waren es Rache, Enttäuschung über mangelnde Anerkennung, aufgestauter Hass oder – brutal formuliert – die Freude am Töten, die den Mörder, dessen Fährte er verfolgte, zu einer derart abscheulichen Tat verleitet hatte? Oder kamen im Fall des Müllers, der in den Fokus seiner Ermittlungen geraten war, mehrere Motive zusammen?

Erfüllungsgehilfe, Mitläufer oder Spiritus Rector? Das war die Frage.

Eine Frage, die hoffentlich bald geklärt sein würde.

Die Linke zum Gruß erhoben, um dem Dorfschulzen Lebewohl zu sagen, umklammerte Bruder Hilpert den Tragegurt der Ledertasche, den er über die Schulter geschlungen hatte, wandte sich um und schlug den Weg zur Dorfmühle ein. Die Dunkelheit, welche ihn umgab, war nahezu vollkommen, und wäre der Lichtschein nicht gewesen, welcher durch die Fensterläden und Türritzen ins Freie drang, hätte er geglaubt, er streife durch eine Einöde. Wahrlich, dies war ein Tag, an dem man besser zu Hause blieb. Ein Tag, den er so schnell nicht würde vergessen können.

Vorausgesetzt, er nahm ein gutes Ende.

Ob dies der Fall sein würde, stand jedoch in den Sternen. »Und wenn ich auch wanderte durchs Tal der Todesschatten, so fürchte ich kein Unglück, denn du bist bei mir, und dein Stecken und Stab trösten mich.« War es Zufall, dass er ausgerechnet jetzt diesen Psalmentext vor sich hinmurmelte, oder hatte er tatsächlich Angst? Angst, bei der Suche nach dem Mörder zu versagen, weil der längst über alle Berge war?

Angst um sein Leben, welches er um der Gerechtigkeit willen aufs Spiel setzte?

Einerlei. Jetzt, da er vor dem Torbogen stand, hinter der sich die Umrisse der Mühle und die schneebedeckten Dächer ihrer Wirtschaftsgebäude erhoben, waren Gefühlsregungen fehl am Platz. Jetzt galt es, Courage an den Tag zu legen, auf Gott und die himmlischen Mächte zu vertrauen, genau die Bundesgenossen, auf die er stets gebaut hatte. Zeigte sich doch einmal mehr, dass die Mächte der Finsternis allgegenwärtig waren, oft dort, wo man sie am wenigsten vermutete.

Vor allem dort, wo man sie am wenigsten vermutete.

Allein, Gottvertrauen war eine Sache, die Absicht, einen ruchlosen Mordbuben dingfest zu machen, etwas gänzlich anderes. Von Zweifeln geplagt, rührte sich Bruder Hilpert nicht von der Stelle. Anstatt den Unerschrockenen zu spielen, wäre es vorteilhafter gewesen, Berengar an seiner Seite zu haben, oder, besser noch, auf das Eintreffen der Wertheimischen Reisigen zu warten. Kein Zweifel, was er hier tat, war nicht nur gefährlich, kein bloßes Spiel mit dem Feuer. Was er hier tat, war unüberlegt, eines Kriminalisten, der über die Grenzen Frankens hinaus bekannt war, unwürdig.

Unüberlegt, aber nicht zu ändern.

Stille, umrahmt von nachtschwarzer Finsternis. Schweißperlen, die sich unter seinem Habit sammelten. Atemzüge, die sich wie das Hecheln eines Todgeweihten anhörten.

Herzklopfen.

Angst oder nicht, es gab kein Zurück für ihn. Zu allem entschlossen, umklammerte Bruder Hilpert die Klinke, welche aus dem eisenbeschlagenen Torflügel hervorragte, holte tief Luft und drückte sie behutsam nach unten.

Mit allem hatte er gerechnet, nur damit nicht.

Darauf bedacht, kein Geräusch zu verursachen, stieß Bruder Hilpert das unverschlossene Tor einen Spalt weit auf, hob seine Laterne und sah sich um. Kein Laut, kein Anzeichen von Leben, kurzum: vom Mordbuben, nach dem er suchte, keine Spur.

Und auch keine Fußspuren. Weder vor dem Haus noch auf dem Hof noch vor der Scheune, welche an die aus Lehm, Flechtwerk und Eichenstreben errichtete Kate angrenzte.

Grund genug, umzukehren? Weit gefehlt.

Es war die Neugierde, die ihn trieb, gepaart mit dem Wissen, dass nichts so war, wie es auf den ersten Blick erschien. Die Ruhe ringsum war trügerisch, beinahe idyllisch, viel zu beschaulich, um die Realität widerzuspiegeln. Das Mühlrad, dessen Ränder mit Schnee bedeckt waren, ein Nussbaum, dessen Zweige sich sacht hin und her bewegten, der Dachgiebel, auf dem eine schmiedeeiserne Wetterfahne thronte. All das wirkte zu harmlos, um wahr zu sein, so alltäglich, dass es ihm verdächtig vorkam.

Verdächtig, um nicht zu sagen unheimlich.

Und so geschah, was geschehen musste. Seinem Instinkt gehorchend, der ihn in dem Wissen bestärkte, dass er auf der richtigen Spur war, schloss Bruder Hilpert das Tor, überquerte den Hof und umrundete die Kate, in der Hrodgar den Angaben des Dorfschulzen zufolge hauste. Auch hier, wie nicht anders zu erwarten, das gleiche Bild: Die Tür verriegelt, die Fensterläden geschlossen, keine Spur von Bewohnern.

Alles vergebens, der Vogel ausgeflogen?

Durch ein Geräusch aufgeschreckt, wirbelte Bruder Hilpert herum. Die Wetterfahne, Stiefeltritte im Schnee oder eine Bö, die durch die Zweige des nahen Haselstrauches fuhr? Oder die Angst, von Mörderhand zu sterben?

Unerheblich. Einmal begonnen, würde er seine Mission zu Ende führen. Hier und heute, auf Gedeih und Verderb.

Vor einem Schuppen angekommen, hinter dem sich die aus Feldsteinen errichtete Mauer erhob, hielt Bruder Hilpert inne. Erneut war da dieses Gefühl, beobachtet zu werden, und je länger er untätig vor der Tür verharrte, desto stärker wurde die Vorahnung, welche ihn beschlich. Wer nicht zögerte, eine Schandtat nach der anderen zu begehen, der würde vor einem Mönch nicht haltmachen. Methoden, um ihn ins Jenseits zu befördern, gab es genug, Orte, um seinen Leichnam zu verscharren, in Hülle und Fülle.

Die Hand auf dem Türriegel, wog Bruder Hilpert die Risiken gegeneinander ab. Noch war Zeit, den Rückzug anzutreten, Hilfe zu holen oder den Schultheiß zu bitten, ein paar kräftige Burschen zusammenzutrommeln. Noch war Zeit, alles stehen und liegen zu lassen.

Wäre da nur diese Gottesgeißel namens Neugierde nicht gewesen.

Sie war es, die ihn dazu brachte, die Stimme der Vernunft zu ignorieren, den Riegel zu öffnen und einen Blick in den Geräteschuppen zu werfen. Und sie war es auch, die für all das, was nun folgte, verantwortlich war.

Den Schrecken, welcher ihn wie ein Fausthieb traf, mit eingeschlossen.

Das Geheul, welches in diesem Moment anhob, ging ihm durch Mark und Bein. Es war ein Laut, wie er ihn noch nie vernommen hatte, weder in seiner Jugend, wenn er im Winter auf die Jagd gegangen war, noch später, als er die Wälder durchstreift und nach Heilkräutern für die Klosterapotheke gesucht hatte. Ein Laut, welcher ihn unversehens frösteln ließ.

An der Tatsache, dass er zu allem entschlossen war, änderte das Heulen jedoch nichts. Mochte es noch so furchterregend, schauerlich oder Unheil verkündend sein, er, Hilpert, würde sich nicht abschrecken lassen. Er würde die Mission, der er sich verschrieben hatte, zu einem glücklichen Ende bringen, die Schuldigen überführen und dafür sorgen, dass das Monstrum, welches hier hauste, zur Strecke gebracht wurde.

Gesagt, getan. Das Windlicht in der Linken, bewegte sich Bruder Hilpert auf die Mitte des Geräteschuppens zu. Dort stieß er auf eine Falltür, verriegelt, mit Stroh bedeckt und mit einem verrosteten Eisenring versehen. Man musste kein Hellseher sein, um zu argwöhnen, dass der Müller etwas zu verbergen hatte, aber man brauchte Mut, um der Sache auf den Grund zu gehen.

Genau das war es jedoch, was Bruder Hilpert vorhatte. Er würde seine Laterne abstellen, die Falltür öffnen, eine Mistgabel oder einen Sauspieß zur Hand nehmen und sich zuerst das Raubtier und anschließend denjenigen vorknöpfen, der die Kaltblütigkeit besessen hatte, zwei Menschen zu töten, einen weiteren in einen Hinterhalt zu locken und das gesamte Dorf in Angst und Schrecken zu versetzen. Das war er sich und den Getöteten, welche der Unhold auf dem Gewissen hatte, schuldig.

Ein Stoßgebet, ein rascher Handgriff, ein kräftiger Ruck – und Bruder Hilperts Blick traf auf ein Paar Augen, welche alles, was die menschliche Fantasie hergab, in den Schatten stellte. Der Bibliothekarius schluckte. War dies ein Dämon, ausgesandt, um unter den Gottesfürchtigen Angst und Schrecken zu säen, oder war dies nur ein Hirngespinst, bereit, ihm die Sinne zu vernebeln? Oder war dies tatsächlich jene Bestie, von der ihm die Torwächter erzählt hatten, der Wolf, der über den Junker hergefallen war?

Als könne er nicht glauben, was ihm die Sinne vorgaukelten, griff Bruder Hilpert nach dem Windlicht, das er am Rand der Falltür abgestellt hatte, und leuchtete in die Grube, welche wie das Tor zum Hades anmutete. Kein Zweifel. Hier handelte es sich um eine Kreatur aus Fleisch und Blut, um einen Wolf von überdurchschnittlicher Größe, der ihn mit offenem Rachen anstierte. Breite

Stirn, schräge Augen, Reißzähne wie Sicheln und ein Blick, der jedem, der ihn auffing, Furcht einjagte. So und nicht anders stellte man sich das Antlitz des Leibhaftigen vor, so und nicht anders hatte der Weltenverderber in Hilperts finstersten Albträumen ausgesehen.

Und dann erst dieses Knurren, die ungezügelte Mordlust, die aus dem Blick des Raubtieres sprach. Die Gier, mit der es nach ihm schnappte, die Zähne fletschte und nach Beute lechzte. Das Knurren, welches alles bis dahin Gekannte in den Schatten stellte.

Vom Geruch, der Bruder Hilpert in die Nase stieg, nicht zu reden. Ein Pesthauch, bei dem sich ihm der Magen umdrehte, stechend, übel riechend und von Fäulnis durchtränkt. Ein Odem, welcher aus dem Rachen der Hölle zu kommen schien.

Aber da war noch etwas. Die Hand vor dem Mund, wanderte Bruder Hilperts Blick nach links. Ihm war, als schnüre es ihm die Kehle zu, und obwohl er mit dem Schlimmsten gerechnet hatte, war er auf den Anblick, der sich ihm nun bot, nicht gefasst gewesen.

Gisbert, um dessen Leichnam es sich vermutlich handelte, war nicht nur getötet, sondern von der Bestie, welche hier hauste, in Stücke gerissen worden. Der Bibliothekarius stöhnte gequält auf. Dass dies kein Zufall gewesen war, lag auf der Hand. Vieles, wenn nicht gar alles sprach dafür, dass der Mesner seinem Mörder auf die Spur gekommen und an Ort und Stelle beseitigt worden war. Weshalb, war nicht schwer zu erraten. Entweder Gisbert war Zeuge des Mordes an Vater Anselm geworden, oder er hatte Detektiv gespielt, die Spur des Müllers verfolgt und das Pech gehabt, entdeckt und der Bestie in der Grube zum Fraß vorgeworfen zu werden.

Ein Knurren, bei dem es ihm kalt über den Rücken lief, riss Bruder Hilpert aus seinen Gedanken. Ein Geräusch, bei dem sich einem der Magen umdrehte.

»Zurück, du Scheusal, hast du mich verstanden?« Zwischen Wut und Ekel schwankend, heftete Bruder Hilpert den Blick auf die Mistgabel, welche unweit von ihm an der Wand lehnte. »Pack dich von hinnen, sonst …«

»Sonst was, Mönch? Bleibt stehen, oder Ihr werdet es bereuen!«

Auf alles gefasst, wirbelte Bruder Hilpert herum. »Wenn hier jemand seine Schandtaten bereuen wird, dann du!«, schleuderte er dem Hünen entgegen, dessen Umrisse sich im Halbdunkel abzeichneten. »Hrodgar, wenn ich mich nicht irre?«

»Woher weißt du, wie ich heiße? Und wieso schnüffelst du hier rum?«

»Damit wir uns richtig verstehen, Müller: Ich bin es, der hier die Fragen stellt, ist das klar?«

»Mumm hast du ja, das muss dir der Neid lassen.« Der Neuankömmling, auf den das Licht von Bruder Hilperts Laterne fiel, war ungleich kräftiger, breitschultriger und muskulöser als er. »Was hast du hier zu …?«

»Um der Höflichkeit, an der es dir offenbar mangelt, Genüge zu tun: Meine Name ist Hilpert, Bruder Hilpert. So, und jetzt wäre ich dir dankbar, wenn du dein Possenspiel beenden könntest.«

»Bist du eigentlich immer so keck, Mönchlein? Damit du Bescheid weißt: Damit kommst du bei mir nicht durch.«

»Erstens: Wenn es dir nichts ausmacht, würde ich die Höflichkeitsform dem Du vorziehen.«

»Und zweitens?«

»Des Weiteren wäre ich dir dankbar, wenn du die

Freundlichkeit besäßest, ein Geständnis abzulegen.« Entschlossen, seine Haut so teuer wie möglich zu verkaufen, bot Bruder Hilpert dem Koloss die Stirn. »Wenn nicht, vergeuden wir nur unsere Zeit.«

»Ein Geständnis?«, höhnte der Müller, die Hand am Gürtel, in dem ein blank polierter Knüppel steckte. »Du bist wohl nicht recht bei Trost, was?«

»›Ihr‹, falls es keine Mühe macht – ›Ihr‹.

»Gleiches Recht für alle, schon mal davon gehört?«

»Tut mir leid, *dich* enttäuschen zu müssen«, tat Bruder Hilpert mit unverhohlener Verachtung kund und trat dem Müller, auf dessen Gesicht ein schiefes Grinsen aufblitzte, erhobenen Hauptes gegenüber. »Mit Menschen deines Schlages möchte ich nicht auf vertrautem Fuß verkehren. Grabschändung, Mord in drei Fällen und versuchter Mord – wenn das nicht ausreicht, um dich vor Gericht zu bringen, will ich König der Narren heißen. Und wenn wir gerade dabei sind: Wenn du denkst, du hättest leichtes Spiel mit mir, nimm dich in Acht. Was das betrifft, habe ich vorgesorgt.«

»Was du nicht sagst!«

»Wenn ich du wäre, Hrodgar, würde ich mir die Sache mit dem Knüppel noch mal überlegen. Mag sein, du behältst die Oberhand, streckst mich nieder, wirfst mich dem Höllenhund, der hier sein Unwesen treibt, zum Fraße vor. Viel weiter als bis zum Tor würdest du trotzdem nicht kommen. Lange Rede, kurzer Sinn: Die Mühle ist umstellt, Hrodgar, und wenn du schlau bist, machst du keine Dummheiten.« Um der Notlüge, die er sich ausgedacht hatte, Nachdruck zu verleihen, schlug Bruder Hilpert einen lässigen Tonfall an. »Es sei denn, du hast vor, dich mit zwei Dutzend Reisigen anzulegen.«

»Mord in drei Fällen – so, so.« Zum Greifen nah, baute sich der mit einem Wams, einer Fellmütze und Stulpenstiefeln bekleidete Außenseiter vor Bruder Hilpert auf. »Ich hoffe doch, du kannst das beweisen.«

»Aber klar, wo denkst du hin.« Auge in Auge mit seinem Kontrahenten, hielt der Bibliothekarius inne. Käme es zum Kampf, da war er sich sicher, wäre er auf verlorenem Posten. Hrodgar war nicht nur kräftig, sondern strahlte eine Entschlossenheit aus, mit der er nicht gerechnet hatte. Raue Stimme, klobiges Kinn, fettiges Haar, schief sitzende Nase, stechender Blick, Brauen, die wie Unkraut in die Höhe wucherten – all das war dazu angetan, die Schilderung des Dorfschulzen zu bestätigen. »Nichts leichter als das, Hrodgar. Oder ziehst du es vor, dass ich dich mit deinem Spitznamen anrede?«

Die Linke auf seinem knorrigen Gehstock, die rechte Hand in Reichweite seines Knüppels, holte der sechs Fuß große Riese Luft. »Woher …«

»Eines nach dem anderen, Müller.« Die Nerven bis zum Zerreißen gespannt, hob Bruder Hilpert die rechte Hand. »Bleiben wir lieber beim Thema. Also: Was hast du zu deiner Rechtfertigung zu sagen?«

»Gar nichts. Es sei denn, du hast etwas gegen mich in der Hand.«

»Na schön, ich kann auch anders.« Ohne auf eine Reaktion zu warten, ließ Bruder Hilpert das Windlicht von der Linken in die rechte Hand wandern, griff in die Tragetasche, welche er über der Schulter trug, und förderte ein zerfetztes Wams zutage, welches er dem sichtlich verblüfften Kontrahenten präsentierte.

»Wo hast du das her, Mönch?«

»Findest du nicht, die Frage beantwortet sich von selbst?«

Der Müller setzte eine trotzige Miene auf. »Das beweist noch gar nichts.«

»Ich fürchte, da bin ich anderer Meinung als du.« Die Ruhe in Person, wandte sich Bruder Hilpert ab, umrundete die Falltür und ging auf der gegenüberliegenden Seite in Position. Dann beugte er sich nach vorn, das Wams in der ausgestreckten Hand. »Hier – der Beweis!«

Das Jaulen, welches sich erhob, hätte schauerlicher nicht sein können. Doch damit nicht genug. Wie von Sinnen stimmte die Bestie ein lautes Wutgeheul an, nahm Anlauf und schnellte in die Höhe, um nach dem Wams schnappen.

Sichtlich zufrieden, zog Bruder Hilpert den Arm zurück, stellte die Laterne ab und öffnete die Tasche, um das Wams wieder darin zu verstauen. »Noch Fragen?«

Der Müller schwieg.

»Wie heißt es doch so schön: Keine Antwort ist auch eine Antwort.« Die Mundwinkel des Bibliothekarius kräuselten sich. »Meine Hochachtung, Hrodgar. Auf so eine Idee muss man erst einmal kommen.«

»Fahr zur Hölle, Mönch.«

»Frage: Wie begeht man den perfekten Mord? Antwort: Man beschaffe sich ein Kleidungsstück, welches den Körpergeruch des zu Meuchelnden an sich hat. Dann sorge man dafür, dass ein Wolf, den man praktisch von Geburt an großgezogen hat, die Witterung des besagten Todfeindes aufnimmt. Um zu gewährleisten, dass die Bestie spurt, stülpe man ihr einen Maulkorb über und prügle sie kräftig durch. Danach beginne man die Prozedur von Neuem und wiederhole sie so oft, bis sich der Wolf, von Grund auf menschenscheu, zu einer reißenden Bestie entwickelt, voller Hass auf das Menschenwesen, mit dem er die Tortur, welche ihm zugefügt wird, in Verbindung bringt.

Dann, werter Müller, warte man ab, bis sich die Gelegenheit ergibt, es dem verhassten Erzfeind heimzuzahlen. Merke: Um sicherzustellen, dass es keine unerwünschten Zeugen gibt, locke man den Junker in eine Falle, indem man ihm vorgaukelt, dass eine Dame, deren Reize landauf, landab gerühmt werden, ein Auge auf ihn geworfen hat. Und siehe da – kaum hält das Objekt deiner Racheschwüre die Liebesbotschaft in Händen, macht er sich auch schon zum vermeintlichen Treffpunkt auf, blind vor Liebe und für die Gefahr, in der er schwebt. Der Rest ist ein Kinderspiel, viel einfacher, als man es sich vorgestellt hat.«

»Erzähl das deiner Großmutter, Pfaffe. Damit kannst du keinen Hund hinterm Ofen hervorlocken.«

»Leugnen ist zwecklos, Hrodgar. Damit machst du alles nur noch schlimmer.«

Der Müller lachte amüsiert auf. »Ich nehme an, du verfügst über die entsprechenden Beweise?«

»Sagen wir es einmal so: Ich verfüge über einen Zeugen.«

»Überredet, eingeschüchtert oder mit Geld geködert?«

»Nichts von alledem.«

»Erzähl mir nichts, Betbruder. Ich weiß genau, wie das bei euch Pfaffen läuft. Ihr denkt, ihr braucht nur mit Hölle, Fegefeuer und Verdammnis zu drohen, und schon bekommt ihr euren Willen.« Der Müller spie verächtlich aus. »Was kann ich dafür, wenn die Leute vor euch kuschen!«

»Agnes hat nicht vor mir gekuscht, Hrodgar. Sie kam aus freien Stücken, und weißt du auch, warum? Weil sie es nicht ertragen konnte, Handlangerin eines Mörders zu sein. Eines Mordbuben, der zu allem Überfluss auch noch ihr Vater ist!«

»Ihr … was?«, stieß der Müller hervor und starrte Bruder Hilpert wie eine Geistererscheinung an. »Du lügst!«

»Trifft es zu, dass deine Nachbarin, die Korbflechterin Walburga, vor drei Monaten einem Fieber erlegen ist?«

»Ja, verdammt noch mal! Aber ich wüsste nicht, was das mit mir zu tun hat.«

»Trifft es weiterhin zu, dass Agnes, ihre Tochter, die Einzige war, mit der du hin und wieder ein Wort gewechselt und einen Umgang gepflegt hast, wie er unter Nachbarn üblich ist?«

»Wisst Ihr, was Ihr mich gleich könnt, Bruder?«

»Die Höflichkeitsform – na endlich.« Die Hände an den Hüften, umrundete Bruder Hilpert die Falltür, nahm die Laterne zur Hand und leuchtete ihm ins Gesicht. »Kann es sein, dass du als junger Mann Beziehungen zu einer verheirateten Frau gepflegt hast? Beziehungen, welche zutiefst verdammenswert waren?«

»Auf was wollt Ihr eigentlich hinaus, Bruder?«

»Wie pflegt der Volksmund doch zu sagen: ›Blut ist dicker als Wasser.‹ Profan ausgedrückt: Um ihren Mann, der vor ihr zu Gott berufen wurde, nicht zu düpieren, zieht es besagte Walburga vor, ihren Fehltritt zu verschweigen, so lange, bis ihre Stunde gekommen ist. Da plagt sie die Reue und sie beschließt, ihrer Tochter reinen Wein einzuschenken. Diese wiederum zieht es vor, ihr Geheimnis für sich zu behalten, da sie die Freundschaft, die sich zwischen ihr und dem kauzigen Nachbarn entwickelt hat, nicht aufs Spiel setzen will. Allein, das schützt sie nicht vor Nachstellungen, sei es vonseiten der Burschen aus dem Dorf, sei es durch den Kastellan, dem der Liebreiz der 17-jährigen Kammerjungfer nicht entgangen ist. Tja, und so kommt es, wie es kommen muss. Für den Burgverwalter ist die bildhübsche Vollwaise Freiwild, und so lässt er keine Gelegenheit aus, ihr nachzustellen und sie auf ungeziemende Weise zu bedrängen. So sehr, dass sie sich in ihrer Not nicht zu helfen weiß und sich an ihren Nachbarn wendet, zum einen, um sich ihre Erlebnisse mit dem Kastellan von der Seele zu reden, zum anderen, um ihren Vater, der von seinem Glück nichts weiß, um Hilfe anzuflehen. So geschehen am Freitag vor Mariä Empfängnis, genauer gesagt vor zehn Tagen. So weit korrekt?«

»Wenn Ihr es sagt, wird es ja wohl stimmen.«

»Gut zu wissen, dass du Vernunft annimmst.« Bruder Hilpert sah den Müller prüfend an. »Kann es sein, dass dein Plan, den Junker aus dem Weg zu räumen, an eben jenem Freitag vor zehn Tagen Gestalt angenommen hat?«

»Keine Ahnung, worauf Ihr anspielt, Bruder.«

»Und ob du sie hast. Oder leugnest du, dass an jenem Abend, als Agnes dir ihr Herz ausgeschüttet hat, ein Unbekannter zugegen war? Ein Ränkeschmied, der dir das Gift der Infamie ins Ohr geträufelt hat?«

»Gebt Euch keine Mühe, Bruder. Von mir erfahrt Ihr kein Wort.«

»Bezeichnend, dass du dich scheust, seinen Namen preiszugeben. Allein, dies wird dir nichts nützen. Darf ich?«

Die Frage war noch nicht verklungen, da hielt Bruder Hilpert bereits den Knüppel seines Widersachers in der Hand. »He, gebt das her, sonst …«

»Immer mit der Ruhe, Hrodgar.« Als sei nichts geschehen, wich Bruder Hilpert dem Griff des Müllers aus, wandte sich ab und hängte seine Laterne an einen Haken. Dann drehte er sich um und sagte: »An deiner Stelle würde ich den Mund nicht so voll nehmen. Aber lassen wir das.«

»Ihr habt doch nicht etwa vor, mich zu verprügeln?«

»Keine Sorge!«, lautete die Replik, die dem spöttischen Tonfall des Müllers nacheiferte. »Nur eine Vorsichtsmaßnahme, sonst nichts.«

»Und was jetzt?«

»Jetzt werde ich dir erzählen, wie die Geschichte weitergeht. Also: Nachdem dich der geheimnisvolle Unbekannte beiseitegenommen hat, um dir seine Instruktionen ins Ohr zu flüstern, willigst du ein, der hübschen Kammerjungfer beizustehen. Unter einer Bedingung.«

»Ach ja?«

»Agnes, so deine Worte, möge dir doch bitte einen Gefallen tun und ein Kleidungsstück entwenden, welches ihr Herr häufig trägt oder, besser noch, vor Kurzem getragen hat. Ein – gelinde ausgedrückt – ungewöhnlicher Wunsch, dem die 17-Jährige nach einigem Hin und Her zustimmt.«

»Alle Achtung, Bruder – die Heilige Inquisition wäre froh, Euch in ihren Reihen zu haben.«

»Zu spät. Ich habe mein Amt vor zehn Jahren aufgegeben. Du weißt, wie die Geschichte weitergeht?«

»Was soll die Fragerei? Ihr seid doch längst über alles im Bilde.«

»Leider, wie ich zu meinem Bedauern einräumen muss. Aber das macht den Kastellan, dem du an Mariä Empfängnis aufgelauert hast, um ihn zu töten, nicht wieder lebendig.«

»Und woher wisst Ihr das?«

»Weil das der Tag war, an dem er zuletzt gesehen wurde.« Bruder Hilpert setzte eine grimmige Miene auf. »Mariä Empfängnis – na, erinnert dich das an etwas?«

»Keine Ahnung, wovon Ihr …«

»Machen wir uns nichts vor, Hrodgar«, fiel Bruder Hilpert dem Hünen in Wort, »du weißt genau, wovon ich rede. Am Tag der Empfängnis der Heiligen Jungfrau, genauer gesagt am achten Tag des Monats Dezember im Jahre 1405, wurde deine Schwester von einem Knaben entbunden und kurz danach aus dem Gewahrsam des Ruprecht von Stettenberg entlassen. Eben jenes Mannes, dessen Grab du auf das Widerwärtigste geschändet und dessen Überreste du an die Schweine auf dem Dorfanger verfüttert hast. Bleibt die Frage, was dich dazu getrieben hat, eine derart ruchlose Tat zu begehen.«

»Ihr werdet es nicht glauben, Bruder: Ich hatte meine Gründe.«

»Die, wie mir hinterbracht wurde, durchaus nicht von der Hand zu weisen waren.« Die Blicke der beiden Kontrahenten begegneten sich. »Du warst fast 17, als es passierte, hab ich recht?«

»Kann schon sein.«

»Man stelle sich vor: Exakt einen Tag vor Sankt Martin, dem zehnten im Monat November, galoppieren drei Männer in den Hof dieser Mühle, die sich im Besitz deines Vaters befindet, springen aus dem Sattel und hämmern gegen die Tür des Wohnhauses. Wie du weißt, handelt es sich bei dem Trio um Ruprecht von Stettenberg, seinen Sohn Arnold und um Oswyn, Kastellan der Gamburg und zum Tatzeitpunkt 25 Jahre alt. Kurz darauf entspinnt sich ein heftiger Wortwechsel, der damit endet, dass dein Vater überwältigt, gefesselt und geknebelt und ans Rad der hiesigen Mühle gezurrt wird. Unnötig zu erwähnen, dass er die Tortur, der man ihn unterwarf, nicht überstanden hat. Das Schlimmste sollte indes noch kommen. Kaum ist die niederträchtige Tat vollbracht, kommt deine Schwester

Maria an die Reihe, mit der dich eine innige Zuneigung verband. Ohne viel Federlesens zu machen, bringen die drei Unholde die 22-Jährige in ihre Gewalt, schlagen und treten sie und transportieren sie zum Stettenberger Hof, wo sie die vier Wochen, die bis zur Geburt ihres Kindes verstrichen, in einem fensterlosen Gewölbekeller verbringen muss. Angekettet, damit wir uns richtig verstehen.«

»Klingt, als wärt Ihr dabei gewesen.«

»Ich nicht, aber die alte Kathalin. Sie war es auch, die den Mut hatte, das Neugeborene vor der Rachsucht des Stettenbergers zu bewahren, will heißen: dafür zu sorgen, dass der kleine Martin unbehelligt blieb. Glück im Unglück, möchte man meinen. Das Schlimmste, insofern eine Steigerung überhaupt möglich war, sollte indes noch kommen. Wie es deiner Schwester gelingt, aus der Haft zu fliehen, lässt sich zwar nicht rekonstruieren, doch steht fest, dass sie drei Tage später tot aufgefunden wurde. Erhängt. Das Betrübliche daran: Der junge Dorfpfarrer, der den Namen Anselm trägt, weigert sich, deiner Schwester ein christliches Begräbnis zuteilwerden zu lassen. Eine Entscheidung mit Folgen, wie seine Ermordung beweist.«

»Könnt Ihr Euch vorstellen, wie mir zumute war? Da stehst du morgens auf, denkst an nichts Böses, und eine Viertelstunde später liegt deine Welt in Trümmern.« Von Erinnerungen übermannt, ballte Hrodgar die Faust. »Und weshalb? Weil die da droben denken, sie können sich alles erlauben. Was hättet Ihr denn getan, wenn sie Euren Vater gemartert und Eure Schwester entführt und eingekerkert hätten? Hättet Ihr die Hände in den Schoß gelegt und gehofft, der Kelch möge an Euch vorübergehen? Schon gut, Bruder, ich weiß, was Ihr gleich salbadern werdet. Wenn dich jemand auf die rechte Wange schlägt, dann halte ihm die linke hin. Wisst Ihr was? Ihr Pfaffen samt eurem Gequatsche von Vergebung und Verzeihen könnt mir ein für alle Mal gestohlen bleiben. Die paar Betschwestern in der Kirche, die kaufen euch das vielleicht ab. Aber ich nicht. Wer so etwas erlebt hat, der will mit Gott und sämtlichen Heiligen und dem Gefasel über das Reich Gottes nichts zu tun haben. Schaut Euch doch an, wie der gemeine Mann tagaus, tagein schikaniert und unters Joch der hohen Herren gezwängt wird! Schaut Euch doch an, was die mit unsereinem anstellen, wie die sich aufführen, was sie sich auf ihre Titel und ihren Adel einbilden. Nennt Ihr das etwa gerecht, Bruder? Als Adam wob und Eva spann, wo war denn da der Edelmann?«

»Du vergisst, dass die Aufgaben im Haus Gottes auf einer Vielzahl von Schultern ruhen. Die einen beten, die anderen kämpfen und andere wiederum, zu denen auch du gehörst, arbeiten. Wer daran rührt, versündigt sich gegen die Ordnung Gottes – und letztendlich gegen den Herrn selbst.«

»Amen!«

»Damit treibt man keinen Spott, Hrodgar. Wer Gewalt sät, wird Gewalt ernten.«

»Ach ja? Und was ist mit denen auf der Burg?« Die Miene des Müllers verfinsterte sich. »Wisst Ihr überhaupt, was die auf dem Kerbholz haben?«

»Nicht mehr und nicht weniger als …«

»Jetzt haltet aber mal die Luft an, Bruder! Ich weiß, wovon ich rede.« Hrodgar ballte die Faust. »Habt Ihr eine Ahnung, was es heißt, von Bluthunden gehetzt zu werden? Nein? Aber ich. Ich war noch keine zehn, als mir klar wurde, was es heißt, ein Untertan zu sein. Habt die Güte und bemüht Eure Fantasie. Drei Jungen, einer davon aus dem Nachbardorf, besitzen die Frechheit, auf Kaninchenjagd zu gehen. So weit, so gut. Wenn es da nur den alten Junker, seine beiden Söhne und einen Kastellan namens Oswyn nicht gäbe, welche sie auf frischer Tat ertappen, die Bluthunde von der Leine lassen und sich einen Spaß daraus machen, als einer der Jungen, mein bester Freund, vor aller Augen in Stücke gerissen wird. Könnt Ihr Euch vorstellen, was das für einen Zehnjährigen bedeutet? Ich musste zusehen, wie mein Spielkamerad stirbt – und konnte nichts, aber auch gar nichts dagegen tun. Und als ob das alles nicht genug wäre, tauchen sieben Jahre später die gleichen Leute auf dem Grund und Boden meines Vaters auf, foltern ihn zu Tode und verschleppen meine Schwester, die wenig später Hand an sich legt, weil sie mit dem, was sie durchlitt, nicht fertig wird. Und Ihr kommt mir mit dem Haus Gottes und seiner Ordnung und der ganzen Litanei, die kein Mensch, der bei klarem Verstand ist, mehr hören kann. Mal ehrlich: Fällt Euch wirklich nichts Besseres ein?«

»Ich kann verstehen, wie dir zumute ist, Hrodgar, aber das gibt dir noch lange nicht das Recht, solche Untaten zu begehen.«

»Auge um Auge, Zahn um Zahn, heißt es nicht so?«

»Und weshalb, wenn die Frage gestattet ist, hast du 18 Jahre gebraucht, um deine Rachepläne zu verwirklichen?«

»Was interessiert's Euch? Tut, was Ihr offenbar nicht lassen könnt – und damit Schluss!«

»Nicht bevor du mir gesagt hast, wer dich auf die Idee mit dem Wams gebracht hat.« Der Blick des Bibliothekarius verengte sich. »Wer war es, der das Mordkomplott geschmiedet hat? Der so viel Groll in dir entfachte, dass du nicht davor zurückgeschreckt bist, Grabschändung zu begehen? Der so durchtrieben ist, dass er einen Plan ersonnen hat, der so perfide ist, dass einen noch im Nachhinein schaudert. Den angeblich perfekten Mord, bei dem ein Wolf die Rolle des Mörders übernimmt?«

»Ihr habt mich überführt, wozu die Fragerei?«

»Weil ich die Wahrheit herausfinden will, Hrodgar – die ganze Wahrheit.« Bruder Hilpert sah dem Müller in die Augen. »Agnes sagt, sie habe dich nach der Ermordung des Kastellans zur Rede gestellt. Im gleichen Moment, genauer gesagt am vergangenen Samstag, habe ein Mann deine Wohnstube betreten. Jung, stattlich und beredt. Der Mann, den sie exakt eine Woche zuvor zum ersten Mal sah.«

»Gebt Euch keine Mühe, Bruder, ich …«

»Wie sich herausstellt, handelt es sich um deinen Schwestersohn, dem du in sklavischer Unterwürfigkeit ergeben zu sein scheinst. Sei's drum: Der Unbekannte droht damit, den Mord am Kastellan publik zu machen, und so willigt Agnes ein, das Wams wieder an sich zu nehmen, um es in der Kleidertruhe des Junkers zu deponieren. Obenauf, damit er es am Sonntagmorgen vorfindet.«

»Gehen wir Bruder, Ihr habt gewonnen.«

»Ich will seinen Namen hören, aus deinem Mund.«

Hrodgar senkte das Haupt und schwieg.

»Wenn du im Beisein des erzbischöflichen Amtmanns eine Aussage machst, dann werde ich mich dafür einsetzen, dass dir ein möglichst schmerzloser Tod beschieden sein wird. Zum letzten Mal, Hrodgar: Wie lautet sein Name?«

Anstatt zu antworten, ließ der Müller Bruder Hilpert stehen, nahm einen knapp zwei Klafter langen Spieß zur

Hand und humpelte an den Rand der Grube, von wo aus ihm ein freudiges Jaulen entgegenscholl.

Dann hob er den Spieß und stach zu.

»Gehen wir, Bruder«, wiederholte Hrodgar, nachdem er die Waffe in die Ecke geschleudert und sich dem Bibliothekarius mit versteinerter Miene zugewandt hatte. »Euer Wille geschehe, Mönch, bringen wir es hinter uns!«

25

Herrengemächer, kurz nach Sonnenuntergang | 16:45 h

Egal, was passiert: Ich werde vollenden, was ich begonnen habe. Das bin ich dem Andenken meines Vaters, der von feiger Mörderhand starb, schuldig. Erst wenn der letzte Schritt getan und das Natterngezücht bis ins letzte Glied ausgetilgt ist, wird mein Werk vollendet sein, dann wirst auch du, Mutter, die verdiente Ruhe finden.

Und darum: ans Werk! Ans Werk, bevor jener Heuchler, welcher das Habit der Zisterzienser trägt, die Oberhand gewinnt. Mag er sich nur so sehr abmühen, den Allwissenden mimen, seine Nase in anderer Leute Angelegenheiten stecken, auftreten, als sei er Gottvater in Person: Hilpert von Maulbronn wird nicht obsiegen, so wahr mir der Leibhaftige, mein Herr und Meister, helfe!

Fahr zur Hölle, Arnold von Stettenberg, der du in deiner Kammer, welche ich in einem unbeobachteten Moment betreten habe, dahinvegetierst. Der du nicht ahnst, was in wenigen Augenblicken auf dich zukommen wird. Fahr zur Hölle, Brudermörder, auf dass du die Untaten, die du begangen hast, bereuen mögest.

Fahr durch seinen Leib, Dolch, auf dass dieses Wrack, dessen armselige Existenz ich nunmehr beenden werde, für immer vom Angesicht des Erdenrunds verschwinde.

Doch halt! Was ist das? Was ist das für ein Geräusch, welches sich hinter mir erhebt?

Schritte. Das Geräusch eines Gehstocks, unter dem die

Dielenbretter des Gemachs erzittern. Stoßweise hervorgepresster Atem, Keuchen, ein Ächzen, welches mich, den zu allem Entschlossenen, unverrichteter Dinge innehalten lässt. Eine Stimme, welche bis in die Tiefen meines Bewusstseins dringt, welche meine Sinne verwirrt und dafür sorgt, dass mir der Dolch, dessen Griff meine Hand umschließt, entgleitet.

Und eine Hand, welche kurz darauf auf meiner Schulter ruht. Die Hand einer alten Frau, deren Stimme mir irgendwie bekannt vorkommt.

»Ich bin es, mein Junge«, sprach die alte Kathalin, kaum fähig, ihrer Erschütterung Herr zu werden. »Sprich, warum hast du das getan?«

26

Rittersaal, knapp zweieinhalb Stunden nach Sonnenuntergang | 18:00 h

»Das wird Konsequenzen haben, Vogt. Ihr habt kein Recht, uns hier festzuhalten.«

»Und Ihr habt das Recht zu schweigen, Herr von Stettenberg.« Am liebsten hätte Berengar den Maulhelden, mit dem er sich ein hitziges Wortgefecht lieferte, vor die Tür gesetzt. Leute wie Peter von Stettenberg waren ihm ein Dorn im Auge, mochten sie auch redegewandt, weit gereist und von vornehmem Geblüt sein. »So, und jetzt reißt Euch gefälligst zusammen, haltet den Mund und setzt Euch auf Euren … nehmt wieder Platz.«

»Und was, wenn ich es nicht tue?«

»Dann bleibt Ihr eben stehen!«, giftete der Vogt zurück, unterdrückte den Drang, den Gernegroß am Kragen zu packen, und entsann sich der Weisung seines Freundes, nur ja ruhig Blut zu bewahren. »Wie lange die Prozedur dauern wird, kann ich allerdings nicht sagen.«

»Prozedur?« Von all dem scheinbar unberührt, setzte der Domkapitular den Becher an die Lippen, nahm einen tiefen Schluck und schnalzte demonstrativ mit der Zunge. »Bedeutet das, unser Stelldichein könnte sich in die Länge ziehen?«

Berengar blieb eine Antwort schuldig. »Ich will wissen, wo mein Mann abgeblieben ist!«, kam die Amtmannsgattin einer ironischen Replik zuvor. »Wagt es nicht, ihm ein Haar zu krümmen!«

»Wer hier wem ein Haar krümmen wird, werdet Ihr früh genug erfahren«, verkündete Berengar lapidar und ließ den Blick durch den weiträumigen Saal schweifen. Abgesehen von den Kriegsknechten, welche den Eingang bewachten, befanden sich sieben weitere Personen im Raum, unter ihnen eine Kreatur, die mehrere Menschen auf dem Gewissen hatte. Wie viele genau, würde sich in Kürze herausstellen, und zwar dann, wenn die Unterredung zwischen seinem Freund und dem Amtmann beendet war. Bis dahin würde nicht nur dessen Gattin, sondern auch er seine Ungeduld zügeln müssen. »Nehmt Platz, junge Dame, es wird nicht mehr lange dauern.«

»Nun macht es nicht so spannend, Vogt«, meldete sich Gutta von Stettenberg zu Wort, wie so häufig in Begleitung des Burgkaplans, der ihre Bemerkung mit versteinerter Miene quittierte. »Wie ich Euren Freund kenne, seid Ihr und er längst im Bilde.«

»Und selbst wenn dem so wäre, edle Dame – von mir erfahrt Ihr kein Wort.« Die Daumen zwischen Schwertgurt und Wams, trug der Vogt demonstrative Gelassenheit zur Schau, hob den Blick und ließ ihn auf den Porträts an der Längswand des Palas-Saales ruhen. »Übt Euch in Geduld, etwas anderes bleibt Euch nicht übrig.«

»Ich muss doch sehr bitten, Herr Vogt!«, ereiferte sich der Burgkaplan, wechselte einen raschen Blick mit seiner Nachbarin und funkelte Berengar wutentbrannt an. »Ihr habt es hier mit der Burgherrin zu tun, vergesst das nicht!«

»Euer Beschützerinstinkt in Ehren, Vater Pirmin«, tat Berengar ohne ein Wimpernzucken kund, scheinbar ganz auf die Betrachtung der Porträts konzentriert, »ich weiß genau, mit wem ich es zu tun habe – und Ihr hoffentlich auch. Vergessen wir nicht: Unter uns, die wir hier verweilen, befindet sich ein Mörder. Ein Verbrecher, wie es ihn in den Annalen vermutlich nie gegeben hat. Das allein ist der Grund, weshalb mein Freund Hilpert und ich uns die Freiheit genommen haben, Euch hierherzubitten – nicht etwa, weil Ihr uns so sympathisch seid.«

»Also, das ist ja wohl die Höhe!«, entrüstete sich der Burgkaplan und sah sich Hilfe suchend um. »Ich glaube nicht, dass ich mir so etwas gefallen lassen muss!«

»Ich schon.«

Die Stille, welche im Raum herrschte, war beklemmend, und wäre der Windzug nicht gewesen, der durch die geöffneten Türflügel drang, hätte man eine Stecknadel zu Boden fallen hören können.

»Und wer gibt Euch das Recht dazu, Mönch?«

»Der Herr an meiner Seite«, erwiderte Bruder Hilpert und deutete auf den Amtmann, während sich die Tür hinter dem Repräsentanten des Erzbischofs und einem halben Dutzend schwer bewaffneter Soldknechte schloss, die sich überall im Raum verteilten. »Damit nur ja alles seine Richtigkeit hat, Burgkaplan.«

»Dann schlage ich vor, Ihr überlasst ihm das Feld. Je schneller die Angelegenheit ad acta gelegt wird, desto besser.«

»Ganz Eurer Meinung, Herr Domkapitular«, pflichtete Bruder Hilpert dem gewichtigen Genussmenschen bei, lud den Amtmann ein, den Vorsitz zu übernehmen, und nahm am Kopfende der Tafel Platz. »Ich bin sicher, es wird nicht lange dauern.«

»Heißt das, der Täter ist gefasst?«

»Kommt drauf an, wen du meinst, Gutta!«, gab Bruder Hilpert kurz angebunden zurück. »Ganz so einfach, wie der Kasus erscheint, ist er nämlich nicht. Anders ausgedrückt: Der Hauptschuldige, nebst weiteren Untaten verantwortlich für den Anschlag auf deinen Gatten, hat mit dem Mord an seinem Bruder nichts zu tun.«

»Wer dann?«

»Das frage ich dich, Gutta.«

»Moment mal!«, rief die in Schwarz gekleidete und trotz fortgeschrittenen Alters ansehnliche Gattin Arnolds von Stettenberg aus. »Soll das heißen, ich stehe unter Verdacht?«

»Das hast du gesagt, Gutta, nicht ich«, gab Bruder Hilpert in scharfzüngigem Ton zurück, den Blick auf seine Jugendbekanntschaft und den Kaplan gelenkt, der unruhig auf seinem gepolsterten Lehnstuhl hin und her rutschte. »Und darum: Wenn es etwas zu sagen gibt, dann jetzt.«

»Ich bin es gewesen, Bruder. Ich habe diesen Erbschleicher aus dem Weg geräumt.«

»Ihr, Vater Pirmin?«, stieß der Angesprochene hervor, fast ebenso überrascht wie Berengar, mit dem er einen erstaunten Blick wechselte. »Ausgerechnet Ihr, ein Gesalbter unseres Herrn?«

»Ja, ich.«

»Ihr wart es, der Ruprecht von Stettenberg ge…«

»Ja, verdammt noch mal!«, blaffte der Kaplan, ohne Rücksicht auf die Wirkung, welche die rüde Antwort nach sich zog. »Ob Ihr es mir nun glaubt oder nicht: Ich bin aufs Gerüst geklettert, habe gewartet, bis er in Reichweite war, und mir die Freiheit genommen, den Betrüger ins Jenseits zu befördern. So, jetzt wisst Ihr Bescheid.«

»Was das betrifft, wäre ich mir nicht so sicher.«

Vor Zorn kaum zu bändigen, sprang der Burgkaplan auf. »Soll das heißen, Ihr glaubt mir nicht?«, schleuderte er Bruder Hilpert entgegen, der die Hand hob, um der zu erwartenden Tirade vorzubeugen. »Wenn Ihr wollt, gebe ich es Euch schriftlich.«

»Alles zu seiner Zeit, Vater«, antwortete Bruder Hilpert, tat so, als sei der Kleriker hinfort Luft und wandte sich den verbliebenen Anwesenden zu. »Meine Damen, hoch verehrte Herren: Falls nichts dagegen spricht, erlaubt, dass ich eine kurze Geschichte erzähle.«

»Aber gern«, höhnte der Domkapitular, wischte sich den Mund ab und leistete sich die Taktlosigkeit, die Hausherrin aufs Korn zu nehmen. »Vorausgesetzt, man kredenzt einen edlen Tropfen. Und wenn wir gerade von flüssiger Labsal reden: Ein kleiner Imbiss wäre wirklich nicht schlecht.«

»Ich fürchte, uns allen wird der Appetit bald vergehen.« Nicht in der Stimmung, den Domherrn in die Schranken zu weisen, wandte sich Bruder Hilpert seinem Tischnachbarn zu. »Oder sehe ich das falsch, Amtmann?«

Der Repräsentant des Erzbischofs verneinte und fügte, an die Anwesenden gewandt, hinzu: »Bruder Hilpert, Bibliothekarius des Sacer Ordo Cisterciensis, hat das Wort. Die Verhandlung ist eröffnet.«

»Seid bedankt, Herr von Schweinitz.« Die Arme verschränkt, erhob sich Bruder Hilpert von seinem Platz. »Und auch Ihr, die Ihr trotz der Kälte ausgeharrt habt.«

»Was soll das werden? Etwa eine Tischrede?«

»Nein, eher ein Plädoyer.« Ohne seine Jugendbekanntschaft anzuschauen, ließ Bruder Hilpert den Blick über die Gesichter der Anwesenden schweifen, räusperte sich und sagte: »Die Tragödie, welche ich zu schildern beabsichtige, liegt bereits ein Vierteljahrhundert zurück. An den Folgen, welche bis in unsere Tage reichen, ändert dies jedoch nichts.« Die Hand auf der Tischplatte, nahm Bruder Hilpert einen tiefen Atemzug. »Wir schreiben das Jahr 1398, genauer gesagt den Samstag nach Mariä Empfängnis. Arnold von Stettenberg, zum damaligen Zeitpunkt zehn Jahre alt, befindet sich samt Vater und älterem Bruder auf der Jagd. Wie sich herausstellt, wird dies kein Tag wie jeder andere werden, nicht zuletzt, weil es zu einem gänzlich unerwarteten Zwischenfall kommt. Eine Freveltat, die, wie ich mit Bedauern konstatieren muss, hierzulande gang und gäbe zu sein scheint. Um ein Exempel zu statuieren und um seinem Ältesten eine Lektion in puncto Manneszucht zu erteilen, gibt der Vater des gegenwärtigen Burgherrn den Befehl, die Bluthunde von der Leine zu lassen, wodurch ein Wildfrevler, landläufigen Auffassungen zufolge noch ein Kind, zu Tode kommt.«

»Und was, wenn ich mir die Bemerkung erlauben darf, hat das Ganze mit dem Anschlag auf meinen Vetter zu tun?«

»Weit mehr, als Ihr ahnt, Herr von Stettenberg!«, fuhr Berengar dazwischen, der sich die Gelegenheit, seiner Aversion Ausdruck zu verleihen, nicht entgehen ließ. »So, und jetzt tut uns den Gefallen und blökt nicht mehr dazwischen.«

»Damit, denke ich, wäre alles gesagt.« Ein Lächeln auf den Lippen, wandte sich Bruder Hilpert an seine Zuhörer. »Zum Leidwesen der Betroffenen ist dies jedoch nicht das einzige Mal, dass Arnold von Stettenberg von sich reden macht. Wobei ich gestehen muss, dass es mir angesichts der Tat, welche anno 1405 an Martini begangen wird, die Worte fehlen.«

»Und das will bekanntlich etwas heißen.«

»Ihr sagt es, Herr Domkapitular.« Bruder Hilpert schnitt eine gelangweilte Grimasse. »An jenem Tag, präzise gesagt kurz vor Sonnenaufgang, werden die Bewohner der hiesigen Mühle durch das Auftauchen von drei Reitern aus dem Schlaf gerissen, als da sind: Arnold, mittlerweile 17 Jahre alt, sein Vater, welcher letztes Jahr das Zeitliche gesegnet hat, und der Kastellan, der, wie allgemein bekannt, vor knapp vier Tagen Opfer eines Mordanschlages wurde.«

»Mit anderen Worten: Du vermutest, die Ereignisse von damals stehen mit dem Anschlag auf Arnolds Leben in Zusammenhang.«

»Ich vermute es nicht nur, Gutta, ich weiß es.« Bruder Hilpert richtete sich zu voller Größe auf. »Um es auf den Punkt zu bringen, verehrte Anwesende: Kaum sind die drei Reiter aufgetaucht, stürmen sie auch schon das Haus, zerren den Müller nach draußen und malträtieren ihn auf eine Weise, wie es nicht einmal die Ungläubigen zuwege bringen würden. Kaum verwunderlich, dass er den Torturen nicht lange standhalten kann. Doch damit, will heißen mit dem Foltertod des Müllers, ist die Angelegenheit noch nicht beendet. Wider jegliches Recht und die Gebote der Menschlichkeit wird Maria, seine Tochter, von den dreien verschleppt, zum Stettenberger Hof eskortiert und bis auf Weiteres in einem Kellerloch arretiert.«

»Bis auf Weiteres – was soll das heißen?«

»Das soll heißen, Herr von Marmelstein, dass es einen Grund gab, weshalb das Trio wie die Vandalen gehaust hat.«

»Wie die Vandalen?«, entrüstete sich der Stutzer, die Hand am Knauf des Dolches, den er an seinem Ledergürtel trug. »Das nehmt Ihr zurück, Pfaffe – aber sofort!«

»Mach dir keine Sorgen, Hilpert!«, warf Berengar seelenruhig ein, schlenderte durch den Saal und gesellte sich zu dem Hitzkopf, dem die Lust auf Hader umgehend verging. »Hunde, die bellen, beißen nicht.«

»Wem sagst du das, alter Freund!« Bruder Hilpert ließ sich nicht aus der Ruhe bringen. »Wie gesagt: Es gab einen Grund, weshalb die Marodeure keine Gnade walten ließen.«

»Und der wäre?«

»Falls Ihr es genau wissen wollt, Herr Domkapitular: Die Tochter des Müllers trug ein Kind unterm Herzen. Und wisst Ihr auch, von wem?«

»Doch nicht etwa von Ar…?«

»Tut mir leid, Euch enttäuschen zu müssen, Frau von Schweinitz. Beim Kindsvater handelte es sich um Martin von Stettenberg, zwei Jahre älter als sein Bruder Arnold. ›Na, wenn schon!‹, werden manche der hier Anwesenden denken. ›So etwas kommt doch öfter vor.‹ Richtig, muss ich zu meinem Bedauern sagen. Im Gegensatz zur landläufigen Auffassung, nach der Frauen aus dem Volk Freiwild sind, meint es Martin von Stettenberg jedoch ernst, verkündet dem erbosten Vater, er wolle Maria ehelichen, und weicht selbst dann von seinem Vorhaben nicht ab, als der alte Junker damit droht, den ungeliebten Sohn zu enterben und ihn, falls nötig, mit Gewalt zum Einlenken zu bringen. Eine Drohung, welche er in die Tat umsetzt.«

»Und Maria?«

»Maria, zum Zeitpunkt des Überfalls hochschwanger, weiß zunächst nicht, wie ihr geschieht. Angekettet wie ein Schwerverbrecher, harrt sie der Dinge, die da kommen sollen. Und hofft, wie der Fortgang der Ereignisse beweist, nicht vergebens. Gibt es doch jemanden, der das Geschehen aus nächster Nähe verfolgt, aufs Schärfste missbilligt und dem Junker, der von alldem nichts wissen will, heftige Vorhaltungen macht.«

»Der große Unbekannte, verstehe.«

»*Die* große Unbekannte, Herr von Stettenberg«, tat Bruder Hilpert mit unverhohlener Geringschätzung kund, wandte den Blick nach rechts und richtete ihn auf die gebeugte Gestalt, welche im Halbschatten neben dem Portal verharrte. »Tritt vor, Kathalin, und lege Zeugnis ab, dass ich die Wahrheit gesagt habe.«

»Es war so, wie Ihr es geschildert habt, Bruder.«

»Bis in die Einzelheiten?«

Die Alte nickte. »So und nicht anders hat es sich zugetragen, Herr von Schweinitz.«

»Unfassbar«, murmelte der Angesprochene vor sich hin, schüttelte den Kopf und hatte Mühe, die richtigen Worte zu finden. »Als Amtmann bin ich ja einiges gewohnt, aber … aber so etwas ist mir mein Lebtag noch nicht zu Ohren gekommen.«

»Ich fürchte, das Schlimmste kommt noch.« Angespannter denn je, rang Bruder Hilpert um Fassung. »Tut mir leid für dich, Gutta, aber was die Machenschaften deines Gatten angeht, gibt es nichts zu beschönigen.«

»Machenschaften?«

»Beschönigend ausgedrückt. Mord wäre zutreffender, falls du verstehst, worauf ich anspiele.«

Der Blick fahrig und nervös, verfiel die Angesprochene in Schweigen.

»Mord?«

»Brudermord, um es genau zu sagen«, versetzte Bruder Hilpert wie im Selbstgespräch, die Lider nahezu geschlossen. »So weit korrekt, Vater Pirmin?«

Der Kleriker erbleichte. »Wie … wie meint Ihr das, Bruder?«, stammelte er, bemüht, das Zittern in seiner Stimme zu unterdrücken. »Ich habe nichts damit zu tun.«

»Und ob Ihr etwas damit zu tun habt!«, zischte Bruder Hilpert, dessen Geduld allmählich zur Neige ging. »Das Spiel ist aus, hört Ihr? Aus und vorbei. Tut nicht so, als wüsstet Ihr von nichts, sonst macht Ihr alles nur noch schlimmer.« Der Bibliothekarius atmete geräuschvoll aus. »Wart Ihr zugegen, als Martin von Stettenberg bei lebendigem Leibe eingemauert wurde – ja oder nein?«

»Versteht doch, Bruder: Mir blieb keine andere …«

»Ob Ihr ihm die Sterbesakramente erteilt habt, will ich wissen!«

»Ja.«

»Darf man fragen, warum?«

»Warum, wieso, weshalb!«, geiferte der Priester, im Wissen, dass er nichts mehr zu verlieren hatte. »Ihr habt vielleicht gut reden, Bruder. Was, denkt Ihr, wäre geschehen, wenn ich mich dem Drängen des Junkers widersetzt hätte? Schon gut, gebt Euch keine Mühe! Ich weiß genau, was jetzt kommt. Wer das Wort Gottes verkündet, hat die Pflicht, dem Bösen die Stirn zu bieten. Wohl gesprochen. Wäre da nicht das Problem, über den nächsten Winter zu kommen.«

»Mit anderen Worten: Um die Stellung, welche Ihr ergattert hattet, nicht aufs Spiel zu setzen, habt Ihr Euer Fähnchen nach dem Wind gedreht.« Der Mundwinkel des Bibliothekarius verformte sich. »Dumm nur, dass Arnold alles ausgeplaudert hat.«

»Und an wen, wenn man fragen darf?«

»An seine Amme, Herr von Stettenberg«, gab Bruder Hilpert postwendend zurück, nicht sonderlich erpicht, Katz und Maus zu spielen. »Wenn es jemanden gibt, auf den er hört, dann auf sie.»

»Hinter wem, wenn die Frage erlaubt ist, seid Ihr eigentlich her?«

»Hinter einem Verbrecher, wie es ihn nicht alle Tage gibt«, wich Bruder Hilpert der Frage des Domkapitulars aus, holte tief Luft und wechselte einen Blick mit dem Vogt, der ein kurzes Nicken von sich gab. »Ein Schurke, dem es um ein Haar gelungen wäre, mich zu täuschen.«

»Macht es nicht so spannend, Bruder, um wen handelt es sich?«

»Eines nach dem anderen, Herr von Stettenberg.« Bruder Hilpert machte eine beschwichtigende Handbewegung. »Interessiert es Euch denn gar nicht, was aus seiner Mutter wurde?«

»Moment mal! Wollt Ihr damit sagen, dass …«

»Meine Hochachtung, Frau von Schweinitz. Eure Kombinationsgabe kann sich wirklich sehen lassen.« Der Bibliothekarius deutete ein Händeklatschen an. »Anders ausgedrückt: Jüngsten Erkenntnissen zufolge handelt es sich bei dem Schuft, hinter dem Berengar und ich her sind, um …«

»… den Spross Martins von Stettenberg und seiner Konkubine?«

»Ihr habt es erfasst, Herr Domkapitular.«

»Aber … aber wie kann das sein?«

»Könnt Ihr Euch das nicht denken?«, entgegnete Bruder Hilpert, dem die Antipathie gegenüber dem Stutzer ins Gesicht geschrieben stand. »Denkt nach, junger Freund – ab und an kann das nicht schaden.«

»Noch ein Wort, Mönch, und …«

»Ein Wort? Ich fürchte, damit ist es nicht getan«, erwiderte Bruder Hilpert, der sich die Gelegenheit, den Aufschneider vorzuführen, nicht entgehen ließ. »Doch zurück zum Thema. Um zu retten, was zu retten ist, fasst Kathalin den Entschluss, der Müllerstochter beizustehen, besticht die Wachen und tut alles, um das Los der werdenden Mutter zu lindern. Mit Erfolg. Die Geburt, welche an Mariä Empfängnis anno 1405 erfolgt, geht nahezu reibungslos vonstatten. Bleibt die Frage, was mit dem Knaben, von dem die Müllerstochter entbunden wird, geschehen soll. Eine Frage, deren Beantwortung nicht auf die lange Bank geschoben werden darf. Steht doch zu befürchten, dass Martins Vater nichts unversucht lassen wird, sich des unerwünschten Bastards zu entledigen.«

»Jetzt rückt endlich raus damit, Bruder! Was ist aus ihm geworden?«

»Gegenfrage, Herr von Stettenberg: Wohin mit einem Neugeborenen, wenn man befürchten muss, dass ihm etwas zustößt?«

»Ich fürchte, da gibt es nicht viele Möglichkeiten.«

»Wohin damit, wenn man sich nicht darum kümmern kann? Wenn man Gewissheit haben will, dass es ihm an nichts fehlt?«

»Schon gut, Bruder. Ich bin nicht so begriffsstutzig, wie ich aussehe.«

»Freut mich zu hören, Herr von Stettenberg.« Obwohl ihm nicht danach zumute war, setzte Bruder Hilpert ein Lächeln auf. »Lange Rede, kurzer Sinn: Um zu verhindern, dass sich Arnolds Vater an dem Neugeborenen vergreift, entsinnt sich Kathalin ihres Beichtvaters, schmuggelt den Knaben aus dem Gefängnis und stiehlt sich bei Nacht und Nebel davon, um ihn ins nahe Kloster zu bringen. Dort angekommen, bittet sie Bruder Adalbert, Portarius und Beichtiger in Personalunion, er möge sich des Knaben annehmen. Eine Bitte, der umgehend stattgegeben wird. Selbst nicht mehr der Jüngste, zieht Bruder Adalbert sämtliche Register, um dem kleinen Martin – so sein späterer Taufname – eine sorgenfreie Kindheit zu ermöglichen, gibt ihn bei einem Winzer aus dem nahen Reichholzheim in Pflege und wacht mit Argusaugen darüber, dass ihm nichts Böses widerfährt. Alt genug, um den Schritt zu wagen, tritt der mittlerweile 15 Lenze zählende Knabe sein Noviziat im Kloster Bronnbach an. Dort erweist er sich als überaus eifrig und anstellig, was zur Folge hat, dass er ein Jahr später in den Konvent aufgenommen wird, zur Freude von Bruder Adalbert, der dafür sorgt, dass die Herkunft seines Schützlings ein Geheimnis bleibt.« Am Ende seiner Ausführungen angelangt, legte Bruder Hilpert eine Kunstpause ein. Dann sagte er: »Wider Erwarten geht das Versteckspiel, das Bruder Adalbert inszeniert, mehr als drei Jahre gut. Doch dann, als er sein Ende nahen fühlt, plagt ihn das Gewissen. Der Grund, weshalb er beschließt, seinem Zögling reinen Wein einzuschenken, zum Entsetzen von Kathalin, die versucht, ihren Beichtvater von seinem Entschluss abzubringen. Der aber lässt nicht mit sich reden, in der Absicht, reinen Gewissens vor das Angesicht seines Schöpfers zu treten. Alles Bitten und Betteln, alle Einwände und Bedenken fruchten nichts. Kurz davor, das Zeitliche zu segnen, bittet der Portarius den jungen Mann, für den er zeitlebens Vaterstelle eingenommen hatte, um Verzeihung und weiht ihn in das Geheimnis seiner Herkunft ein. Dann, vor exakt 20 Tagen, wird er von seinem Schöpfer zu sich gerufen.« Bruder Hilpert atmete laut und vernehmlich durch. »So weit alles korrekt, Kathalin?«

Die Hand auf ihrem Gehstock, nickte die Alte mit dem Kopf. »Gibt es etwas, das du hinzufügen möchtest?«

»Nein, Herr.«

»Und wie steht es mit dir, Bruder?« Der Bibliothekarius spie die Worte nur so aus, mit Betonung auf der Anrede, bei der er angewidert das Gesicht verzog. »Oder ziehst du es vor, wenn ich von deinem Taufnamen Gebrauch mache?«

»Das könnt Ihr halten, wie Ihr wollt, Bruder.« Nur in Umrissen zu erkennen, rührte sich die Gestalt neben dem Stammbaum nicht vom Fleck. »Hauptsache, Ihr mischt Euch nicht in Dinge ein, von denen Ihr nichts versteht.«

»Wenn ich du wäre, du Hundsfott, würde ich den Mund nicht so voll nehmen!«

»Ich darf dann wohl, oder?« Das Kinn leicht angehoben, stand der Amtmann von seinem Platz auf, warf Berengar einen missbilligenden Blick zu und sagte: »Und jetzt zu uns, Bruder Hilarius. Wie dir nicht entgangen sein dürfte, wirst du des Leichendiebstahls, des versuchten Mordes und der Beihilfe zum Mord in drei Fällen angeklagt. Was hast du zu deiner Verteidigung zu sagen?«

»Gar nichts.« Die Arme über Kreuz, trat der Angesprochene in das Licht, welches das Kohlebecken zu seiner Linken warf, blieb stehen und tat so, als lasse ihn die Unruhe, welche sich im Saal breitmachte, vollkommen kalt. »Es sei denn, Ihr wartet mit Beweisen auf.«

»Nichts lieber als das, Bruder Hilarius.«

»Da bin ich aber gespannt, Herr Kriminalist.« Der Mann, der den Ordensnamen aufgrund seines Dauerlächelns nicht zu Unrecht trug, hielt dem bohrenden Blick des Bibliothekarius stand. »Nur zu, tut Euch keinen Zwang an. Es ist mir ein Vergnügen, mich mit Euch zu messen.«

»Das Vergnügen ist ganz auf meiner Seite«, erwiderte Bruder Hilpert, setzte seine Augengläser auf und förderte einen Pergamentstreifen zutage, den er mit spürbarer Genugtuung entrollte. »Ich zitiere: ›Mein Verlangen nach dir ist so groß, dass ich an nichts anderes mehr denken kann. Darum komm heute Nacht in den Kammerforst, damit ich weiß, ob du meine Gefühle teilst.‹ Kommt dir bekannt vor, hab ich recht?«

»So leid es mir tut, Bruder: Was Liebesbotschaften betrifft, mangelt es mir an Erfahrung.«

»Und wie steht's damit, Bruder Hilarius?«, hakte der Amtmann nach, bedeutete dem Infirmarius näherzutreten und überreichte ihm ein vollgekritzeltes Blatt, übersät mit Dämonenfratzen, reißenden Bestien und Kreaturen, bei deren Anblick ihm ein Schauder über den Rücken lief. »Nicht unbedingt mein Geschmack, aber was den Wolf angeht, verdient der Künstler ein Kompliment. Einfach zum Fürchten, Bruder, und absolut naturgetreu.«

»Findet Ihr?«, erwiderte der Infirmarius, umringt von Blicken, die jede seiner Bewegungen verfolgten. »Darf man fragen, wo Ihr das Machwerk aufgetrieben habt?«

»Man darf, Bruder Hilarius, man darf.« Ohne sich den Zorn, der ihn überkam, anmerken zu lassen, nahm Bruder Hilpert das Blatt wieder an sich, gab Berengar ein Zeichen und ergänzte: »Am besten, du fragst den Vater Abt gleich selbst. Für den Fall, dass du dann immer noch verstockt sein solltest, werde ich im Anschluss mit zwei Zeugen aufwarten.«

»Bestochene oder eingeschüchterte?«

»Weder das eine noch das andere.« Die Miene des Bibliothekarius verhieß nichts Gutes. »Wenn das so ist, Infirmarius«, flüsterte er, während ein Luftzug durch die offene Tür wehte und gleich mehrere Kerzen zum Erlöschen brachte, »ist das Band, welches uns miteinander verknüpft, zerschnitten. Möge dir der Herrgott gnädig sein, Martin von Stettenberg, was nun geschieht, hast du dir selbst zuzuschreiben!«

27

Rittersaal, kurz darauf | 18:30 h

»NICHT ZUSTÄNDIG?«, schleuderte der Amtmann dem Angeklagten ins Gesicht, in seiner Ehre zutiefst gekränkt. »Du wagst es, mir das ins Gesicht zu sagen? Mir, dem Vertreter Seiner erzbischöflichen Gnaden?«

»Ihr vergesst, dass ich Mönch bin, Hochwohlgeboren«, gab Bruder Hilarius in hochfahrendem Ton zurück. »Jedes Kind weiß, dass man mir nichts anhaben kann, es sei denn, man zitiert mich vor ein geistliches Gericht.« Der Infirmarius, der vor Überheblichkeit nur so strotzte, strich mit dem Daumen über die Fingerkuppen, lehnte sich zurück und trug eine gelangweilte Miene zur Schau. »Tut mir leid, Herr Amtmann: Mit mir verschwendet Ihr nur Eure Zeit. Ihr könnt es drehen und wenden, wie Ihr wollt. Das erzbischöfliche Blutgericht ist für mich nicht zuständig.«

»Doch, ist es.« Abt Johannes, zur Linken von Bruder Hilpert und rechts vom erzbischöflichen Amtmann und Justitiarius flankiert, erhob sich von seinem Platz, räusperte sich und blickte so grimmig drein, dass man zweimal hinsehen musste, um den als sanftmütig bekannten Oberhirten zu erkennen. »Und weißt du auch, aus welchem Grund?«

»Nein. Aber Ihr werdet es mir bestimmt gleich sagen.«

»Du weißt doch, Bruder: Hochmut kommt vor dem Fall. Wie einst Luzifer, so wirst auch du, mein gefallener Sohn, vom Angesicht Gottes verbannt und in den Höllenschlund hinabgestoßen werden. Auf dass du, der du dich wider deine Mitmenschen versündigtest, nie mehr Leid oder Not und Elend über sie bringen mögest. Mit anderen Worten: Beim morgigen Kapitel werde ich dafür plädieren, dass du aus der Gemeinschaft, welche dich beherbergt, genährt und mit geistiger Labsal versorgt hat, mit sofortiger Wirkung ausgestoßen wirst. Ich denke, du weißt, welche Konsequenzen das für dich haben wird.«

»Worte, Worte – und abermals Worte.« Entgegen den Erwartungen, welche sich in den Gesichtern der Anwesenden widerspiegelten, blieb die Ansprache des Klostervorstehers ohne Wirkung. »Und wo, hochgelehrte Herren, bleibt der Beweis?«

»Tritt ein, Hrodgar, und auch du, Agnes Kiepenhauer.« Gänzlich unbeeindruckt von der Arroganz, die sein Widersacher an den Tag legte, nickte Bruder Hilpert seinen Kronzeugen zu und bedeutete ihren Bewachern, die Tür zu schließen. »Darf ich vorstellen, Vater Abt: Hrodgar, von Beruf Müller und Neffe des Mannes, von dem es einst hieß, ihm stehe eine goldene Zukunft bevor. Und das ist Agnes, seine Tochter.«

»Seine … seine was?«

»Du hast richtig gehört, Gutta«, gab Bruder Hilpert in schneidendem Ton zurück und hob die Hand, um der Burgherrin Einhalt zu gebieten. »Wenn es dir nichts ausmacht, würde ich gern fortfahren. Wir beide sprechen uns noch, dessen sei gewiss.«

»Ihr habt das Wort, Bruder Hilpert: Waltet Eures Amtes.«

»Habt Dank, Vater Johannes«, antwortete Bruder Hilpert und wartete ab, bis der Abt neben ihm Platz genommen hatte. »Was jetzt folgt, ist nur noch Formsache.«

»Ihr kommt Euch wohl sehr schlau vor, was?«, geiferte der Angeklagte. »Ich wette, Euch ist noch nie ein Missgeschick unterlaufen!«

»Wenn du dich da mal nicht irrst, Bruder: Jeder von uns macht Fehler – auch du.« Der Körper des Bibliothekarius straffte sich. »Fehler Nummer eins: Du hast dir zwar Mühe gegeben, eine schmachtende Liebesbotschaft zu verfassen, es aber unterlassen, die Notizen in deinem Schreibpult zu vernichten. Ein Missgeschick, möchte man meinen, aber, wie der Zufallsfund deines Abtes bestätigt, ein Missgeschick mit Folgen.« Bruder Hilpert ließ seinen Blick durch den Saal wandern. Alle Anwesenden, Gutta mit eingeschlossen, hielten den Atem an, und niemand wagte, ihn zu unterbrechen. »Fehler Nummer zwei: Du hast dich und deine Fähigkeiten überschätzt, dachtest, du wärst imstande, ein tödliches Komplott zu inszenieren. Einen Mord, den dir niemand nachweisen kann.«

»Und Fehler Nummer …?«

»Irrtum Nummer drei: Dir scheint nicht bewusst gewesen zu sein, dass etwas Unerwartetes geschehen könnte. Ein Zufall, der all deine Pläne zunichtemacht.« Bruder Hilpert legte eine Kunstpause ein. »Weißt du, wie ich dir auf die Spur gekommen bin?«

»Was soll das werden? Etwa ein Ratespiel?«

»Ein Blick nach links, und dir wird ein Licht aufgehen.«

Der Angeklagte tat, wie ihm geheißen, betrachtete die Familienporträts, riss die Augen auf – und erbleichte.

»Wie aus dem Gesicht geschnitten, hab ich recht? Ich finde, dem Maler gebührt ein Kompliment.«

»Lasst meinen Vater aus dem Spiel, hört Ihr?«

»Nichts lieber als das. Möge er in Frieden ruhen.« Der Bibliothekarius verzog keine Miene. »Wie heißt es doch so schön: Unverhofft kommt oft. Erst das unerwartete Auftauchen von Agnes, als du deinem Oheim einen Besuch abgestattet hast, dann der unerwartete Auftrag deines Abtes, mir bei meinen Ermittlungen unter die Arme zu greifen. Tja, Bruder – so kann es gehen. Kaum ist der perfekte Plan geschmiedet, gerät man auch schon in Schwierigkeiten.« Ohne eine Miene zu verziehen, wandte sich Bruder Hilpert den beiden Zeugen zu. »Erkennst du diesen Mann, Agnes?«

»Ja, Bruder.«

»Wann hast du ihn zum ersten Mal gesehen?«

»Vergangenen Samstag.«

»Wo?«

»In der Dorfmühle.«

»Wie sah er aus?«

Die junge Frau zögerte. »Na ja, wie unsereins eben so aussieht.«

»Das heißt, er trug kein Habit.«

»Nein, Bruder.«

»War das deine einzige Begegnung mit ihm?«

Agnes schüttelte den Kopf. »Vor zwei Tagen ist er plötzlich vor der Tür gestanden – mit dem Wams des Junkers in der Hand. Ich solle zusehen, dass es wieder an Ort und Stelle kommt, hat er gesagt.«

»Und du?«

»Zuerst wollte ich nicht. Aber dann hat er mir gedroht. Ich solle ja nicht auf die Idee kommen, ihn zu verraten, hat er mir eingeschärft. Sonst würde es mir so wie dem Oswyn gehen.«

»Was war dann?«

»Ich habe getan, was er von mir verlangt hat, das Wams an mich genommen und es wieder in die Truhe gelegt.«

»Besondere Vorkommnisse?«

»Ja, Bruder. Wie ich so dastehe und das Wams zusammenlege, fällt ein Brief heraus.«

»Der Pergamentstreifen, den ich dir vorhin gezeigt habe?«

»Ja, Bruder.«

»Und was hast du damit gemacht?«

»Ihn aufgehoben und in die Brusttasche gesteckt.« Die Kammerjungfer errötete. »Wenn ich gewusst hätte, was ich damit anrichte, wäre ich lieber ge...«

»Schon gut, Agnes: Du kannst nichts dafür.« Die Stirn in Falten, wandte sich Bruder Hilpert wieder ab. »Schlau eingefädelt, Infirmarius. Natürlich spricht es sich herum, wer da seit Tagen auf der Burg logiert. Vor allem, wenn es sich um den Herrn Amtmann samt mitgereister Ehegattin dreht.«

Der Infirmarius setzte eine gelangweilte Miene auf. »War das alles, Bruder?«

Bruder Hilpert tat, als habe er die Frage nicht gehört. »Fehler Nummer vier: Du hast dich nicht im Griff. Erinnerst du dich, wie du dich darüber erhitzt hast, weil Gutta dich abgewiesen und gesagt hat, ihr Mann habe deine Hilfe nicht nötig? Das hat mich stutzig gemacht, wenngleich ich nicht im Traum daran gedacht habe, du könntest der Drahtzieher des Geschehens sein.«

»Seid Ihr jetzt endlich fer...?«

»Ich kann verstehen, wie dir zumute ist. Da bildet man sich ein, den perfekten Plan ausgeheckt zu haben, und dann so etwas.« Der Bibliothekarius verzog das Gesicht. »Weißt du, was ich überhaupt nicht verstehe?«

»Fehler Nummer fünf, wenn mich mein Instinkt nicht trügt?«

»Gut erraten.« Bruder Hilpert spendete höhnischen Applaus. »Wie ein Mensch, der sein Leben Gottvater, der Anbetung der Heiligen Jungfrau und dem Dienst an seinen Mitmenschen gewidmet hat, zu so etwas fähig ist, will mir nicht in den Kopf.«

»Alles, was recht ist, Bruder: Hat mein Oheim die Morde begangen oder ich?«

Bruder Hilpert ging über die Frage hinweg. »Du hast gehört, was dein Neffe von sich gegeben hat, Müller?«, richtete er das Wort an Hrodgar, der das Geschehen mit grimmiger Miene verfolgte. »Möchtest du dich zu dem Vorwurf äußern?«

»Nein, Bruder«, antwortete der Hüne und wechselte einen kurzen Blick mit Agnes, die mit tränenfeuchten Augen neben ihm stand. »Es wird mir zwar nichts nützen, aber …«

»Aber?«

»Es tut mir leid, was ich angerichtet habe, Herr Vogt.«

»Das macht die Menschen, die du auf dem Gewissen hast, nicht mehr lebendig.«

»Dessen bin ich mir bewusst, Herr«, antwortete der Müller und wich dem Blick des Amtmannes aus. »Verfügt über mich, wie es Euch beliebt.«

»Halt den Mund, du Memme!«, giftete Bruder Hilarius, sprang auf und drohte seinem Oheim mit der Faust. »Was fällt dir ein, vor dem alten Federfuchser zu Kreuze zu kriechen!«

Weiter als bis hier, wo Bruder Hilpert energisch dazwischenfuhr, kam der Infirmarius jedoch nicht. »Ihr seid es, der den Mund halten wird, ist das klar?«, herrschte er den Angeklagten an, so laut, dass das Echo von den Wänden widerhallte. »Sag mal, empfindest du eigentlich keine Reue? Ein Mensch von deinem Schlag, gebildet, talentiert und von seinem Schöpfer mit Gaben gesegnet, von denen andere nur träumen können – und dann diese Verbohrtheit, Rachsucht und der Irrglaube, man könne Unrecht sühnen, indem man Gleiches mit Gleichem vergilt. Hat die Zeit, die du hinter Klostermauern verbracht hast, überhaupt Spuren bei dir hinterlassen?«

»Jetzt kommt mir doch nicht mit so was, Bruder. Was hättet Ihr denn getan, wärt Ihr an meiner Stelle gewesen?«

»Wer zum Schwert greift, wird durch das Schwert umkommen. Und wer Wind sät, der wird Sturm ernten.«

»Und wer von euch ohne Sünde ist, werfe den ersten Stein! Johannes, Kapitel 1, Vers 7.« Der Infirmarius brach in schrilles Gelächter aus. »Was hätte ich denn tun sollen, Bruder Pfiffikus? Die Hände in den Schoß legen und warten, bis Gott der Herr den Junker seiner Sünden wegen straft? Zum Henker mit der göttlichen Gerechtigkeit! Davon kann man sich nichts kaufen.« Hochrot vor Zorn, ballte der Infirmarius die Faust. »Wollt Ihr wissen, wie ich mich gefühlt habe, als mir Bruder Adalbert reinen Wein eingeschenkt hat? Nein? Ist auch besser so, Bruder Neunmalklug. Für mich ist eine Welt zusammengebrochen. Alles, woran ich geglaubt habe, war auf einen Schlag dahin. Diese Brut hat meine gesamte Familie auf dem Gewissen, ist Euch das klar? Meinen Vater, meine Mutter, meinen Großvater. Und jetzt kommt ausgerechnet Ihr daher und wollt mir einreden, dass es mir nicht zusteht, das Recht in die eigene Hand zu nehmen. Wisst Ihr was, Bruder Hilpert? Ihr könnt mir gestohlen bleiben, mitsamt der Heuchlerbande, welche sich Zisterzienserorden schimpft. Und wenn wir gerade von Heuchlern reden: Wenn Ihr denkt, Herr von Schweinitz, ich lasse mich wie ein Lamm zur Schlachtbank führen, habt Ihr Euch getäuscht. Denkt Ihr, ich weiß nicht, was mir bevorsteht? Keine Bange, die Herren – ich kann mir vorstellen, was es bedeutet, aufs Rad geflochten, bei lebendigem Leib verstümmelt und auf dem Schindanger verscharrt oder den Straßenkötern und Raben zum Fraß vorgeworfen zu werden. Glaubt Ihr, ich bin so töricht wie mein Oheim, dem nichts Dümmeres einfiel, als ein Geständnis abzulegen? Nicht mit mir, erlauchte Herren, ohne mich.« Eine Phiole in der Hand, die er unter seiner Kukulle verborgen hatte, warf Bruder Hilarius einen Blick in die Runde. Der 18-jährige Ordensbruder mit den blauen Augen, der sanften Stimme und den weichen Gesichtszügen war verschwunden, verschwunden auch das gewinnende Lächeln, das ihm zeitlebens Sympathien beschert hatte. Was blieb, war eine wutverzerrte Fratze, hervorquellende Augen und eine Stimme, die so schrill klang, dass es in den Ohren schmerzte. »Was schaut ihr mich so an? Glaubt Ihr, ich weiß nicht, was Ihr über mich denkt?« Der Infirmarius lachte in sich hinein. »Meinetwegen verachtet mich, so wie ich die, welche mir Leid zugefügt haben, aus tiefster Seele verachte. Nennt mich Mörder, Bestie oder Ungeheuer, löscht meinen Namen aus den Annalen des Klosters, werft meinen Leichnam in den Schweinepferch, auf dass meine Überreste dort verrotten.« Bruder Hilarius schloss die Augen, umklammerte die Phiole und führte sie an die Lippen. »Tut meinetwegen, was Ihr wollt – was mich betrifft, gibt es nichts zu bereuen!«

»Wahrlich!«, murmelte der Amtmann, während der Leichnam des Infirmarius auf eine Trage gebettet und sein Oheim, der keinerlei Regung zeigte, nach draußen eskortiert wurde. »So etwas wie heute erlebt man nicht alle Tage.«

»Zum Glück.« Sichtlich mitgenommen, stieß der Abt einen Seufzer aus. »Möge der Herr seiner gepeinigten Seele gnädig sein.«

Nicht sicher, welcher der beiden Übeltäter gemeint war, pflichtete der Amtmann dem Klostervorsteher bei, zupfte sein Barett zurecht und wandte sich an Bruder Hilpert, der mit ausdrucksloser Miene vor sich hinstierte. »Tja, das wär's dann wohl gewesen, Bruder.«

»Noch nicht ganz«, flüsterte der Bibliothekarius, eher an sich selbst als an den Repräsentanten des Erzbischofs gewandt. »Erlaubt, dass ich noch ein kurzes Vieraugengespräch führe.«

»Und mit wem, Bruder?«

»Mit einer alten Bekannten, Vater Abt!«, erwiderte Bruder Hilpert, hob den Kopf, der auf den aneinandergepressten Fingerkuppen ruhte, und hielt Ausschau nach der Frau, die nicht gezögert hatte, den eigenen Schwager zu beseitigen. »Ich denke, es gibt da noch etwas zu klären.«

»Wollt Ihr damit andeuten, dass Frau von Stettenberg …«

»Ich will es nicht nur andeuten, Herr von Schweinitz«, fiel der Bibliothekarius seinem Nebenmann ins Wort, glättete seine Kukulle und erhob sich, um die leidige Angelegenheit zu beenden. »Dank Agnes, die Zeuge eines Gespräches zwischen dem Burgkaplan und seiner Geliebten wurde, bin ich um eine Enttäuschung reicher.«

»Geliebte?«, platzte es aus dem Amtmann heraus, so laut, dass die verbleibenden Anwesenden aufhorchten. »Ich hoffe, ich habe mich verhört.«

»Mitnichten, Herr Amtmann«, gab Bruder Hilpert kurz angebunden zurück, erhob sich und steuerte auf die schwarz gekleidete Frau zu, die mit versteinerter Miene am Fenster stand. »Es ist eben nicht alles Gold, was glänzt!«

EPILOG

Gamburg im Taubertal,
sechs Tage nach Mariä Empfängnis

(Dienstag, 14.12.1423)

28

Krappentor, kurz nach Sonnenaufgang | 08:30 h

»Und warum das Ganze, Vater Pirmin?«, fragte Bruder Hilpert, während er den steilen Pfad hinabschritt, auf dem man von der Burg ins Dorf gelangte. Der Schnee glitzerte im Sonnenlicht, das sich seinen Weg durch die Wipfel des Kammerforstes bahnte, und im Gegensatz zum Vortag, wo die Elemente wie entfesselt gewütet hatten, regte sich kein Lüftchen. Der Himmel erstrahlte in makellosem Blau, und wäre der Schnee nicht gewesen, der unter den Stiefeln der drei Männer knirschte, wäre die Ruhe, welche sie umgab, vollkommen gewesen. »Warum habt Ihr versucht, eine Mörderin zu decken?«

Der Burgkaplan stieß einen Schwall Atemluft aus, horchte auf und fixierte den vergitterten Reisewagen, der sich der Burg aus nordöstlicher Richtung näherte. »Könnt Ihr Euch das nicht denken, Bruder?«

»Doch, Vater.« Wohl wissend, wie töricht sein Ansinnen war, ließ der Bibliothekarius die Angelegenheit auf sich beruhen, schlug die Kapuze zurück und wandte sich an seinen Freund Berengar, der dem Burgkaplan auf dem Fuße folgte. »Na, Herr von Gamburg?«, fragte er, während der Reisewagen auf die Zugbrücke zurollte. »Alles so weit in Ordnung?«

Der Vogt nickte. »Sieht so aus, als wäre der Fall gelöst.«

»Und die beiden Gefangenen?«

»Werden zunächst nach Külsheim verbracht, auf der Burg verhört und sobald als möglich vor Gericht gestellt werden«, antwortete Berengar, bei dem sich das Mitleid mit der des Mordes überführten Burgherrin in Grenzen hielt. »Wie das Urteil lauten wird, kannst du dir denken.«

»Und was passiert mit Agnes?«, mischte sich Vater Pirmin ein, in Gedanken bei den Geschehnissen, welche zur Entlarvung der Täterin geführt hatten. »So unschuldig, wie sie tut, ist sie ja wohl nicht.«

»Da stimme ich Euch zu, Vater«, gab Bruder Hilpert zur Antwort, von seinem Ziel, dem Krappentor, nur noch wenige Schritte entfernt. »Aber da sie mich auf die richtige Spur gebracht und den Mut gehabt hat, gegen ihre Herrin auszusagen, steht einem Freispruch nichts im Wege.« Vor dem Tor angelangt, blieb Bruder Hilpert stehen. »Was aus ihr wird, liegt in Gottes Hand. Ein Schicksal, welches sie mit Junker Arnold teilt.«

»Ich weiß ja nicht, wie du darüber denkst«, versetzte Berengar und hielt Ausschau nach den Knechten, die er damit beauftragt hatte, Hämmer, Schaufeln, Eimer, Spitzhacken und allerlei schweres Gerät herbeizukarren. »Aber was mich angeht, gönne ich dem Schnösel die Stammburg meiner Familie nicht.«

»Ich auch nicht«, stimmte Bruder Hilpert zu, während sein Blick zwischen Berengar und dem Kaplan hin- und herwanderte. »Aber das ist momentan nicht der Punkt.«

»Sondern?«

»Der Punkt ist, Bruder Pirmin, dass es Wichtigeres zu tun gibt«, mahnte Bruder Hilpert, stapfte auf die Pforte zu, welche ins Innere des Torturmes führte, und bedeutete seinen Begleitern, ihm zu folgen. »Ans Werk, Gefährten – je früher wir fertig sind, desto besser.«

»Amen!«, vollendete der Burgkaplan, schlug ein Kreuz und setzte sich an die Spitze, um den Ort, wo Martin von Stettenberg die letzte Ruhe gefunden hatte, ausfindig zu machen. »Auf dass die Schuld, welche ich auf mich lud, getilgt werde.«

ENDE

POST MORTEM

WAPPEN DES ERZBISTUMS MAINZ

Wappen Arnolds von Stettenberg (links)
und seiner Frau (rechts)

WAPPEN DES ERZBISTUMS MAINZ

WAPPEN DER GRAFEN VON WERTHEIM

ABTSWAPPEN VOR DEM REFEKTORIUM DES KLOSTERS BRONNBACH

GLOSSAR

(alphabetisch)

Agamemnon	König von Mykene und Oberbefehlshaber der griechischen Armee, die Homer zufolge Troja belagert haben soll
Ägistos	Geliebter der Klytämnestra, Agamemnons Frau
Ad acta	Zu den Akten
Armarium	Wandnische im Kreuzgang, in der die Bücher eines Klosters aufbewahrt werden
A solis occasu, non ab ortu, describe diem.	Man soll den Tag nicht vor dem Abend loben.
Codex	Handschriftensammlung bzw. Gesetzbuch
Corpus Delicti	Beweisstück
De civitate Dei	*Vom Gottesstaat*, Hauptwerk des Augustinus, Bischof von Hippo Regius (354–430 n. Chr.)
Deo gratias!	Gott sei Dank!
Ergo	Also, deshalb, folglich
Fratres	Mönche, die sich im Gegensatz zu den Laienbrüdern eines Klosters primär dem Bibelstudium, Gebeten, der Arbeit im Skriptorium oder anderen geistigen Tätigkeiten widmen

Gambeson — Textilie, die unter einer Rüstung getragen wird, entweder aus gestepptem Leinen oder anderen Materialien

Gulden — (fränkisch) 16 Batzen, 24 Schillinge, 60 Kreuzer und 240 Pfennige

Kaufkraft — (um 1500, Würzburg):

	Preis
Ein Pfund Fleisch	3–4 Pfennige
10 Eier	6 Pfennige
Zehn Pfund getrocknete Erbsen	7 Pfennige
Eine Kuh	2–3 Gulden
Durchschnittsvermögen (1529)	183 Gulden pro Kopf
Jahresgehalt eines Stadtschreibers	100 Gulden

Quelle: Hans Steidle/Christine Weisner, *Würzburg. Streifzüge durch 13 Jahrhunderte Stadtgeschichte,* Würzburg 1999, S. 86 ff.

Gerechtsame	Rechte und Vorrechte, zum Beispiel das Schankrecht, der Wegzoll und die Erlaubnis, Bier zu brauen, Mehl zu mahlen, Münzen zu prägen etc.
Habit	Tracht eines Mönchs (Zisterzienser: weiße Kutte, schwarzer Überwurf)
Hades	Unterwelt der griechischen Mythologie
Hag	Von einer Hecke eingefriedetes bzw. eingehegtes Gelände
Illuminator	Mönch, der Bilder, Buchstaben und Initialen ausmalt und verziert
Infirmarius	Leiter der Krankenstation eines Klosters
Initiale	Anfangsbuchstabe (eines Kapitels in der Bibel bzw. einer Abhandlung)
Kalefaktorium	Wärmestube eines Klosters
Kapitelsaal	Hauptversammlungsraum eines Klosters
Kemenate	Beheizbarer Wohn- und Arbeitsraum in einer Burg
Klafte	(Rothenburg ob der Tauber) 1,80 Meter
Klytämnestra	Gemahlin des Agamemnon (s. o.)
Kodex	Handschriftensammlung bzw. Gesetzbuch (s. o.)
Komplet	Nachtgebet, u. a. in Klöstern
Kukulle	Übergewand eines Mönchs
Kuratel	Aufsicht

LAUDES	Morgenlob (siehe Gebetsplan)
MARC AUREL (121-180 n. Chr.)	Römischer Kaiser, Philosoph und letzter bedeutender Vertreter der sog. jüngeren Stoa
MEILE	Je nach Landstrich oder Messmethode zwischen sieben und elf Kilometern
MUHME	Tante (veraltet)
NOVIZE	Neuling in einem Kloster, durch das Ablegen eines Gelübdes vollwertiges Mitglied des Konvents
Omnia tempus habent!	Alles zu seiner Zeit!
ORDO CISTERCIENSIS	Zisterzienserorden
PFRÜNDE	Einkommen aus einem weltlichen oder kirchlichen Amt bzw. Nutzungsrecht zwecks Unterhaltssicherung eines Klerikers
PLATON (ca. 428 v. Chr.– ca. 347 v. Chr.)	Griechischer Philosoph
PORTARIUS	Pförtner bzw. Türsteher in einem Kloster
Primus humilitatis gradus est oboedientia sine mora.	Der erste Grad der Tugend besteht darin, ohne Zögern zu gehorchen.
Recte!	Richtig!
SACER ORDO CISTERCIENSIS	1098 in Cîteaux (Burgund) von Mönchen unter der Leitung von Abt Robert aus dem Kloster Molesme gegründet
Saeculum	Jahrhundert

Scio me nihil scire.	Ich weiß, dass ich nichts weiß.
SCRIPTORIUM	Schreibstube bzw. Lesesaal eines Klosters
Sic transit gloria mundi!	So vergeht der Ruhm der Welt!
SOKRATES (469 v. Chr. – 399 v. Chr.)	Griechischer Philosoph
SPIRITUS RECTOR	Leitende bzw. treibende Kraft
Stante pede	Ohne Verzögerung, sofort, stehenden Fußes, umgehend
SUMMA CONTRA GENTILES	Philosophisch-theologisches Werk aus der Feder von Thomas von Aquin (s. u.)
Summa summarum	Alles in allem, insgesamt
THOMAS VON AQUIN (ca. 1225 – 1274 n. Chr.)	Dominikaner und einer der einflussreichsten Philosophen und Theologen seiner Zeit
TRIVIUM	Grundstudium an europäischen Universitäten (Dialektik, Grammatik, Rhetorik) und Teil des Studiums der sogenannten Sieben Freien Künste (Quadrivium: Astronomie, Arithmetik, Geometrie, Musik)
VESPER	Abendgebet bzw. -andacht
VIGILIEN	Nachtwache (siehe Gebetsplan)
ZOLL	Maßeinheit (ca. 2,54 cm)

BILDNACHWEIS

Die Gamburg im Spätmittelalter (Uwe Klausner)

Wappen Arnolds von Stettenberg und seiner Frau (Uwe Klausner)

Wappen des Erzbistums Mainz (Wappen_Erzbistum_Mainz.png) © David Liuzzo

Wappen der Grafen von Wertheim (Löwenstein-St-Wappen.png)

Abtswappen vor dem Refektorium des Klosters Bronnbach (Uwe Klausner)

Weitere Krimis finden Sie auf den folgenden Seiten und im Internet:

WWW.GMEINER-SPANNUNG.DE

UWE KLAUSNER
Engel der Rache

978-3-8392-1267-7 (Paperback)
978-3-8392-3863-9 (pdf)
978-3-8392-3862-2 (epub)

»Überzeugend sind vor allem die beiden Hauptfiguren und die vielen historischen Details«

Rothenburg ob der Tauber im Jahre 1418. Geheimnisvolle Vorfälle halten die Freie Reichsstadt in Atem. Am Anfang steht der Selbstmord einer 14-jährigen Färbertochter, deren eilig bestatteter Leichnam auf rätselhafte Weise verschwindet. Kurze Zeit später schlägt der Leichendieb erneut zu. Als dann auch noch die Frau des Baders tot aufgefunden wird, macht sich große Angst breit. Auf Bitten des örtlichen Franziskanerkonvents beginnt Bruder Hilpert von Maulbronn den mysteriösen Dingen auf den Grund zu gehen …

UWE KLAUSNER
Pilger des Zorns

978-3-8392-1019-2 (Paperback)
978-3-8392-3405-1 (pdf)
978-3-8392-3404-4 (epub)

»Aus einer Pilgerfahrt wird eine Reise ins Ungewisse!«

Mainfranken 1416. Auf der Suche nach Ruhe und Kontemplation macht sich Zisterziensermönch Hilpert von Maulbronn per Schiff auf den Weg von Würzburg in das weit entfernte Kloster Himmerod in der Eifel. Kaum an Bord, muss Bruder Hilpert die Hoffnung auf eine geruhsame Reise begraben. Anscheinend gibt es keinen Passagier auf der »Charon«, der nicht irgendetwas zu verbergen hätte, und so kommt es, dass die Kette mysteriöser Vorfälle an Bord des Zweimasters einfach nicht abreißen will.

Hilpert wäre nicht Hilpert, wenn er sich damit zufriedengeben würde. Schon bald beschleicht ihn das Gefühl, dass sich auf dem Main eine Katastrophe anbahnt …

UWE KLAUSNER
Die Kiliansverschwörung

978-3-89977-768-0 (Paperback)
978-3-8392-3025-1 (pdf)
978-3-8392-3024-4 (epub)

»Der Raub der Kiliansreliquien.«

Würzburg am Main, Anno Domini 1416. Ein unglaublicher Frevel erschüttert die Stadt: Ausgerechnet fünf Tage vor Kiliani, dem höchsten Feiertag der Diözese, werden die Reliquien der drei Frankenapostel Kilian, Kolonat und Totnan gestohlen. Und tausende von Pilgern befinden sich bereits in der Stadt. Die Lage droht zu eskalieren, sollten die Reliquien nicht bis zum Fest des heiligen Kilian am 8. Juli wieder auftauchen.
Berengar von Gamburg, der Vogt des Grafen von Wertheim wird mit der Lösung des Falls beauftragt. Dabei kann er sich der Unterstützung eines ebenso treuen wie scharfsinnigen Freundes gewiss sein: Bruder Hilpert, Bibliothekarius zu Maulbronn und einer der führenden Köpfe des Zisterzienserordens.

GMEINER SPANNUNG

WWW.GMEINER-VERLAG.DE
Wir machen's spannend

UWE KLAUSNER
Die Pforten der Hölle

978-3-89977-729-1 (Paperback)
978-3-8392-3337-5 (pdf)
978-3-8392-3336-8 (epub)

»Morde hinter Klostermauern«

Frühjahr 1416, wenige Tage vor Palmsonntag. Bibliothekarius Hilpert von Maulbronn trifft im Kloster Bronnbach im Taubertal ein. Als Inquisitor soll er einer geheimen Bruderschaft satanischer Novizen auf die Schliche kommen. Den rätselhaften Tod des Priors der Abtei kann er indes nicht verhindern, ebenso wenig die bestialische Ermordung eines Novizen. Und bald scheint es, als hinge sein eigenes Leben nur noch an einem seidenen Faden.

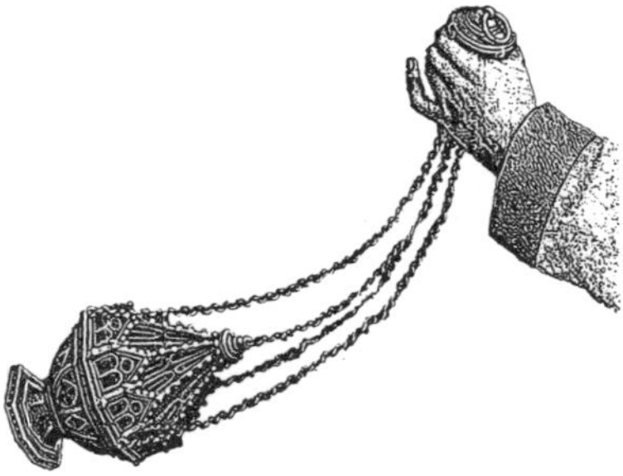